中
国
当
代
作
家
长
篇
小
说
典

作者简介

　　张宇,作家,一九五二年生于河南洛宁。 曾任河南省作家协会主席。 著有长篇小说《晒太阳》《疼痛与抚摸》《软弱》《检察长》《足球门》《呼吸》等,中篇小说《活鬼》《没有孤独》《乡村情感》等,散文集《南街村话语》《推开众妙之门》,长篇散文《对不起,南极》,《张宇文集》七卷本。 有多部作品被译成英、法、日、俄、越等国文字,介绍到海外。

中国当代作家长篇小说典藏

疼痛与抚摸

张 宇 著

河南文艺出版社

目录

第一章

一

到处都是存在的阳光。

那时候已经桃花灿烂,花旁边徐徐吐出绿叶的舌尖。

我一直觉得春天里不该发生这样的事情,把一个女人脱光了游街示众。多年来这场景在我记忆深处结下疤痕,不断在我的噩梦中重现。

真实的生活常使我产生联想的恐怖,我越来越害怕生活的真实。

只要我回到那个时刻,就看到李家的人死命地按着水月,踩胳膊捉腿,像揉碎一朵鲜花般撕着脱去她的衣裳。如果口里再嘀把刀,就和剥活兔一样……多少年来,这往事一直折磨着我疼痛的思考,呼唤着我的叙述。我也明白,我不叙述这些往事,它们最终就会消逝,就像没有发生一样。但是

疼痛与抚摸

我无力重现往事,就像不能够重现流逝的时光。说白了,也只是描述一下我对往事的回想,而回想并非存在的真实,只是对往事的一种理解和抚摸。只是我再也找不到叙述它们的意义,为什么叙述它们,我一直回答不了自己的追问。

寻找生活的意义和本质,是我的恶习。在这里我走了很远的路,不断找来各种各样的发现,使自己上当受骗,多少次煽动起叙述的激情。有很多回,有很多事,我苦思冥想,似有所得,并为之兴奋异常,但忽一日发现什么也没有找到,到头来仍然坍塌在自己的否定之中。

后来,我大胆地认为,也是一种大胆的假设,生活原来就没有本质,存在的只是我们在寻找本质时的体验感受和过程。

权当这就是真理。

这种体验感受和过程,又让我迷恋和激动。我试图通过猜测重新感受往事。有一天忽然想到山里老人们对于水月的摇头叹息,他们说这都是命,水家的女人辈辈都活得很苦很贱。追着这绵长的叹息,终于将我的叙述启动。

我追着山里老人们的叹息,就像追着一条河流,从下游来到上游。水月的姥姥该是这叹息的源头。我像个掘墓者把水月姥姥从岁月的洞穴里挖出来,打扫干净她身上时间的灰尘,我梦想重现这源头的风景,让她重新存在。

这个名叫水秀的女人,在将近一个世纪以前的岁月,曾如一朵桃花,使山里的四方八面生动和芬芳。传说中的水家老坟曾是一处桃花穴地,打墓时挖出过蚂蚁在地下造成的桃花石,阴阳先生说这穴地发女不发男。水家远祖中出过皇帝的妃子，那该是水家的辉煌时期。从那时起，山里的男人们都为娶到水家的姑娘而自豪。传到水秀这一代，已经是独苗女，再无男丁，人们都说桃花要败，水家的气数已尽。这就是传说的作用？先把生活神秘成传说，再把活人套在这传说中生活。到头来，逝去的是生命，活着的是传说。

水家自然是不甘心绝后的，又无生出男孩的能耐，水秀的父亲要把水家烟火续下去，只好计划为水秀招一个上门女婿。这是一种有趣的话语，在旧时父权社会结构里，为了使男人后继有人，在无奈时也让女人娶一个男人，说白了是找一个生育工具，却文化成一种形式叫上门女婿。不能叫娶只能叫招。一字之差，就道出腐朽来。

但是山里的风俗，男人去当上门女婿是丢人败兴的事，因为生下孩子要姓人家的姓，等于卖姓和卖身。但凡男人多少有一分能耐，都不会走这步路。这就使做养老女婿的人，要么缺胳膊短腿，要么奇丑无比，为此水秀死活不答应。父母劝她，她就哭天喊地不吃饭。父母逼她，她就寻死觅活要跳井自尽。这样，父母要续烟火，水秀要嫁好男人，就水火不相容。到后来父母想着，总不能把女儿逼死，那就鸡飞蛋打了。只好退一步委曲求全，嫁水秀时向男方提出一个条件，生男归男方，生女孩姓水，以便日后有人清明节时回水家老坟烧纸。口说无凭，又请来中人，摆四盘菜，写下字据。相比之下，这对水家已经是出之下策走到末路了。

好像这伏牛山里人不大怕死，却害怕死后被人们遗忘；不看重鲜活生命，却看重埋葬死尸的黄土坟茔，所以我感到，伏牛山人把死后看得比生前还重。在这里我隐隐闻到山里人的人生态度气息，我感觉这气息和山里老

疼痛与抚摸

坟地的松壳和柏枝味道一样,辛辣和苦涩。

水秀是正月末出嫁的。男方是黄村姓黄的,大家族,根深叶茂,人丁兴旺,这都是人们格外看重的。因为山里人信奉娶媳妇如摘花,花不好可以再摘一朵,嫁闺女如泼水送命,泼出去的水送出去的命再也收不回来。那年正月天热得早,水家院里那棵老桃树突然开花,引来水黄两家人莫名其妙的惊慌。这本来是一种偶然的自然现象,却被山里人赋予它吉凶先兆。又不知这先兆主吉主凶,就留在心里不安成一个悬念。

好像人还没有出发,先兆已等在前边张开了网,是吉也好,是凶也罢,人都要钻进那个网里。吉也不重要,凶也不重要,只有这个先兆最重要。人不是为自己而生活的,只是为这个先兆而生活的,人的生活仅仅成了这个先兆的证明。生活流逝了,宿命进入了永恒。

这就使水秀出嫁如走进宿命的阴影里,挣脱不出自我。接连生下水草和水莲两个女儿如花似玉般引人喜爱,水秀的父亲却乐呵呵说那年的桃花没有白开,大吉大利,老祖宗保佑我水家不绝。好像这两个女儿是那桃树上结出来的两颗果实,与水秀的肚子没有关系。

水草满月时,黄家为水草做满月,水家也为水草做满月,比黄家做得更加隆重。因水草姓水,水家认为自家才是主家。这样,水草和水莲两个姑娘都是做的双满月。那时候两家人很亲热。水家认为俩姑娘姓水自家有了后人,黄家暗里只把这水草水莲当名,前边加上黄姓,就成了黄水草黄水莲,只是不说破。水秀又不说闲话是非,她甚至对女儿姓啥并不关心,两家人亲如一家。

矛盾是在后来发生的。孩子长大会开口说话时,水秀的父母就坚持孩子管自己叫爷爷和奶奶,不让叫姥爷和姥姥。这还没什么,一定要让孩子管亲爹叫舅不能叫爹,这就惹恼了黄家人。黄家人认为水家人太过分,坚持让孩子叫爹,而不叫舅。再加上水秀夹在中间不管闲事,她说叫啥都一样,没有了立场,这又气恼了水家。水秀父母请来中人亮出字据,要求正名说理。并进一步强硬要求,孩子还不能管亲爷亲奶叫爷叫奶,要叫姥爷和姥姥,只有他们才是真正的爷爷和奶奶。就为这么点事,水黄两家闹得仇上仇怨上怨。两年时间两家抬出去四口棺材,双方父母都病亡而去。人们就说这四位老人全是气死的。

双方老人过世后,水秀和丈夫正要过安生日月,不想飞来横祸,丈夫出门做生意让劫路刀客打了黑枪。人们又说这才应了桃花的先兆,水秀把水家的败气带进了黄家。好像那年的桃花到这时候又结出了宿命的果实。旧时人们不习惯相信自己,不习惯相信生活,习惯把宿命当靠山。

山里老年人回忆,水秀是在丈夫死后守不住贞操,才放荡开自己。没有人去追查她丈夫的仇人,只说是被黑枪打死的。反正那年月黑枪也多,黑枪这个词语就掩埋了一个男人的生命。黄家人不关心水秀母女的生活,反说她是灾星祸害了黄家。好像人就是水秀杀死的。黄家族长正式通知,她孩子姓水永不准姓黄。在黄村她成了单门独户。水秀眼前的路就这样走短了。

死了丈夫的水秀,带着两个女儿,见天奔波田间地头,土里刨食。几年后又开始替人纺花织布挣盐钱,路无论如何是越走越细,贫困如一条幽灵引着她步步迈向那个展开悲剧的夜晚……

二

现在我们看到,在昏暗的豆油灯下,水草和水莲已经熟睡在靠窗的床上,一边一个,枕着那种装细麦草的长枕头。粗布深毛蓝色枕套,融进夜晚灯光里发暗如两条静卧的黑狗,只把两张细皮白嫩的脸亮出来。水秀坐在对面床上就着油灯做针线,灯光不断跳跃在顶针上。手的粗糙和脸的姣好在灯光下形成对比,手展览着农妇的艰难,脸洋溢着少妇的姿色。特别是那两只水汪汪的眼睛,如两汪泉水把这农家小屋和夜晚滋润,看到哪里就把哪里看得湿漉漉的。夜静下来,远处偶尔溅过来几块狗咬声。

院里响起有力的脚步声,水秀放下针线,听着这脚步觉得耳熟,就没起身,等着外边的动静。

"嫂子,在家哩?"

"是铁锁?门没闩,你进来吧。"

屋门推开处,本家兄弟黄铁锁走进来,回身轻轻关门时插上了门闩儿。实际上从这时起,插门闩儿的这只手已经掀开了风流之夜的帷幕。由于平时太熟,又是本家,叔嫂无礼,水秀没有提防,更不会想到这个男人的深夜来访,将把她带进不幸和灾难。

"铁锁,有事儿?"

"没事儿就不能来看看嫂子?"

"这兄弟,我说你不能来了? 只想着你有事儿。"

"要说有事也有事哩。"

“啥事儿？”

“夜老长，睡不着觉，老是想嫂子。真是忍不住了，来看看你。”

“狗嘴吐不出象牙。老嫂比母，嚼什么舌头！”

她想他说笑话的。山里人风俗，兄弟和嫂子开玩笑取乐是常事，就没有多心。但等到铁锁坐下来，烧红着脸不说话，死死盯着她看，她心里才有点慌。再细看那眼里起火冒烟，不断在她身上闪烁，就烧得她有点沉不住气。

当然，也是为了稳住自己，她连忙说：

“好兄弟，没事你早回去吧。你嫂子寡妇门前是非多，天不早了，快回去吧，啊？”

“怎么，你在等谁哩？”

“胡说。”

“那我来时，门怎么没闩？”

“我等着给牛添草哩。”

“这我就放心了。”

“嫂子知道你懂事。快回去吧，我求求你，好不好？”

“嫂子，你心就这么狠？”

“老天爷，你没看孩子都这么大了，别说胡话把孩子吓醒来。”

“我看见俩侄女都睡着了，孩子们知道啥？嫂子，可怜可怜你兄弟吧，你兄弟长这么大了，还没钱说媳妇。”

铁锁忽然起身和水秀坐在一块儿，一伸手抓了一下水秀的奶子。虽隔着衣服，但毕竟像火一样点燃了两个人的感觉。这一上手，铁锁终于抹下了脸皮。水秀也觉得一股热浪涌上心尖,这使她感到了害怕。她害怕铁锁,也害怕自己,更害怕往后的日月。

"铁锁,可怜见别欺负你嫂子。我哪点对不住你,你打我骂我都行,别逼我。你还嫌你嫂子过得不苦?"

"嫂子不要这么说,就是嫌嫂子过得太苦了。你知道,咱黄家谁都不帮你,还说你是丧门星。就我铁锁疼嫂子。送肥、犁地、打柴、担水,我哪样活儿没给嫂子干过? 就是想嫂子太苦,我才疼你。"

"这情,我领了。嫂子也给你烙过油馍做过鞋,以工换工,我也对得起你。你不情愿,以后别干了。"

"我知道我疼嫂子,嫂子也疼我。咱俩都是可怜人,我才想你。"

水秀低下头,想了想,抬起头说:"铁锁,要是你哥活着,你敢这么胡来?"

"啥话。要是有哥给嫂子暖被窝亲嘴,还用着我? 就是没哥了,你我都冷清孤单,咱就好了吧。"

铁锁欲火燃烧,一伸手搂住了水秀的脖子,就要低头去亲她。

水秀一下子推开他,忽然变了脸,小声说:"铁锁别胡来,再动手我就喊了。"

铁锁如果留心就会发现,水秀说完这句话低着头不敢看他,这说明她并没有恼火。可是铁锁太年轻不懂风情,只好把手缩回来。软塌塌坐下,低着头,双手揪着自己的头发,一副可怜巴巴痛苦不堪的模样,确实令人怜悯和同情。水秀差点伸手去抚摸他的脑袋。娶不起老婆的光棍汉,又是黄家本家兄弟,可怜哪。

"铁锁好兄弟,回去吧,啊?"

只这么说,她不敢动手去拉他。

铁锁一声不吭,从衣袋里摸出一块钱,放在了桌子上,低着头说:"别笑话,嫂子,你拿上称盐吃吧。"

"铁锁,你这叫什么话?"

水秀话是这么说,看见这钱,心里还是动了一下。如果拿这一块钱去买盐,就能买好多。那么,家里就可以保证一天吃两顿咸饭。两个女儿正长身子哩,多吃点盐,就有了力气。自己多吃一顿咸饭,干活儿也有了精神。但转念一想,她还是拒绝了,不能因贪着多吃一顿咸饭就失身坏了名声。

"嫂子你嫌少吗?"

铁锁又从怀里摸出一块钱,放在了桌子上。这时候他慢慢地把头又抬起来,观看水秀的脸色,活像一个做小生意的和对方讨价还价。现在,他发现水秀并没有恼他,他重新鼓荡起自己,又满怀起希望。

"铁锁,别拿钱伤嫂子的心,好不好? 你上山砍柴卖柴,挣这两块力气钱是容易的? 快拿起来留着你自个儿买盐打油吃,啊?"

水秀这么拒绝着,心里却把这两块钱打算了一下用场。两块钱对她是个重要的数目。她可以用一块钱买盐吃,富富有余。那一块钱就可以买些染布的颜色,把纺得的粗线染成几种颜色,用浅蓝色做底,用枣红色做条条,就可以织出红蓝相间的格格粗布来,用这种布给女儿做衣裳,就好看了很多。还可以织出另外不同图案的方格粗布,来做被面和床单。再说她也该给自己做一件上衣,年轻轻的媳妇不能穿太脏太旧的衣裳让别人瞧不起自己。但她还是拒绝了他，也拒绝了自己。只为了买些染粗线的颜色，就赔了清白身子吗？就是穿体面些也没脸往人前边站啊。

"嫂子你还嫌少吗？"

铁锁虽遭到拒绝，但他发现水秀的绝情话说得软软的没有力气，他感到这两块钱已帮助他坐直了腰抬起了脑袋。他把头抬得高高的，重新大着胆去看水秀的脸。那姣美的脸庞浴在灯晕里，格外动人。水秀半低着头不语，似乎在等待着什么。他心跳起来，目光又热辣辣盯在了水秀的前胸。他果断地又摸出一块钱，把这一块钱又放在桌子上。

"铁锁，你是看嫂子可怜，用钱逼我吗？"

水秀虽然这么说着伤心话，却在这三块钱面前开始动摇。她分明感到自己快撑不住了，坐着的身子发软。这钱就像狗一样追着她不放，一步一步靠近着她，张口要咬伤她的脚后跟。像有惯性一样，她忍不住把这三块钱放在心里掂量，开始计划这三块钱的用途。这是整整三块钱呀，不但可以买盐买染料，还能余出一块钱来，这就能把家里的缺东缺西添齐。先买两只碗吧，孩子们太小老是打碗，这碗不能少。再买两个瓦盆，那和面盆炸了口子，用榆树皮箍着不是长法儿，早晚会打碎的，买两个新瓦盆就不会在和面时提心吊胆了。还可以买一盒洋火，用火镰打火老难，急起来干着急打不着，弄得锅灶里老要烧点热灰。当然不能老用洋火，那就太浪费，闲时用火镰，忙时就可以用洋火点灯和生火做饭。洋火怕潮，不用时要用一块布包一团棉花温着，天阴泛潮时才不会误事儿哩。这么算着的时候，她已经觉得这钱是自己的。抬头瞄一眼桌面，才发现自己在瞎想。难道就为这些小东小西向这个男人解开自己的怀扣吗？只是这三块钱能办太多的事，舍不得让他收回去。她没有了主意。

铁锁把这些看在眼里,心里明白水秀已经开始活动心思。他又摸出一块钱,放在了桌子上。这次放钱的时候不再偷偷摸摸,而是大大方方把这一块钱按在了那三块钱上边。有钱壮胆,他觉得有点理直气壮了。他不再坐下,就那么站着,低头看水秀的脖子,急等着她答应他。

这第四块钱放在桌子上,水秀的心已经彻底软了。她再也说不出拒绝的话来,她经受不住这四块钱的沉重打击,在这四块钱面前,她垮了下来。她马上就把这第四块钱派上了用场,她要用这第四块钱去赶集,把两个女儿全带上,好好在街里逛一逛。她已经很长时间不敢去赶集了。这回她要带着两个女儿上街去,从街南走到街北,再从街北走到街南,多走几个来回,让孩子们看够那街上的热闹。一定给两个女儿买两根红头绳,把小头发辫子扎起来。再给她们买两串热肉包干,家里已经很久不吃肉了。为孩子们买四个糖豆,一个人两个,在街上每个人吃一个,带回家里一个以后吃。她当娘的,从来没有给孩子们买过糖豆吃,两个女儿都不知糖是啥味。当然不能把这一块钱花完,余一些可以再去赶集,多让孩子们见些世面。如果两个月三个月能带孩子们去赶一回集,这该多么好多么好呀!

水秀沉迷在自己的联想里,就使铁锁觉得她动了心。看着水秀不言不语,不敢拿眼看他,脸开始潮红,铁锁知道到了最后时刻,横下心把最后一块钱也掏出来,放在了桌子上。那时候他像一个赌徒把全部家产都押上去一般。

"嫂子,这是最后一块钱。我就这五块钱,都给你拿来了,你看着办吧!"

疼痛与抚摸

说完这话,铁锁有些气恼,怒气冲冲瞪着两只冒火的眼睛,那样子像狼一样要把水秀吞下去。水秀抬头瞄一眼,吓得连忙低下了头。她明白自己再也撑不住了,全身软下来没有一点力气。她差点闭上眼,就这么躺下去,把一切交给这男人,他爱怎么做就怎么做。

　　由于站得太近,铁锁身上的汗味和呼吸熏得她心醉。她感到渴,不是口渴,是全身上下都渴。她觉得自己体内有无数只手伸出来,要撕碎这男人,有无数张口张开着,要把这男人活喝下去。

　　如今她不再去想第五块钱的用处了,这五块钱太多,像五把刀扎进了她心里,像五座山把她压垮了。她在这五块钱面前节节败退,已经走投无路,要举手投降。

　　在那昏暗的豆油灯下,面对着铁锁,水秀一点点把头抬起来,迎着铁锁的目光轻轻点点头,接下了这笔交易。然后,她慢声细语地说:"好兄弟,我给你说,可就这一回。"

　　她这句话像对铁锁说,更像对自己的一种告诫。她害怕铁锁再来找她,更害怕自己从此管不住自己。

　　铁锁认真地点点头,就算答应她的话。

　　水秀先吹灭灯,在吹灭灯的同时她伸手把这五块钱攥进了手心。在整个的过程中,她手里都死死攥着这五块钱。她不是怕铁锁再夺回去,她连这么想过也没有,她就是要把这五块钱攥在手里。她也不明白为什么,死攥着这钱就像攥着命根子,攥着今后的日月那样。

　　我觉得她死攥着这五块钱确有别的意思,有着她自己也不明白的下意识。想了许久我才猜到了,她死攥着这五块钱就是攥住了一个借口,企图攥住一个女人的清白不让它丢失。可能是这样。

三

到处都是存在的阳光。

李家的人把水月按在地上后,水月终于明白,没有人来救她,就不再挣扎和反抗,躺在地上任李家的人摆布。她不知道李家的人要把她脱光了干什么,就闭上了眼。等到把她脱光衣服赤条条如一尾活鱼,拉起来往门外推,水月才明白要赶着她游街示众。

她被人拉起来时,先本能地拼命蹲下身,双手抱着前胸,夹住双腿,企图保护自己的羞耻。再次被拉起来时,就有人扭住她两只胳膊,架着她往院门外推。走出院门,架着她的人才松开手。在院门外,她摇摆了几下身子,那只是摇摆出来逃跑的意识。四周全是围观的村民,没地方可逃,她就没有了延续下来的动作。她好像想到什么,把心一横站稳了身子,索性往街里走去。从她慢下来的脚步看,这时候她反而稳住了神。

水月是村里漂亮出众的女人,如今被脱光赶在大街上,就如无声的炸药粉碎了街里的秩序。围观的村民前呼后拥,越来越多,挤瘦了街道。

春天的阳光抹在水月的洁白中透着红润的裸体上,白亮亮的裸体如一道闪电把街道劈开。那两只鼓挺挺的炮弹奶子跳跃在前胸,明目张胆地野出来。性刺激就如火星溅满了街道,烫着人们的感觉。

原来我想她会低着头,甚至眼里流着泪,一边走一边哭喊。没有。没想到进街以后,她就把头抬起来,挺着胸脯,身后飘散着披肩发。那眼神里,没有悲哀没有愤怒,陌生中透出一丝高傲,那神态竟然很悲壮,使人想到壮士告别长街奔赴刑场……我曾经不断将水月的婚姻和裸体游行放在一块儿观照,终于发现其实这场裸体游行在她婚前就有了暗示,从她答应嫁给郭满德后,就开始结构出这场裸体游行草图了。

当初人们都不理解,为什么漂亮灵秀的水月会相中了憨厚丑陋的郭满德,将一朵鲜花往牛粪上插。当时人们就说非出事不可,还真让人们给言中了。

水月的娘家在曲阳,村庄弯曲着凹在山坡下,连阳光照过来都要拐弯儿,古时候的秀才就给这村庄取了个名字叫曲阳。当初曲阳的后生为水月做过多少梦啊,到后来都觉得受到了伤害,上当受骗的痛苦锯着年轻小伙子们的神经。甚至连老年人甚至连水月父母都不理解,水月为什么偏偏相中了郭满德。水月嫁郭满德,嫁得曲阳村上上下下人都心疼。

老年人自觉见多识广,用有好汉没好妻来解释这桩婚姻,来打发愤愤不平的年轻人,却打发不住。年轻人还没有那么多阅历,对人生还有许多疑问,还没有看破和麻木。也许要等到他们的胃像老磨般磨碎了几十年岁月以后,才会知命,才会张口吞到什么就伸伸脖子咽下去,一声不吭。这样,就使老年人的话只能打发住他们自己。

老年人就这样,他们的许多话听去是在教训别人和启迪后生,实际上是说给他们自己听,是在打发他们自己。这就是人生的味道。这味道又苦辣又悲凉。

老年人与年轻人的区别并不在年龄大小,而在心里有没有悲凉。

实际上,人生处处都是谜。别说别人不理解,连郭满德自己也不相信水月会嫁给他。甚至连水月也不明白,她为什么会答应嫁给郭满德。我一直觉得这里边有秘密,有内在原因做基础。寻找这个秘密,发现这个基础,才能解开这个结。

她第一次见到郭满德,就是相亲那一天。在这之前,他们没见过面,不一个村子,不一个学校,或许在赶集时碰见过,也没有理由记住陌生人。那是个上午,按照乡俗,经媒人介绍,他们第一次见面。吃过饭后,父母和媒人按照计划都借故躲出去,让他们两人单独在屋里谈谈话。这个形式是,一锤定音。如果男方没意见,看上了女方,见过面说话时就送一百块钱见面礼,还要用红手帕包着。好像不是送钱是送这块红手帕,这就使红手帕的虚伪包装着金钱的赤裸。女方如果对男方没意见,就接过这个红包包。当然不能打开来看,更不能当面数钱,这些活动要等男方走了以后再进行。那时候这块红手帕就不重要了,金钱就显露出本来面目。接过这个红手帕,就象征接下了这个婚姻的初稿,说白了等于接下了定金一样。

对于这桩亲事,媒人提出来后,水月的父母就拿定主意不同意。托人打听过,这郭满德不仅丑陋,家里无爹无娘还是个可怜娃子。等见到郭满德本人,更坚定了这看法。只是乡里人际关系错综复杂,媒人大都沾亲带故,能冷落男方也不能冷落媒人。他们想好歹让小男女见过脸,捡起媒人的脸面。再一个心思,乡下不兴女方求男方,只许男方求女方,这就养成一家女百家求的乡俗。来求的男方越多,女方越显得尊贵。这也是培养起来的虚荣。水月的父母也不放过享受这种虚荣的机会。同意不同意先吃人家二斤点心,做父母的自然不拒绝这具体的好处。乡下人穷,挑明说眼热这二斤点心也不要紧。

对郭满德,水月看出来父母持否定态度,虽没有明说,从他们眼神里读得很明白。说实话,水月本人也不同意,上过高中又长得水灵漂亮,水月眼更高。但是不同意归不同意,一定要走完这个过程。不能一上来就说不同意,那就太伤人。一定要单独谈过话,谢绝过见面礼,不接那个红包包,把客人送走以后,才能对父母表态:给人家回话吧,让人家找更合适的家儿。

在这里,连女孩子对自己父母都习惯不明说我不同意,或者说我看不上人,而是说让人家找更合适的家儿。这也可以理解为一种修养,但说穿了仍是虚伪。不过像这种虚伪已普遍不再被人们认为是虚伪,它已经成为一种习惯进入我们生活的各个方面,渗透在我们的话语和行为中,人们像离不开食盐一样再也离不开它。

其实,郭满德一见水月心里就凉下来,但他不情愿先打退堂鼓,就红着脸不安地坐在里屋,像受审那样。水月看着媒人和父母借故走出院子,媒人还留意带上院门,就把这媒人恨上了。并不是恨媒人把郭满德带进家门,而是恨媒人心狠。那么世故聪明的人,他一开始就明白这婚事不能成,却骗着老实的郭满德拿钱请他来做媒,说穿了这媒人就为挣男方的跑腿钱。这种人嘴大吃四方,没一句实话,三说六劝就为有人送钱让他花。水月最讨厌这种人。相比之下,她倒同情郭满德的憨厚和老实。当然同情归同情,她不会答应嫁给他。她只是准备走完这个形式,不想欺负这个老实人。

有这种心理准备,水月进屋去见郭满德时,已经觉得是走过场,简直像演戏。她估计很快就会走完这个过场,从这种庸俗形式里走出来。进门那一刻,她忽然又觉得有趣。既然进入角色,她就想象郭满德这种老实人见到漂亮姑娘会说什么话,会紧张成什么样子,那一定很有趣。由于太枯燥,她就想找一点乐趣把这个形式湿润。于是她撩开门帘走进去,活像在中学演戏时撩开舞台的幕布进入剧情一样,锣鼓声胡弦声缠绕在身,一切都是假的,是做戏。

院子里很安静。阳光过窗就变成几根棍子那样捅到里屋,水月不喜欢这样的阳光。只有几只鸡在院子里咕咕咕叫着觅食,把庄稼院叫得很悠闲舒适一样。

出乎水月的意料,郭满德一声不吭,起身就扑过来抱住了她,抱住她仍然是一声不吭。在这一瞬间,水月呆了,脑子里出现了空白,连反抗也没有想起来。郭满德抱住她,憨憨地用尽力气搂,像皮绳捆柴草那样,两条铁钳一样的胳膊捆得水月喘不过气来,她甚至觉得郭满德把自己捆没有了,捆进了他的身体之内。

十几秒钟过去,水月才从惊呆中恢复了意识,好不容易才想到了反抗。却又不知如何去反抗,就用两手去推郭满德的下巴。实际上她是在捍卫她的嘴唇。她本能地觉得他接下来要亲她。也只是进一步亲她而已。如果我们在这里留意观察,就会发现水月的反抗很无力气,推着郭满德的下巴的手由于没用气力,实际上变成捧着人家的下巴。这捧着的里边透露出水月的饥渴。她害怕人家亲她,人家并没有来亲她,她这害怕和软弱无力的防范里就表示出另一层内容,那就是希望人家亲她。这就可以看出来,她还没有被男人吻过,她多么渴望男人的吻,渴望到害怕的程度。

如果我们留神,再把水月的反抗行为加以回味,就发现这是一种典型的模糊行为。不仅仅在男女相爱过程中,甚至在生活的各个角落,到处都存在着这种模糊行为。表面的拒绝里满含着赞成,表面的赞成里包含着拒绝,甚至拒绝和赞成混杂起来让别人和他们本人都弄不明白,这是在表达一种什么意思。实际上这是一种潜意识行为。无论在什么场合,只有这种典型的潜意识行为,才毫无保留地吐露心迹。于是可以这么说,这种模糊行为是以行为的方式,来表述一种话语。

郭满德如果只是强迫性地吻吻水月,虽然会很轻易粉碎水月的反抗而获得成功,却只是一个成功的吻,不可能促成这一桩婚姻。顶多只会给这个相亲的枯燥形式的竹篮里放上一只红苹果,增添一点生动和内容,水月却不会决心嫁给他,浑身跳进这只竹篮使这只竹篮鲜花怒放。郭满德没有去吻水月,在这关键时刻,显然他干得很漂亮。他放过了她的唇,越过了吻的这个过渡性过程,野蛮地抱过水月,使她双脚离开地面。这一点很重要,离开地面就离开了残余的意料之内,完全把她带到了意料之外,让她再次惊呆,惊呆到在意料之外不知去向迷失了意识。于是,郭满德抱着她像抱起一捆青草那样,用力一甩,把水月摔到了床上。

这一摔彻底把水月的做戏感觉摔干净了,摔得她灵魂出窍,就像演员被摔下舞台扭伤了脚,回到了生活的真实之中。这是动人的决定性的一摔,这一摔才把水月摔到了婚姻面前,使她赤裸裸面对婚姻。在她今后长长的岁月里,她永远也忘记不了这动人的一摔。我做梦也没有想到,老实憨厚的郭满德会胆大包天,第一次相亲就敢把姑娘抱起来扔在床上,突发奇兵那样将水月打击。这种出奇制胜,使他在水月面前改变形象,昂首挺胸高大起来。

四

李家的人把水月脱光了游街示众这种形式，晚辈人没见过，甚至也没有听说过。解放后长达几十年岁月里，这山里从来没发生过这种事情。年轻人还认为这是李家人的创造发明。只有老年人知道，这是惩罚淫邪女人最古老的形式。水月的姥姥水秀当年就被黄家人这么糟蹋过。水月这次裸体游行，只是对她姥姥当年所受苦刑的一种重复。

人逃不脱重复。许多事情，后人只是重复表演前人的生活。这时候前人的生活就成了剧本一样，被后人重新演出。历史也逃不脱重复，当代的许多事件在古代那里都能找到版本。有人说历史出现重复现象，会越来越荒唐。那么个人命运呢？我觉得会越来越残酷无情。

水秀是因为和铁锁私通被脱光了赶到街上的，当然不是在那个初夜事发的。在那个初夜，两个人曾共同商定了"就这一回"。当然，这种话只是为开始找到的托词，为了原谅自己。人们有这种习惯，在冒险时经常找一些话来安慰自己，实际上是鼓励自己勇往直前。如果说那五块钱为他们两人开始时修了桥梁，或者说买了张门票，那么越过那个初夜，他们便再也退不回来了。失去贞操，一次和无数次，性质上没有什么区别。在当事人那里，肯定会这样体验，只要敢做一次，就敢无数次地做下去。

一个是独身男人，一个是寡妇，一把火点着情欲，就把两个人焊接成一体。开始是屋里和夜晚，后来发展到白天和庄稼地。

大概做这种事，起初确实能瞒过别人耳目，不被发现。做到后来，通常

疼痛与抚摸

是谁都知道了，只有当事人被蒙在鼓里，总认为别人没发现。这情景有点像掩耳盗铃。出事的那天夜里有着很好的月光，水秀家的院子里被月光泼满了。她和铁锁在柴草屋里做爱，被突然翻墙而来的黄家人堵住了门，按住了身子。为了避开孩子，他们经常在这间柴草屋里约会做爱。地上铺一层厚厚的麦秸，临时在上边搭一条小褥子，就做成了地铺。这环境虽简陋却更突出了偷情的神秘和刺激，又感到安全，做爱时就放得很开。做到高潮处，水秀常常忍不住就呻吟着尖叫起来，这尖叫声把铁锁煽动到疯狂，也传出院墙通知了乡邻。那夜里黄家人就是捉着这尖叫声，把他们当场抓住的。当然，这场捉奸活动是经过计划安排好的，并事先请示了黄家族长，得到了族长的允许。不经过族长同意，没有人来捉奸，一来不知道为什么要捉，二来不明白捉住了怎么办。族长说太败坏黄家门风，惩罚这贱妇！这就给他们找到了捉奸的正当理由，使捉奸变得理直气壮，差一点就成了正义一样。

族长在家族中由于辈长和威严，成为一个家族的首脑人物，和如今社会上的单位领导差不多，代表组织，成为群众的上头。中国人自古有这个习惯，凡事都要请上头来决定，自己决定不了自己的事情。一伙儿人把水秀和铁锁捉住以后，就有人去请示族长来处理，族长放话先押到家庙看管起来，人们才把这对男女押到了家庙。这时候族长就成一干人的上头，人们是他行为的大腿和胳膊。

我一直觉得"上头"这个叫法很精当，一语道破人类社会结构的秘密。上头实际上还是"头"，只不过加一个"上"字，它就不再是一个人的头，而成了众人的头。说破了就是众人没有头，头在上边在别人那里。众人只是行尸走肉，只有上头有思想来指挥和控制我们的行动。这种现象由开始的强迫接受，到后来的自觉进入习惯意识，恐怕是人放弃自我、丢失平等和自由的一个源头。等于大家织一根绳子来把自己捆牢，共同造一个监狱来把我们自己关押。

把水秀和铁锁关押在家庙就很有象征性。家庙是用来祭祀祖先的地方，同时又是捆绑吊打族里后人的地方。是圣地又是刑场。好像圣地和刑场跟人的手心手背那样，看着是两极，其实相通。

审讯和惩处是在第二天上午进行的，那时候家庙院里已经挤满黄家男女老少，打一儆百，要让全族人受教育。外姓旁人趴在墙头上看热闹，一排排脑袋挂在墙头上像摆一行南瓜。水秀一口咬住怨自己不怪铁锁，很快就把铁锁放了。尽管铁锁挣扎着叫喊怨他不怪水秀，黄家人还是把铁锁赶了出去，因为他姓黄，毕竟是本家。这就变成了水秀勾引良家后生，承包下全部罪过。大凡在男女奸情这种案例中，到暴露时，女人一般比男人更勇敢承担责任。等到面临灾难时，女人像母亲带着儿子一样，总是处处护着男人。

黄家显然对这个结果很满意，他们本来就是为了惩处水秀的。先是语言的污泥浊水往水秀身上泼，用污辱和咒骂把水秀的清白掩埋掉。接着是用鞭子抽打，打得水秀在院子里跑，后来在地上滚动。最后族长才指给她两条生路：一条是带着两个女儿远离黄村，再也不要回来；一条是把她脱光了上街游行示众。让她自己选择。

面对这两种选择，水秀先是一声不吭。她没有思考，她是让打昏了头，等着恢复意识。慢慢她明白了怎么回事，这两条选择实际上只有一条，那就是要把她赶出黄村。她并非不想离开这个地方,只是她无处可去。娘家的全部财产已经被人买去或者占去,只剩下一处孤坟,她总不能回去在坟里住下安家。如果离开黄村,只有远游他方去讨饭。自己有房子有地,为啥要离开?况且孩子还没有成人,她还要为孩子着想。这样她就选定了上街游行。面对黄家男女老少,她把头抬起来,咬着嘴唇上的血说你们想干啥就干啥,别想把我赶走。这选择是黄家族长没有想到的,这时候他才发现这女人不仅很漂亮而且很烈性,并不是省油的灯。他本来只想把她逼出家门,并不想把她游街示众,没料到这女人不吃这一套。他已无法改变主意,只好说那就成全你吧。

衣服是由一群黄家妇女围上来脱的,女人收拾女人最残酷无情。她们争先恐后上去扒水秀的衣裳,好像只有她们对水秀才有深仇大恨。自己人最善于收拾迫害自己人,好像历来如此。水秀开始时挣扎和反抗,她们就很有经验先把她放倒,撕着一件件把她的衣裳脱下来扔在地上,一边脱一边下手在她的身上拧着解恨,也不知这仇恨从何而来。水秀被拧得哇哇乱叫,后来就不再挣扎和反抗,索性让她们脱。这些女人让她看到了女人的险恶,心头就涌上来仇恨,但仅仅是一种仇恨感觉,还来不及想明白仇恨什么。

等到把水秀衣裳扒光以后,水秀忽然爬起来。并不站起身子,只是蹲着,抱着前胸,夹着双腿,用胳膊和腿把前胸和下身掩护。妇女们干得疯狂,她们品尝到虐待别人的兴奋和刺激,用劲把水秀拖起来,扒开她的双手,让她站直身子,给人群一个完整的舒展开来的裸体。有阳光照过来,院墙边还有绿树为背景,水秀的裸体如一幅油画挂在家庙院。

这时候乱哄哄的人群爆发出一派死一样的寂静。几个脱衣妇女不知道发生了什么事情，不安地来回扭着头看。她们什么也没有看到，或者说全部看到了，看到了水秀的裸体对整个人群的震撼。人群被这种裸体美惊呆了。

这种意想不到的效果，来源于水秀的裸体来源于美。水秀站起身子那一瞬间，如突然展开一处绝妙的风景，摄住了人的魂魄，看得人惊心动魄灵魂出窍。相比之下，那几个脱衣妇女显得无比庸俗和丑恶。连族长都失神地瞪着眼张着口，有人来请示他，才想起来还要游街示众。

游行开始时，人群才跟着往外拥。不同的是，没有人再骂她，妇女们也不再打她和拧她，人群只围着她在街上走。这样子不再像游街示众，倒像水秀带领人们去什么地方请愿一样。刚走上街头时，水秀还低着头，眼里还噙着泪，走着走着她主动把头颅昂起来，挺起了胸膛，愤怒地仇视着人群和这条古老的村街。慢慢地，她心里泛上来强烈的仇恨。由于迎着阳光走，太阳的光芒一直照着她的脸，摇晃着刺她的眼睛。她忽然抬起手，指着太阳，指着老天爷叫骂起来。

这就说明她早就想骂街，就是不知道骂谁。她觉得谁都有理，就是她没理。她心里仇恨满腔，又不知道恨谁，好像谁都可恨，又没有哪一个具体的人能够承受住她心里这巨大的仇恨。现在她找到了，她想骂的就是这老天爷，她仇恨的就是这个老天爷。

她骂老天爷：你怎么不睁眼？你是个睁眼瞎子，你看不到我水秀的可怜！

她质问老天爷：我犯了什么罪？我没有吃，没有穿，我犯了什么罪？

疼痛与抚摸

骂着骂着,她骂得理直气壮起来,手指着老天爷一边骂一边跳,跳着身子骂,那样子像要指着老天爷鼻子骂。这时候她往自己委屈处想,越想自己越委屈。她往自己有理处想,越想自己越有理。这时候她觉得满天下都写着她的冤枉,哪里都是她的仇恨。她仇恨老天爷,她仇恨全世界。她的仇恨比天大比海深,普天下都放不下她的仇恨。

她跳着骂:老天爷你定的这是啥规矩?我男人死了我为什么不能找男人?

她手指着天骂:男人们妻妾成群,我为什么死了男人要守寡?肉长在我身上,你为啥要管我?

她骂得真好,我听过无数村妇叫骂,从来没听过水秀这么骂街的。她不骂具体人,她不知道要骂谁,应该骂谁。她心里那么多冤屈和仇恨,找不到仇恨对象,于是,情急之下气急败坏之中,由于阳光刺眼使她灵机一动想到了来骂老天爷,这使老天爷成了她虚设的仇人,这就使她的叫骂越出具象的大地,飘扬到形而上的天空。

由于找不到具体对象,她的叫骂一开口就飘飞到形而下之外,进入了抽象,字字句句骂在本质上。她仇恨不住具体对象,反而帮助她把仇恨指向整个社会,指向整个人类社会的腐朽和黑暗。

人在痛苦极限时丧失理智,就轻易抖落掉了身上传统和道德的灰尘,赤裸裸发出要求平等要求自由的呼唤。是这样,如果来到传统和社会法则之外,来到虚伪的道德之外,她有什么错呢?

我甚至认为,智者和哲人都是因为常听水秀这样的呼唤而启动思考的。采集到这种生命呼唤的矿石,就可以冶炼出真理的金子。和水秀这种形而上的呼唤相比,我感到我的叙述的苍白和无力。

水秀在街上走着跳着骂着,没有人搭腔接话,没有人能接下她形而上的话语。人们只有跟着她,听着她叫骂像听着她宣讲一样。她跳着骂着宣泄着她的仇恨,从街东来到街西,走到村子高处。她忽然笑了,面对人群,她放声大笑。这笑声让人们不安,人们认为她疯了。

水秀扬起手臂突然呼唤起来:村里男人们都听着,从今往后,只要你送钱,我就给你睡。我的肉长在我身上,我想卖给谁就卖给谁!

这是那种把声音拉长如吆喝样的呼唤:村里男人们都听着,没有钱也行,只要我看上你,没有钱也给你睡觉。肉长在我身上,我想给谁睡就给谁睡。

这种呼唤成了公开的卖淫宣言,划破长空,在山岭间回响。骂过之后是挑战,水秀要把身体当武器,准备报复这个社会,报复她心里的老天爷。

这种呼唤使人们惊慌不安,不敢再让她游街。几个妇女架着她,开始把她往家送。水秀挣扎着不回去,她们拧着她胳膊逼她回去,那样子很慌乱。

五

在惩罚水秀之前,黄家的人为了保护脸面,先放了黄铁锁。

这样就把水秀弄成勾引良家子弟败坏门风的淫妇,让她把罪恶承包下来。虽然是为了迫害水秀,无疑也是对黄铁锁的一种偏袒。不想这偏袒,却害了黄铁锁。回家以后,黄铁锁一下觉得垮了,垮得全身心感到一种虚弱。无论如何他还是一个年轻的血性汉子,虽然被捉住关在家庙院里,丢人归丢人,有水秀为伴,共赴灾难,他心里还有一种悲壮感。这种事,不为别人发现更好,既然事发也就撕破脸皮破罐破摔,甚至有一种豁出去的快感。

那时候他被关在家庙院里,心里就横下来,出丑就出丑,受罚就受罚,不过是皮肉受些苦。这样也好,索性把事情挑明,过后经人说说就和嫂子过日月。兄弟娶嫂子这种事虽然少,也不是没有发生过。族里能同意更好,不同意就和嫂子脱离黄家另过日月。有嫂子做伴,他也不亏做回人。如果再生个一男半女,自己这辈子也不可怜。这就使铁锁反而有一种庆幸,对前景充满了乐观。只是他什么都想到了,没想到先把他放了。尽管他挣扎反抗一再说怨他不怪嫂子,还是硬把他押着出了家庙院,送回到家里来。又派人看管,不准他出门去乱搅和。

往床上一躺,铁锁全身都软了。放他回来,这就把责任全推给嫂子一个人。他觉得族里人逼着他出卖了嫂子一样,在关键时刻自己离开了嫂子,离开了自己的心上人,成了无耻的小人一个。无论嫂子如何看他,怪不怪他,他都扔下了嫂子,让她一个人去承担罪过。从这里出发,他走进了自己联想的耻辱之中。

捉奸捉双,自己被当场捉住,再无话说,往后也就再无脸去见族里人和另姓旁人。自己走到哪里,都会有人指着他的脊梁骨骂他不要脸,找嫂子睡觉。由于关键时刻逃脱惩罚,加重了嫂子的罪过,嫂子也不会原谅他,过后也会不理他,轻视和小看他。就是嫂子宽容,不计较这些,作为一个男人,他再也无脸面去见嫂子,去见自己的心上人。这样,前后路都断了,他感到了往后无处逃遁。

有自己在场,无论打骂,那惩罚有多重,总觉得可以忍受和闯过去。现在只剩下嫂子一个人,他们将如何迫害和折磨她?他想不出来。越想不出来越想,越想就越痛苦。想象的痛苦永远比行为痛苦更加痛苦,这种痛苦由于看不见摸不着,就如无边无际一样折磨着他。他心疼嫂子,他心疼他的心上人。

这是一种思维怪圈,任何人都会有这种思维体验,凡事只要你一开始往坏处想,就越想越坏,往好处想就越想越好,这时候思维过程和思维内容不重要,重要的是一出发选择的思维角度和路线。就像水秀在游街示众时她想到自己冤枉一样,越想越冤枉,竟理直气壮骂着跳起来。铁锁一开始就觉得自己无耻,就走进了自己耻辱的深渊。

如果铁锁一开始往别处想,就会沿着另一条思路展开联想,就不会轻易想到绝路上。他选择了自责这种思维方向,就越走越远,想到了绝路上。

他先是把道德这条路想断了,今后无法生活在族人和乡人之间。又把爱情这条路想断了,今后无法再面见心上人。就感到了走投无路,走到了人生尽头,想到了自杀。

实际上,他想到无法再生活在村里和无法再见心上人,还都是表象,连他自己也不明白,此刻纠缠在心里的死结是他自己无法再面对自己。也就是说,他更重要的,是他今后看不起自己。没脸再见自己。再也找不到活下去的理由,就自己判处了自己死刑。

我觉得黄家族人放了他只是帮助他找到了自杀理由,真正杀死他的,还是他自己的心灵。

这使我再一次觉得自杀这个词语很准确,自杀的人都是自己找到死亡理由的。找到理由就去实现它,这都是些勇敢的人。这使我对所有自杀的人,无论什么理由自杀,都怀着深刻的理解和尊敬。

自杀,绝不是什么轻生。那是些把人生看得比什么都重的人,才敢想到并实现自杀。

黄铁锁是七天之后自杀的。这七天里,白天他都待在家里关上门吃饭和睡觉,不见任何人。夜里就出门来干活儿,他把自家的粪都挑到水秀家的地里,为水秀家的庄稼追了一遍肥。又摸黑把水秀家的地边都刨了刨,还给坡地挑了一道崖,以便存住水来养庄稼。嫂子带两个女儿过日月,这些活儿她干起来太吃力。

这些情况别人不知道,水秀是发现了的,也想到是铁锁干的活儿,只是想他心里难受,没往别处去想,也就没有理他。她不会想到,这是有人走到了人生尽头,要上路了,用这种方式来向自己的心上人告别。

真正要自杀的人,是很少公开和人告别的,这时候自杀成了他最后的秘密,他要守住自己的秘密,不被人知道。一直到铁锁吊死在坟里柏树枝上,水秀才想明白了铁锁的心思,但是已经晚了,舌头已吐出一尺来长,那颗心已经不跳了。

铁锁一死,水秀才开始伤心。虽然让她游街示众,受尽鞭打和苦刑,那只是外伤,铁锁的死才使水秀受到了内伤,伤碎了心。如果说游街示众没有征服水秀,在某种程度上,那是还有铁锁的爱情在垫底。只让她一个人受两份罪,把铁锁放了,正合她的愿望。她开始就说怨自己不怪铁锁,就透出来她希望保护铁锁不受折磨。放过铁锁,只迫害她一个人,她觉得保护了铁锁一样,反而心里踏实一点。她一直觉得铁锁比她小,像她的弟弟和儿子一样,她渴望像母亲那样保护他,传达一种情感。如今铁锁一死,才把她打垮了。特别是铁锁临死还想着她,为她干了七夜晚的活儿,这份情一刀一刀剜着她的心。女人不害怕苦难,在苦难面前,女人和男人相比永远是强者。女人最要命的,就是受到来自情感方面的伤害。女人活在这个世界上,活的是情感。

铁锁死后,水秀觉得天才真正塌下来。脱光衣裳把她赶上大街,她没有放声哭过,如今她跑到铁锁坟头放声痛哭。山里女人,喜欢一边哭一边诉说,来表达自己的感情。水秀就跪在坟头,扑在坟上哭着叫唤:

"铁锁,是我把你害死了,你死得冤呀。"

"好兄弟,嫂子害死了你啦——"

如果不是两个孩子牵挂着她,她很可能以死来报答铁锁对她的情义,和他一块儿走。除了孩子,这世上没有什么让她留恋的。

铁锁死后,水秀变了一个人,她忽然不说不笑不搭理别人。她认定了自己没有错,她看透了这个社会的肮脏和黑暗,就不理会别人态度,反而拔起来一份孤傲。

这是一种常见的心理对峙现象。别人看不起她,不搭理她,如果她上赶着去讨好别人,别人就会越来越看不起她,她就永远站在做人的低处,抬不起头来。但是她先不搭理别人,就居高临下抵抗住别人的轻视,守住自己的尊严,保护了自己的人格。这里边的关键是,别人看不起自己,自己要看得起自己,甚至要尊敬自己。

水秀卖淫就是从这以后开始的。虽然叫喊着要卖淫,但是等到真有人

　　　　　　　　疼痛与抚摸

来敲响她的窗框,还是让她心惊肉跳。虽然接过铁锁五块钱,但她一直不承认这就是卖淫。在五块钱之外,他们叙述过那么多情感。于是,第一次真正卖淫以后她大哭了一场。她觉得她的清白这一次才失去了。哭过之后是咬碎牙的仇恨。现在她终于彻底站在了这个社会和传统道德的对面,开始报复和瓦解它。

这种事大都在夜晚进行,不是水秀白天不敢接客,而是男人们白天不敢来嫖。他们像鬼一样,只有等天黑下来才敢溜出家门,来做他们自己也认为见不得人的事情。去做见不得人的事情,永远对人们是一种诱惑。

由于孩子们小,水秀怕脏了孩子们的眼,就把另外一间房收拾收拾,另支一张床,作为她卖淫的地方。她让俩姑娘睡在原来的屋里,放上尿盆,一入夜就把她们反锁进老屋里。好像她要去打狼斗虎,害怕伤到孩子们一样。好像她要跳到茅坑里淘粪,害怕屎尿溅到孩子们身上一样。孩子这时成了她活着的希望,成了她的命。

刚开始人少,偶尔有男人半夜偷偷摸进院子里,将她的窗户敲响。她把人悄悄领进屋,先接过钱,再脱衣裳上床。第一次就找到了和铁锁私通时不一样的感觉,一切随男人的便,他爱怎么就怎么,她只是为了挣钱,投入不了感情。那样子像替人纺线和织布一样,只感到在干活儿,感受不到燃烧,感受不到要死要活的疯狂。

接着,人逐渐多起来。有时候屋里已经有人了,外边还有人敲窗户,她就没好气地说,屋里有人,赶明儿个吧。她说这些话时不再不好意思,脸不红心不跳,完全是生意人一个。那样子就像谁找她干活儿,她已经接下了别人的活儿,就回绝人家一样。

她越来越看不起这些找她的男人,平时在阳光下看他们一个一个正经君子模样,只要天黑下来,摸到她床上,就低三下四像孙子。只要脱光衣裳,马上就换了一个人,猪狗那样不要脸,没有一个好人。

　　起初做这种事,水秀觉得收了人家的钱,替人家干活儿一样。后来感觉发生了变化,不仅仅要挣钱干活儿,同时要使用牲口那般使用这些男人。就像借用别人家的驴拉磨,小鞭子抽打着它,累得驴一身汗水,把她的粮食磨成了面。

　　她逐渐学会打发和戏弄这些嫖客。没心情便罢,收了钱一由他们自己折腾。心情好起来时,她就让他们侍候她,享受性行为的快活。然后再把他们赶下床,轰苍蝇那样赶他们出去。有时候洗罢身子干干净净往床上躺下,回想这些臭男人,她觉得自己成了戏台上的君主,这些人成了她的奴隶,她的狗。

　　有时候夜深人静,她也觉得自己很坏,成了坏女人。只要回到世俗观念里,她就感到不安,不明白这鬼日月还要过多久。想到再不能在人前当好女人,就觉得伤心,就害怕这日月。这种意识来回流动,常常使水秀感到进退两难。

　　其实,人都生活在两难之中,没有人能够逃脱。

　　这大概就是生的苦恼。

　　有人叫苦海无边。

六

　　水秀难以忘记的那个夜晚,是黄家族长敲响她的窗框。作为一族之长,族人楷模和道德的化身,能在深夜里走到水秀窗前,他该迈过多么远的心理路程。他本来让人感到古板和腐朽,像一具会移动的道德死尸。但是,自从他举手敲响窗框起,就显出了丰富和鲜活。一个活生生的男人,从族长的壳子里挣脱出来。

　　现在我比较能理解了,族长只是这男人在人面前表演的一个角色。他当族长就像演员演戏,说族长的话办族长的事,只是沦陷进族长的剧情里在操作法则。尽管他迷恋这个角色,却不能永远生活在舞台上,那会把人累死。他需要经常走出这个套子,回到生活的真实之中。就像生活在真实之中的人,也要经常去进入许多角色一样,永远生活在真实里不去表演任何角色,也会把人累死。现在他趁着黑夜的掩护,悄悄溜出那个套子,举起手轻轻把窗框敲响。

　　那晚上没有星光,天阴着却没有落雨,只把雨雾洒下来,夜晚就弥漫着湿润润的温情。

　　水秀已经洗罢身子躺在床上,洗去白天劳动留在身上的汗味儿,使她觉得清爽和舒适。心里想着些细碎事情,像一个一个数着罐里的鸡蛋。她准备就这么入睡。有人把窗框敲响。她起初懒着身子迟疑着不想起身。这迟疑差点丢失这个夜晚。后来她想了想才披衣下床,摸火柴点灯。接待客人时,她一直坚持先点亮灯,好像点亮灯就光明正大一样。

她去开门,先把人让进来,回身又把门闩推上。没看清黑暗中来人的模样,只看到既陌生又熟悉的轮廓。她跟着这男人走进里屋,看到他把钱放在桌子上,同时吹灭了灯。水秀在灯光消失时捕捉到族长的侧影,只是她不敢相信,确实是族长来到了她的床前。族长和嫖客,这两者相距太远,就像天南海北,她无法穿针引线把它们缝在一起,就感到不真实。

长期以来,水秀只把他当成族长,忘记了他还是一个男人。就如家庙里的神像来到她眼前,使她觉得突兀,看着面前黑暗里恍惚的身影,就像看到一团飘来的梦幻。

两个人站在黑暗中,水秀觉得像站在自己的梦里。她伸手挡住他,不让他往她身上靠。他把脚步停住,如一根黑乎乎的树桩栽在那里。

"我得知道你是谁。"

他不回答她。说惯了族长的话,他丢失了自己的话语。人回到真实中,语言还飘扬在远处。

"真的是你吗?"

族长点了点头。

水秀看着眼前这个脑袋向着她低下,仿佛看到一座庙宇轰然倒塌在眼前。她这才走出刚才的梦幻,回到现实生活里。族长又欺过来时,她心里忽然慌乱如生长出一大把茅草。不再阻拦,也没有反抗。并非他放了钱,就不能够拒绝,而是没想到要拒绝。就让他把她弄到床上,脱光了衣裳,轻轻地搂进怀里。那时刻她觉得自己发轻,轻如一把棉花在他手里掂来掂去。

他不像别的男人那样粗俗和野蛮。就像缝纫一件丝绸衣裳,做得很精细。她没想到族长看去那么呆板,却这么会疼女人。更没想到做完后不起身走,而是像夫妻那样躺下来歇息。

这就给了水秀一个整理慌乱思绪的机会。刚才像在半空中,如今落到实地上。水秀就觉得自己很冤。他让人用鞭子抽打她,又让她游街示众,如今又骑到她身上找快活,就觉得自己太窝囊,太贱太不值钱。她想把这份冤找回来,又不知从何处做起。

如果族长留心,就会感受到水秀的情绪有了变化,可惜他没有。他也在整理自己的思绪,正一点点恢复着理智,逐渐冷静下来。他一下子觉得这一步迈得很远,有些荒唐。想到族长的身份,他有些不安,他必须想办法把已经发生了的事情掩盖起来,永远不被别人知道。说穿了他是想占有这个女人,又要让这个女人维护他的形象保护他的名声。

这使我们发现,在对待性爱的态度上,男人永远比女人要虚伪和软弱。他们总是最先想到后果,安排善后工作,甚至做好背叛的准备。

"我知道你恨我。"

"我不恨你。"

"其实恨我也没有道理。我由不得自己,那是规矩。我心里可想你,总想来看你。"

族长用很少的话语,表述他全部的虚伪。他想用这话语,给自己修一条退路,沿着这条路从真实生活里返回族长的角色的套子里。就像狐狸把偷来的东西埋在雪地里,用尾巴扫着雪退着把自己的脚印掩埋。

但是,水秀不让他这么做。族长说什么,她都应声,心里却在想着别的主意。她拿定心思要出出这口窝囊气。如今他在她床上,就等于在她手心里,她也要让他窝囊窝囊,最好窝囊到心里头。

她甚至想到了最恶毒的主意,翻身骑到他身上,骑驴骑马骑猪骑狗那样,把他骑一骑。你玩弄我,我也玩弄玩弄你。然后把钱给他,这钱不是那钱,那钱是你买我,这钱是我买你。最后一口痰吐到他脸上,把他赶出去。让他也受受女人的气,尝尝受侮辱受欺凌的滋味。但是她没有这么做,并不是没有勇气,而是觉得那样做自己就太贱太泼太坏,真正成了一个坏女人。不管别人如何看她,她自己总觉得自己是一个好女人。

这是人的普遍心理,每个人都觉得自己是好人。如果自己也认为自己是坏人,就不去办坏事,就不做坏人。无论做再坏的事,他都能找到理由去做。好人永远是自己,只有别人才是坏人,这才是人们区别好坏人的普遍方法和统一标准。

水秀最后才想到族长的小旱烟袋,她放族长走时,留下了他的小旱烟袋,就像放走狐狸时割下了它的尾巴一样。水秀做得很聪明,她留下了信物,也就留下了一切。但是我在想,水秀留下这信物,除了以防万一之外,是否还有另一种暗示呢?那就是暗示着她不拒绝族长再次来敲她的窗框。我想连水秀自己也不会明白,这种下意识里还有更丰富的内容。起码族长没有悟到这个暗示,丢掉了旱烟袋,他像丢了魂一样,回家去就躺了三天不出门。再出门见人时,别人发现他害过病似的老了许多。

水秀抓住这个旱烟袋,就抓牢一个可能性,随时可以凭证物出门去吆喝,使族长出丑。当然,她要真这么做,就没有了味道。她不这么做,只握着这么做的可能性,就抓紧了对族长的威胁。可能性比肯定性容易产生恐怖,把族长的精神折磨。他忍受着这种折磨,永远等待着大祸临头一样,再也想不到去把水秀的窗框敲响。

刚开始，水秀摸着族长的旱烟袋，还有点高兴，时间一长安静下来，她也觉得没了多大意思。族长害怕她找事，远远看见她像看见蛇一样绕着她走，使她心里感到别扭。她甚至觉得老拿着旱烟袋吓他，还有点难为他。平心而论，过往这么多男人，还就是族长让她动心。她虽然厌恶白天里人面前那个族长，却喜欢夜晚黑暗里那个族长。她在这时才发现拿着他旱烟袋的另一层含义，在内心深处，她不拒绝他再来找她，多少还有一点渴望。说到底她是一个多情女子，走不出温柔。女人永远是情感的羔羊。

这以后几年间，她的家庭生活确实发生了很大变化。再没有人找她的麻烦，又有人送钱花，她不再替人纺花织布。经常带两个女儿上街赶集，让孩子们吃糖豆和肉包子，回家时还割肉买豆腐。生活好起来，想尽办法让孩子们吃好穿好，把两个女儿养得两朵鲜花样艳丽。

水草和水莲年幼不懂世事，不知道妈妈作难受苦，傻呵呵高兴。出门去和别人发生争吵，感觉不到自卑和胆怯。随着年龄增长，懂事以后就不行了，终于明白了妈妈在夜里做的事情，揭开了家里的秘密。出门去再站不到人脸前，感到丢人败兴低别人一头。

在一个有雨的傍晚，两个女儿围着妈妈做针线，再也承受不住压抑和痛苦，开口向妈妈发问。那时候姐妹两人挤眉弄眼，相互推让，最后还是水草先开了口。她看着妈妈的脸，看了许久，才怯怯地说："妈，外边好多人说你。"

水秀抬起头，并没有停下手中活计，对女儿的话语没有设防，她的神志还缠绕在针线上。

"妈,外边人都说你不正经。"

先是针扎伤了水秀的手,就有血流出来立在手指上。她心里疼了一下,就明白孩子们要说什么了。她早知道有这么一天,早晚要面对自己的孩子,没有想到这一天来得这么突然这么快。她一时答不出话来,感到孩子们已经长大成人了。

"妈,是真的吗?"

"妈,这不是真的。"

两个孩子不放弃这种追问,又抱着幻想,希望出现奇迹,等待妈妈否定这一切并给予解释,最好把她们说服。在她们印象中,妈妈最会说服她们。

孩子们错了。承认这一切虽然艰难,但妈妈从来不对她们说谎。虽然她们的问话如刀子剜心使妈妈疼痛,妈妈还是向她们点头默认了。

当妈妈的脑袋向她们低下来又低下来时,她们明白妈妈承认了自己是不正经的女人。她们受不了这种最终的打击,姐妹两人哇地哭起来。

水秀不劝她们,就让她们这么哭,哭出来好受,憋在心里容易伤身子。等到她们哭了一阵子,她才认真地说:"当妈有当妈的难处。现在你们还小,不明白事理。等你们长大,就明白了。别嫌妈丢人,妈可是清白人,妈有给你们说清楚那一天。"

孩子们年幼,听不出这话的分量。她们开始找破旧衣裳穿,不再穿新衣裳,她们开始轻视她们的母亲。水秀无力改变这一切,只有承受这痛苦。但她无论如何没想到水草会为此离家出走,再也没有回来。

七

我们都有过这样的经历,青少年时血气方刚自以为是,给父母闹起或大或小或明或暗的别扭,听不进父母的话,不理解他们的苦心,这是普遍现象。没有什么奇怪,我们不愿意重复父母的生活,急于独立出来,挣脱父母的影响,就像小鸡拱破蛋壳,闯进外面世界。等到我们成家立业,最好娶妻生子,甚至要等到父母逝去,才回忆起父母的恩情,边自责边把父母放在心上养起来。一般来说,父母死后,我们才发现我们的孝心,才努力做起孝顺儿女来。

就是这样,相比之下,我们更喜欢孝顺死后的父母。不仅回想他们的恩情,也愿意理解他们生前的不幸。把父母放在我们回忆和思念里泡着养起来,像把两棵人参泡在酒瓶里。

水草也是这样,出走以后,她再也没有回家,甚至不想见她的母亲。一直等到母亲死去,她才后悔起来,并慢慢将母亲回想,才忽然忆起那年母亲对她说过的话,"妈可是清白人,妈有给你们说清楚那一天",这时她才发现,妈妈这番话是对她们的一个许诺,一个自杀的许诺。

那时候已过去许多年,水草和水莲相继都嫁了人,只剩下水秀一个。女儿长大像鸟一样飞出去,把母亲剩成了一个空壳。不再负担女儿们的生活,她一下垮下来。一发现自己成了无用之人,就陷入了空虚的困境。

往日她为了养孩子,作过多少难,受过多少罪,甚至逼着她卖皮肉挣钱,把人活成了鬼。但心里不发空,满满当当,有活儿干有事做有盼头。虽然苦,活得浑身是劲。如今孩子们相继嫁人,不用再受那份苦难,心里却空落落难受。相比之下,还不如过那苦难日月心里踏实。

她的这种有趣的感受向我们说明,人不能没有负担。俗话说人不能一日无事,这句话很深刻。沿着水秀这种感受走过去,我们发现一个秘密,人活在这个世界上是为了承受苦难和克服痛苦的,并不是为了追求幸福。幸福只是一种假设的幻想,说白了也只是对于苦难的不同感受,是克服苦难时的一种精神愉悦。人只有在承受苦难时才能发现活着的价值和意义,来振奋我们的精神。从本质上讲,就说人类渴望苦难也不要紧。就像女人被男人压在身下反而能找到欢乐一样,只有最沉重的负担才能给我们的生活带来充实和丰富。失去了负担,人将变得毫无意义。

水秀就是这样,当她受苦受够,再也找不到苦来受这本身却成了最大的痛苦。她能忍受克服那具体的生活的痛苦,却忍受不了这思考的精神上的痛苦,最终想到了离开这个世界,去自杀。自己杀死自己,这是她最后想到要做的事情。

不过,她并没有对女儿许诺过要自杀。那时刻面对女儿的追问,她不想说谎,又无处逃脱,点头承认之后就再无退路,为了找地方放下自己,就给女儿们一个许诺。许诺那时候只是临时找来安放自己的一个地方,就像一个放东西的竹篮和草筐一样。她说:"妈可是清白人,妈有给你们说清楚那一天。"到底哪一天说清楚,如何说清楚,她当时并没有多想。

我们在生活中经常出现这种情况,面对困境时无路可退就把许诺拿出来抵押,虽然字字千金无比认真,并未立刻就想到实现这许诺的形式和内容。那只是认真空洞的一个许诺。如果不去实现它,它就成为一句空话。

如果把它存放在心里，不断选择形式和加进内容，最终才能使这种许诺独立存在出来。水秀也一样，当她想到要自杀时，这个许诺才开始丰富和充实，发出存在的呼唤。这就是说，她并非为完成这个许诺而自杀，而是自杀拯救了这个许诺。

先是女儿们长大成人，不再需要她。由于她名声不好，不能常去看女儿，她也不能够需要她们。身为卖淫妇，白天里无法在人面前站着说话，她也就没有了自己的白天。由于年老，又洗手不干，夜晚不再有人来敲她的窗框，她又丢失了夜晚。不能把自己放到白天里，又不能把自己放在夜晚里，就无处可放。就像我们家里的一件破旧东西，用不着又不值钱，又没处放，哪里都放不下它，只有扔进垃圾箱。死亡就是生命的垃圾箱。水秀只有去死，只有死亡那里有地方存放她。

当然，这只是外部环境，围困她动员她自己把自己杀死。真正最终促使她自杀的还是她自己的主意。自从她失身以后，有一个情结一直在纠缠着她，那就是她说的清白。她虽然失身，并且又卖淫挣钱，但她顽固地认为，自己是清白女人。但是她无论如何再也找不到自己清白的证明，向这个社会向这个人间讨回来自己的女人的公道。那只有死亡，只剩下自杀这一条路，可以证明自己，可以换回来自己的清白。该付出的全部付出了，再没有什么可付出的，只有付出全部生命，才能把清白换回来。

她活到这一步，已经对这个社会失望，对这个人间失望，失望到仇恨的程度。但她不仇恨女儿，不仇恨自己。她需要用自杀来表达对这个世道的仇恨，她需要用自杀洗干净自己的名声，她需要用自杀把清白换回来作为遗产留给女儿们。清白，这是一个母亲为了女儿要去完成的最后的工作。

决定自杀以后,自杀就成为水秀要做的一件事情,而完成它还有许多工作要做。就如我们决心要盖房子,就要找地方买砖瓦备木料那样。

她先想到要偿还债务。长年不和别人打交道,没欠别人什么债务。就欠铁锁的情。尽管最初是铁锁给她五块钱,引她走上这条道的;铁锁毕竟因为她而自尽,她终是欠他一段情。往常清明时,她去给丈夫扫墓,也给铁锁坟上挂些纸条儿,烧几张纸。往后没人管他了,她去给他说说,送些钱花,让他以后自己照顾自己。

一个深夜,水秀就来到铁锁坟前,先把香点着,跪下来给他磕头。烧了几张黄纸后,她把存的钱拿出来,是家里余下的再也用不着的钱。先挑五块钱烧了,她说兄弟这钱是你的,嫂子还给你。再烧余的钱,她说兄弟这是嫂子送给你的,可怜见你帮嫂子干恁些活儿,没啥报答你,就把这钱都给你花吧。最后才许一个愿,她说好兄弟,看着你调皮捣蛋,嫂子可知道你是个厚诚人。如果有来世,我一定嫁给你,好好跟你过日月。

这时候夜风吹来,把纸灰轻轻托起来。她就说好,你知道了就好,你把钱接住了就好,我这就放心了。这才起身往回走,往回走时由于还了铁锁的债,就觉得很轻松,不由自言自语:人来世上总不能欠债走,欠债总是要还的。

接着她想起了族长的小旱烟袋,从箱子底拿出来,在手里抚摸着,就像抚摸着一段往事。仇恨是早没有了,让岁月的风早吹散了。只剩下了回忆,只剩下了情。就要死的人,她不再对自己隐瞒,也不再不好意思,看着这烟袋她承认对族长动过心。甚至多少个夜晚,她静静等待过他把窗框敲响。他再没有来。她等待的只是她的等待。看着人面前那么威严的男人,原来这么胆小怕事。这男人们永远不知道女人的心哪。

她想把它带走，没有那么重的情。再说也没法向丈夫交代。死后被人发现了更不好。就想着还是把它送回去，还给他更好。多少年过去，他没说，她也没说，别人并不知道这件事。把烟袋还给他，就算没有了这回事。只是烟布袋太旧了，没法再装烟叶，得再给他绣一个。这就飞针走线，又绣起烟布袋来。

如果族长敏感，接过烟袋时就该想到什么的。可惜他没有。等到有人来说水秀自尽以后，他才忽然想起来，她为什么送旱烟袋给他。背过别人，他手握着这旱烟袋，看着新绣的烟布袋，才想透了这个女人。忍不住难受，一颗颗老泪掉下来，打湿在烟布袋上。

第二章

一

从跨进水月家门，郭满德就很少说话，把自己聚住埋进沉默里等待。吃饭时牢记坐在下位，不敢放开肚子吃饱，吃得很多会让人笑话。更不敢吃出响声，那样就没有吃相。他一直等待着和水月单独谈话的时刻，就像一门炮在等待着被点燃。

吃过饭后，媒人和水月父母借故离开，并关上了院门。屋里只剩下他们两个人时，他明白等到了这个时刻。那时候他紧张到心跳出来，挂在嗓子尖上。水月一进屋，他就像一门炮被点响，扑上去就把水月抱住。搂住水月那一刻他自己先呆了。他第一次搂抱女人，就像搂住一个不真实的梦幻。他拼命地搂，忘记了一切。好像搂住不放就占有了这个女人，就抱住了婚姻的大腿。他昏了头,差点忘记了下一步该怎么办。

水月如果那时刻镇静,就会看到郭满德的傻相并洞察到骗局,可惜她也被这一搂搂昏了头,呆在那个瞬间里醒不过神儿来。这就使郭满德有机会愣过神来想起来要往床上摔,只有摔到床上才能干那种事。一用力,就把水月摔到了床上。那一摔他才发现女人很轻,轻如他经常捆来捆去和摔来摔去的一捆青草。

被郭满德搂住扔起来那一刻,水月觉得自己如一条花头巾,先被按泡进水里浸湿,又被拎出来摔到了岸上。这个岸就是她身下的这张床。在被扔起来时,水月在空中迅速成长,等落到床上时,已经是一个成熟的女人。

在某种程度上,女人的彼岸永远是一张床。

尽管各种各样的女人有各种各样的理想,这理想五彩缤纷,但说穿了还是理想各种各样的床。床与床有区别,那只是形式上的区别,而内容都一样,仍然是一张床。

请不要误会,我在这里没有一点轻视和贬低女人的意思,故意把女人和床联系在一起。我一直想女人是通过家庭影响这个社会的,如果家庭是上帝送给女人的礼物,那么这张床永远是家庭的中央机关。我觉得女人善于通过男人参与外部世界的生活,男人是女人的传声筒和传令兵。那么这张床就是她们用来捕捉男人的容器。先把你捕捉住,再把你训练,磨掉你的野性;最后把你关进笼子里一样固定到这张床上,然后才不断把你派出去为她工作。从这个意义上说,女人的能耐就是如何使用这张床。女人理想的彼岸永远是一张床的意象。

那时候院里有几只鸡咕咕叫着,把院子叫出少许灵性。屋里的阳光慌乱中被折断,迅速愈合伤口,又接连成几柱光芒,仍然棍子样斜插在屋中。

郭满德把水月摔到床上,接着他就往床上扑,抓过水月的身体,把自己盖在了水月身上。从此,他长大了。

一个男人从母亲的子宫出发后,来到这个世界上,并不知道母亲怀抱以外是什么,只把母亲怀抱当成整个世界。等到他吃奶水长大,离开母亲怀抱去闯外边的世界,无论走到哪里,他的潜意识里外边的世界永远是放大了的母亲的怀抱,久久走不出这怀抱的阴影,围困在童年情结里。你就是长到老,也是一个老小孩。只有扑向另一个女人的怀抱,才算独立成长为一个男人。

这就是男人成长的过程,一个女人把你养大,另一个女人为你洗礼。

郭满德盖在水月身上,给他的童年岁月画上了句号。我原想他会进一步向深刻处发展,没想到他只是仅仅盖在水月身上,并没有增加更丰富的内容而走向极限。只是抱着水月,来回疯狂地摆动,摆动他自己。好像这么摆动着,就如摇下树上落叶那样摇动他身上的幼稚,摆动掉渴望女人的无边痛苦,使他进入一种陌生刺激、无比快活的境界里。于是,他就那么持久地摆动着自己,把这个动作无休止重复下去。

在郭满德身下,在这种疯狂摆动之下,水月觉得自己像一把谷子被放在石碾上碾。灵魂迅速被碾成了碎片,离开自己的肉体飞舞起来,像花瓣一样在空中飘扬,久久地飘扬。等到这些花瓣飘扬在一起,凝聚成一朵鲜花,重新回到她心间时,她才恢复意识,觉得自己应该反抗。

是应该反抗,而不是要反抗。这就是说,水月并不是要开始和进行反抗,而是要表演反抗。

水月把两只拳头挥动起来像鼓槌,敲打郭满德的脊背。双脚也开始乱踢乱蹬,只是什么也踢不着,什么也蹬不住。就没有想到要蹬和踢着什么。脑袋也左右摇摆,与四肢和谐成一个节奏。这种节奏越来越有音乐感,到后来实际上已经成为一种舞蹈。

如果细心观察,就发现水月反抗的这种节奏,很快就和上了郭满德摆动自己的节奏,这就使这种舞蹈由水月的独舞变成了双人舞。就像一对男女在舞池里,跟着音乐起舞,女人的舞步永远跟着男人的舞步,组合成一种舞蹈形象。不同的是,那是在舞池里,这是在床上。

在男人压迫下这般运动四肢的舞蹈,有一种特别刺激,这刺激产生快感,这快感很快使她的反抗在本质上发生变化,在男人带领下的这种反抗成了一种配合,使她的反抗变成了反抗自己的反抗。

在行为上,她像要把郭满德掀翻下来,而在形象上只叙述着一种反抗话语。在感受那里却有一种焚心烈火般的欲望燃烧着,直想大声呼唤:别放开我,抱紧我,想干什么就干什么吧! 于是这种反抗就在很快演化成舞蹈以后,又成为战栗。这战栗向我们打开水月内心的窗扇,我们看到水月心理上的隐私。这隐私就是她渴望被人强奸。

渴望强奸,这就是水月心理上的隐私。连她自己也不知道。只是在这慌乱的瞬间,才赤裸出心灵的马脚,不小心露出了几丝真相的痕迹。这就给她的一直不嫁找到了原因。那么多一串串红辣椒般鲜亮的小伙子,她都不中意,并不是他们不够条件。水月的选择没有那么多条件,只有一个条件,那就是看谁敢强奸她。

当然,把强奸作为一个选择条件,这说法太偏颇和具象,也不准确。实际上她渴望强奸只是一种抽象意识,这样我们就比较好理解了,她是在渴望情感和爱情。她拒绝那么多小伙子,都是在拒绝一步跨进婚姻,她一定要在婚姻大门之外得到情感和看到爱情。只有获得爱情,她才肯接下走进婚姻的门票。就像我们平时看到电影广告,并读过剧情介绍才肯买票入场一样。水月正年轻美丽,正是热爱爱情的时候,却不知道什么是爱情。不过说白了,谁也说不明白什么是爱情。她只有等待,等待有人带着爱情来找她。这个人终于出现了。这个人就是郭满德。因为郭满德敢强奸她,她把这行动错读成爱情的诗篇。

他们仍然在床上。郭满德仍在摆动,水月仍在舞蹈,两个人同跳着一支舞曲那样。他们都一声不吭。等到这种摆动着的舞蹈持续着重复停滞不前时,水月终于开口说:"别乱别乱,再乱我就喊了……"这句话久久藏在她内心深处,说出来时感到特别兴奋。

实际上这句话是另一句话的变调。在学校演戏时水月扮演过《沙家浜》里被刁小三调戏的少女,那少女喊过"救命呀——"一句话,水月对这句话产生过许多联想,喊出来时特别刺激。于是这句话就悄悄在她心里潜伏下来。她渴望在生活中喊出来。本来是要等郭满德进一步动手动脚时喊出来的,可惜郭满德停步不前,只会在那儿摆动,水月的潜意识按捺不住激动,就把这句话吐了出来。实际上是唱了出来。这句话是舞蹈进行中的歌唱。

一句话就止住了郭满德。他品不出这句话的深意。本来是鼓励他勇往直前,是给他加油呐喊的赞歌,他却乖乖从床上跳下来。他错过了这个良机,像个大姑娘那样,红着脸站在屋的中央不知所措,一副无地自容的熊样儿。

可惜这时候水月不敢看他,埋头在床上挣扎着走出羞涩,没有发现这个男人的木讷和无能。接着她慢慢爬起来,悄悄地擦泪。那时候她满眼都含着幸福的眼泪。她害怕郭满德看见了误解和笑话她,就继续背着身子收拾床铺,用手抚平床上的感情波浪,一直没有抬头观察郭满德的动静。她一直沉迷在那舞蹈里,陶醉着迟迟不肯走出来。

这时候院门外响起说话声,媒人和水月父母要回到家里来。

脚步声踩碎了他们单独谈话的时间,郭满德连忙把那个红布包包塞给她,她连想都没想就接了下来。她就这样接下了这个红布包,接下了走进婚姻的入场券。一步就跨进爱情骗局里。

面对婚姻,有的人是精打细算,把各种条件放在一块儿加减乘除,甚至放进电脑里去精确运算,把自己的选择计算出来。那时候婚姻就像一个方程式被解开来,明明白白,清清楚楚。我把这种理智选择的婚姻,叫作数学婚姻。另一种人凭感觉,不大讲究各种各样的条件,完全凭自己找没找到一种对婚姻的感觉。如果没找到这种感觉,条件再好也不行;一找到这种感觉就一头扎进去不问黑白。我把这后一种凭感觉选择的婚姻,叫作文学婚姻。水月显然是后者。软弱的人凭理智,勇敢的人凭感觉。水月是个勇敢的女人。

我一直觉得水月的这种个性,很大程度上来源于她母亲对她的遗传和影响。

二

水草离家出走那天,空中有风卷着雪花。她什么也没有想,就一头扎进这风雪里。她最大的心愿就是离开这个家,永远不再回来。当她走出村子来到野地里,才想起来不知道往哪里去。她站在雪地里,风钻进衣缝蛇一样在她身上游走,冷得她发抖。她站住脚开始思考到哪儿去安身。她站住脚开始思考这一时刻,使她拥有了选择。

我们都从这条路上走过。当母亲把我们生下来,那只是诞生了我们的肉体,接着我们又掉进父母意识的子宫里。他们包办我们的选择和思考,强迫我们要这样不要那样,侵占殖民地一样占有着我们的心灵,我们久久在父母意识的牢房里服役。父母永远希望儿女们做他们的替身,他们做儿女们的法则。儿女们就像他们手里玩的木偶。当有一天我们以各种方式终于远离父母,独立面对生存,开始思考那一刻间,我们才真正从父母那里分离出来诞生了,从肉体到精神成了独立的人。就像水草如今呆呆站在风雪里,面对整个世界进行选择。

由于寒冷,她站着站着就蹲下来,把自己团结住。雪花飞来逐渐把她掩盖,远远看去就像一堆雪。地上这么多路,她不明白走哪一条。走哪一条路,往日是用眼看,现在要想,要把这条路想出来。

她在想路的时候看着这漫天飞雪,觉得她和这雪花一样,没有家,没地方去。风把雪花卷到哪里就在哪里落下。无论如何她要先找个地方,那地方没有风雪,有水喝有饭吃。我们发现,生存开始影响并决定着她的选择。

我们常说人生处处是选择，人的一生就是选择的一生。其实没有那么多选择，说白了人生基本上只有两种选择，我一直把它叫作吃不饱选择和吃得饱选择。吃不饱选择通常指向物质，吃得饱选择才能指向精神。像水草蹲在雪地里的这种选择，当然属于吃不饱选择。

有趣的是，水草刚从家里逃出来。那家里有吃有喝，她却忍受不了家里熬煎，忍受不了那耻辱的围困。为了逃出精神痛苦的困境，她选择了背叛。没想到刚逃出精神困境就掉进生存困境。这就使她从家里逃出来，只是从一个困境转移到另一个困境里。就像她背叛的那一切赶来追杀她，使她又陷入了自己的背叛里。

这种人生现象向我们揭示，人生其实就是从一个困境到另一个困境的不断跳跃和转移。就像我们小时候玩跳格子游戏那样，只能从一个格子跳进另一个格子，不能跳在格子外边，格子外边是死亡。并不是重复，意义和价值就在我们不断挣脱困境时的体验和感受里，是这些体验和感受放射着人生的光芒。

水草蹲在风雪里，怎么也想不到可去之处。姥姥和姥爷死得早，姨和舅她也没有，没有亲戚可以去投靠。她又没上过学，也没有老师和同学可以帮她。但她拿定主意不去讨饭，她不能从一种耻辱转移到另一种耻辱。就觉得天下这么多路，没处放下她的双脚。

她如果实在无路可走，当然还可以再拐回去，妈妈正在家焦急地等待她。许多人都有过这样的经历，逃出来后没有办法就再拐回去，走回头路。不过这拐回去很容易挫伤锐气，也许会断了脊骨那样软了骨头，再也走不出这种软弱，再也撑不起精神的风帆。水草没有这样想，她决心就是死在外边,也不再回头。这一笔描绘出她性格的格调。她已经十六岁,开始萌芽人生态度,敢叛家出逃,说明她开始超越物质局限追求精神。追求精神,水草在这风雪之中吹响了她人生的号角。

马蹄声是从身后远处传来的,把水草惊动。水草站起身,像竖起一堆雪。接着就有人骑马来到她面前,那骑马人跳下马背时,她看见他身上还挎着手枪。那时候水草想不到怕,就没有去想这人是刀客还是土匪。只忽然觉得这个人能把她带走,她盼望他把她带走,赶快离开这风雪地。她不关心到哪里去,她本来就无处可去。她只要离开这风雪,好像离开这里就有了希望。

骑马人一直在看她的模样,她不明白她漂亮得让人吃惊。他问她叫什么家住哪里,她老实说她家住黄村名叫水草,并连忙说她没有家了,她已经从家里跑出来永远不再回去。他对她叫水草也表示吃惊,并说果然是水家姑娘。看样子他知道她们水家。接着他又问她多大了。她说十六岁。他对她十六岁表示满意,笑着说十六岁就长成一盘菜了。她不理解什么叫一盘菜,为什么她长成了一盘菜。最后他才说把她带走,那里有好吃有好穿有炭火烤,问她去不去。她连忙点头说我去我去。

那块黑布条是从他怀里掏出来的。他要用这块黑布条蒙上她的眼睛,哄着她说看骑马头晕。她没有反抗,她才不反抗哩,反而觉得有趣。他把她抱上马,他骑在马上时一只手搂着她,怕她往马下掉。他一吆喝,马就在雪地上奔跑起来,只把马蹄声洒在风雪里。

由于眼睛蒙着黑布,又蒙了两层,她骑在马上什么也看不到,就像跑进了黑夜里。她从来没骑过马,她觉得骑在马上很得意。开始她觉得是往前跑,后来就觉得拐弯,又是拐弯,就这么三拐两拐把她拐迷了方向,再也不知道往哪儿跑了。但她觉得路程很远,跑了好久好久才进了村子。村子里有风箱声和牛叫声,虽然她蒙着眼,她也感受到了村子里的气息。走进院子以后,她才被抱下来。又牵着她的手往院子里边进,好长的院子,过了三个门槛,才站住了脚。解开她眼上蒙的黑布时,她才发现天已经黑下来。趁着雪亮,她看瓦房很高,就明白这是有钱人家。她不认识这村子更不认识这院子,只觉得陌生,想起她们家黄村,就觉得很遥远。

挎枪的男人把她交给一位妇人,他对那妇人说他要去给先生回话,让妇人把她拾掇拾掇去见太太。她觉得自己像一件东西被转来转去。她看出这妇人是家里的下人,这挎枪人也是下人,主人是先生和太太,一下就觉得先生和太太很神秘。

妇人先扫她身上的雪,一边扫雪一边笑着夸她长得好看,就像墙上的年画。接着端热水让她洗脸洗脚,洗得她热乎乎地舒服。这才牵着她的手去见太太,就像牵着一只羊那样。走进太太住的里屋,屋里有炭火正旺着,太太站在灯边,穿着绿缎子棉袄,看去和妈妈年纪差不多。她使唤妇人去给弄饭,走过来就拉住水草的手,往火边拉。人和气可亲,看见水草就夸她好看如一朵花。由于伸手拉她时摸着了她的湿袄袖子,连忙说:"哎呀,看把你冻成啥了,快换衣裳。"

"不用,太太。"

"湿透了,还不用?"

她那么亲切,水草就脱衣裳。她站着脱,她又把她拉过来,让她坐床边上。又去关上里屋门扇,这才拐回来先扒下她的湿棉裤,又扒下来她的湿棉袄。她把水草的湿衣裳往墙角一扔,像扔垃圾一样。太太让她上床,水草脸热着难为情,她就揭起被子把她按在了被窝里。太太揭箱子取衣裳,一件一件扔在床上,扔衣裳那副样子和妈妈一模一样。太太让她脱光,从内衣开始换,一件一件全穿成了新衣裳。她最喜欢红缎子棉袄,穿上又轻又软和。太太把她脱下的内衣也扔过去,在墙角扔成了一堆,吆喝一声,那妇人进来,笑着把水草的脏衣裳全抱出去了。

饭是在屋里吃的。坐在炭火边喝着热辣辣香喷喷的面条汤,吃着暄腾腾的豆馅白馍,吃了个饱。那妇人进来收拾碗筷时还递给她一块热手巾,让她擦手和擦嘴,一下子把她敬成了小姐一个。她不明白这家人为啥待她这么亲。

"丁三回来说了,你是黄村的?"

"嗯,黄村的。"

这时候她才知道那骑马挎枪的人叫丁三。

"丁三说你叫水草?"

她点点头。

"你是水秀家闺女吧? 你妈可是远近闻名的大美人。"

她误会了。她觉得太太在说她妈不正经,就听着这话觉得刺耳和别扭。她认真地说:"太太,我没有妈了。"

"别说憨话,你这大雪天跑出来,还不知把你妈急成啥样儿了。过一会儿我让丁三去给你妈说一声,别让她惦着。"

"太太,别别,我再也不回去了。"

"坐下坐下,没有人赶你走,我只是怕你妈着急。"

"我不管她。我没有妈了。我是水草。"

"憨闺女,别说气话。你还不知道这是哪儿吧?"

"不知道。"

"我给你说这是曲阳,离你家黄村才五里远,抬脚就到。"

水草不相信,她摇摇头。曲阳村她去过,没有这么远的路。她骑马跑到天黑,怎么会是曲阳呢?

"丁三给你耍哩,骑马在雪地里转圈儿。我可不敢哄你,我们曲家不兴哄人说假话。你来到曲书仙曲先生家了,这话你信了吧?"

水草这才明白她跑进了曲先生家。带她回来的丁三是曲先生的护兵,这太太是曲先生的媳妇。她常听人说起曲先生,有钱有学问,连各处土匪刀客都敬他。他又肯行善,人家都叫他曲善人。怪不得这家人待她这么亲,她跑进了好人家。就觉得庆幸,没有白跑。又觉得有福,老天爷有眼,让她一跑就跑进了善人家。马上就想到,我以后也给曲家干活儿当下人,出力挣吃饭钱,做一个正经女人。

她当然不会知道,丁三半路看见她漂亮才捡回来,是准备让她给曲先生当二房生孩子哩。她就这么一跑,跑进了她未来的婚姻里。

这纯是偶然。她正好那天跑出家门困在雪地里没处去,丁三正好那天出外办事回来碰见她。她又偏偏生得漂亮,让丁三看惊了眼,一问又是水家姑娘。丁三想带她,她盼着丁三带她走。丁三就把她捡回来。一切全是偶然,水草就这么走进自己命运的偶然里。

偶然经常是摆渡命运的帆船。

后来每每回忆起来,水草总觉得那是一个梦。那天的风雪永远在她的记忆里飘扬。

三

像曲书仙这样的男人,在旧时容许一夫多妻娶三房四妾并不少见。他却久久守着结发妻子,没娶二房。如果儿女成群夫妻恩爱可以理解,他妻子从未生育,不娶二房就要绝后,就难以让人猜测。曲书仙有钱有势,骡马成群良田百亩,还有生意铺子,并非娶不起二房。曲书仙有学问有模样,为人善良名声又好,并非没有女子嫁给他。但他就是迟迟未娶二房,两个大人过着清闲日月。

开始时,人们劝他收个二房,他只是笑着说不慌不慌。多少人出面给他保媒,有几家女方还暗中托人求婚,他一直拒绝。十多年过去了,朋友们想出了蹊跷,猜他怕伤妻子感情,心地善良。就有人给他说破,明对他妻子挑亮,直说红了他妻子的脸。这就把责任推到了曲太太身上,她连连表态她对曲先生娶二房从未有意见。媒人这就又给他保媒,三里五村找到许多人家,几乎说到谁家谁家都答应。虽然是二房,女房看中的是曲先生有钱有势。但曲先生还是笑着说不慌不慌,仍然拒绝。人们这就难以理解了。

那年月地方上乱,土匪刀客多如牛毛,杀人劫路抢女人是家常便饭,就有快枪手丁三跑来死缠活磨给曲先生当了护兵。名是护兵,实为弟兄,曲先生很快就给丁三另立院落,娶下老婆过日月。丁三惯匪出身,侠义心肠,受不下这抬举,恨不能以死报答曲先生。皇帝不急,急死太监,丁三给曲先生找二房比谁都着急。再加上曲太太怕先生绝后落下责任,就见天催着丁三出去物色。丁三是粗人,出门在外,只要看见漂亮女子就抢回来。曲太太是见一个喜欢一个,哪个女子她都说好,有病乱求医一样。可惜曲先生还是笑着说不慌不慌,一个一个又把人家女子送回去,又送钱又赔情道歉,时间长了,在山里传为笑话。

丁三那天把水草带回来,去给先生和太太回话时,曲先生正在给人书写条幅,太太给他镇纸。曲太太一听说是水家姑娘,丢下条幅就跑出了书房。曲先生也把毛笔架在笔架上,看着丁三笑。

他笑着说:"丁三兄弟,你怎么又办这荒唐事哩!"

"这回可不是抢,这女子愿意。"

"笑话,你别哄我。"

"真的,雪地里捡个大姑娘,水灵漂亮,绝了。"

"你看你看,又是水灵漂亮。我找媳妇我不慌,看把你和你嫂子两个人忙的,慌啥哩?"

"不慌不慌眼看都五十岁了,还不慌。"

"凡事要讲个缘分,命里没有不强求。别待着了,你喝碗热汤歇歇,连忙骑马去黄村,给人家妈说说,别让人家丢了人着急。"

"先生去看看人,一见人你啥都明白了。"

"去吧去吧,一会儿再说。"

"你先去看看人。"

"人我看,这还不行吗?你赶快准备去黄村,坏咱曲家名声不怕,去晚了人家心慌。"

所以,丁三摸夜赶到黄村,对水秀说水草在曲先生家,水秀就不再慌。

水秀是见过世面会说话的女人,不等丁三解释,连忙说闺女迷路遇见了好人,就消解了丁三的难堪。因为是曲先生家,她不敢让人家来送人送钱赔情认错,当下让丁三回话,回去给曲先生曲太太说,天这么冷,我明天自己去领闺女,不敢劳驾再送来。

会说不如会听,丁三回到曲阳,把水秀的话回给曲先生,曲先生连连感叹,水秀这女人虽说在地方上名声不好,却深明事理,不俗。当下就安排,明日水秀来接闺女,酒席招待,上门就是客,长短是根棍,男女都是人,不能失礼让人笑话。

水草是当夜就见过曲先生的。那时候曲太太已经给她挑明来当二房,并说明自己不会生育的原因,诚心诚意的态度感动着人,甚至到了相求的地步,使水草虽没答应也不好拒绝。曲太太带她去书房见曲先生时,她心里慌乱乱地拿不定主意,是当面拒绝好,还是过后找机会再逃出去好,她吃不准。只有一条是想好了的,她是不会同意来给曲先生当二房的。但是什么都想好了,她没想到曲先生一见她就自己把话挑明了。

书房里亮着灯,到处是红明的家具。曲先生一见她先是一愣。那是为水草的漂亮吃惊。水草却不知道他愣什么。接着曲先生就笑了,甚至笑着拉过她的手,把她按坐在炭火旁边,开口就说:"看把水草吓成啥了。你放心吧,丁三他给你要哩,我这么大岁数,还能叫你委屈?"

水草心里一下就踏实了。曲先生的话就像一只手,抚平了她内心的慌乱和紧张。她这才平静下来,敢抬头看曲先生。她看到这曲先生方脸大眼睛粗眉毛,看出来年轻时的英俊和标致。不知为什么,她觉得曲先生看去有一点点像黄家族长,就是比族长更有派头更斯文,人也和气可亲。原来读书人说话这么亲热、随和，这是她没有想到的。她原来总认为有学问的人很威严很神秘，曲先生除了让人感到有学问外，还让人感到家常。事实上，除了曲先生年纪大点以外，水草从各方面都相中了曲先生。只是她自己没意识到这一层，她在观望未来的婚姻。

"现在我一说破，水草你不害怕了吧？"

水草点点头，忍不住笑笑。她自己也奇怪，没有准备要笑的，就把笑意滑了出去。进门时心里发紧，曲先生说话让她感到轻松。本来觉得人在树上吊着，让曲先生的话把她托住放下来了。

"丁三是粗人，太太是想儿子想疯了糊涂，你都不要见怪。"

"我不见怪。"她连忙也说有礼貌的话，"他们也是为了我好。"

"我已经打发丁三见过你娘，丁三回来说你娘明天来接你。天晚了去歇吧。以后摸着了路想来玩再来。"

在曲先生家，先生的话就是命令。水草被领到一间屋里躺下来。做二房的事不用担心，先生已经解除了她的顾虑。娘要来接她使她感到不安，说什么她是不会再回去的。睡下之后她感到了为难，离开曲先生家到哪儿去？她没有了主意。要能又不当二房，又不回去，留在曲先生家当下人干活儿就好了。她的这种想法，给通向未来的婚姻暗暗修了条小路。

水秀第二天到曲家来时，先买了两盒点心。手掂礼物，表示谢意也有意抬高自己的身份。这两盒点心让曲先生脸红，他掂量出这女人的不同寻常。不过，水秀准备放下礼物表示谢意后就带闺女走的，没想到迟迟见不到水草，曲先生会摆酒席招待她。曲先生虽然说是谢罪酒，还是让水秀受到感动。多少年来，她受尽人们侮辱，还没有人把她让到酒席上位这么敬她,她能承受耻辱,却无力承受这种尊敬。

酒席上曲先生一再表示丁三荒唐使曲家失礼,并婉转表明曲家如果要娶妻也会明媒正娶,这完全是儿戏请她见谅。水秀精明,连忙又说孩子迷路打扰了曲先生,没敢往别处想,自知水家贫穷,不敢高攀曲先生,小女子没这份福德。

本来是说礼节话,由于挨着曲先生,这男人标致又有学问又明事理,水秀忽然觉得作为女人嫁这男人过日月才算不冤枉。再去看曲太太,并不如自己,就觉得自己命苦。就像正弹一首曲子冷不丁掉下来一串音符,水秀为自己的这种突然触景生情而暗暗脸热,连忙举杯喝酒,把自己对曲书仙的一见钟情掩埋起来。

误会解除,曲书仙就不再说水草的事情。面对水秀,他诚恳地说:"我也知道你这些年的难处,上下村落,没有及时帮你,也望见谅。今后早晚有困难,尽管来找我。乡亲们肯找我,我一向认为这是看得起和抬举我。"

这几句话说得很让水秀心热,多少年她没有听过这样暖人心窝的话语了,差点让热泪滚出来。她再困难也没有敢想到要来求曲先生这种人物,帮不帮她并不重要,这几句话说明曲先生把她当人待当乡亲来敬,这就够了。

丁三这时候走过来,送来一个红包,红纸加封。水秀一看就知道是钱。

"钱不多,"曲先生说,"一点心意,请看得起我。"

曲先生言重,水秀不敢不收。她明白送过红包就算送客,连忙站起身准备走。曲先生也站起来,准备送客。大家都在等着水草走出来,随她娘回去。

　　　　　　　　　　　　疼痛与抚摸

水草迟迟才从屋里走出来,曲太太给她换过新衣裳,她在这雪天里格外鲜亮。水秀从来没有这么认真看过女儿,只觉得她小,现在才发现十六岁的姑娘已出落成一朵鲜花。这使她在曲先生面前找到了骄傲和自豪,就喜滋滋上前去拉水草的手,她要牵着女儿的手走出曲家大院。那时候曲先生甚至已为她母女让开了道,准备送她们到大门外。

"你走吧,"水草突然说,"我不回去。"

水草扔下这句话就转身进了里屋,把大家剩在了尴尬里。

为了捡起这难堪,曲先生连忙笑着说:"这我就明白了,水草是跟娘怄气跑出来的。这可不奇怪,孩子跟娘怄气是常事,谁叫你把她养大哩!"

这句话把水秀说笑了,解脱了她的难堪。她连忙说:"俗话说得好,儿大不由娘。"

"这样吧,"曲先生说,"水草先在我这儿住几天。你要放心,过几天我让人送她回去。"

"俺家人多锅大,"曲太太也说,"不在乎多添一个碗,吃不穷俺们。"

水秀只好先回去,反正住在曲先生家,她也放心。只是走在雪路上,走着走着她忽然心邪,心想这女子难道看上了曲先生?她忽然有一种预感,自己跑来吃这桌酒席和相亲一样,接这个红包像接聘礼,曲先生那么敬她像敬丈母娘。她越想越像,当她停下脚步醒过神儿来,才笑自己想多了,这种预感没道理。

其实水秀的这种预感很敏锐,它来自水秀对曲书仙的暗暗动心和一见钟情。她对曲书仙暗暗钟情,就感到水草也会早晚动心,这就是预感的源头。人们在生活中经常以自己的敏感来推断别人,就是这样。

但是,水草还没有对曲书仙有另外的感受。当二房的事已成笑话就觉得不再存在,曲先生年纪太大,就使水草对自己放松了警惕。她没有多想,只是不想回去,想留在曲先生家干活儿。当曲先生把她叫到书房时,她就直说:"我不想回去,我想留在先生家干活儿当下人。"

"真是孩子气,"曲先生笑着还伸手摸了一下水草的脑袋,答应她,"你就留下来帮我整整书和笔墨纸砚吧。我每月让人把工钱给你娘送去,你干够了不想干了再走。"

水草就这样留了下来。水秀收到工钱知道详情,也喜出望外。曲太太想着把水草留下来,就留下了当二房的可能性,也觉得好。这种处理方法,给大家都找到了台阶下,就像修了座便桥,把每个人都送到了对岸。

这就轻轻画出来未来婚姻的草图。我一直觉得曲书仙用这种方法留下水草,埋下了深意。也许是他的潜意识,并非故意安排。事实上他把水草留下来带在身边,就像带一个新娘实习生那样,先让你见习生活,慢慢熟悉环境培养感情,然后再一步步进入角色。

就像正式演出前的排练。

四

曲先生虽然家大业大,却很少见他料理农活儿和生意,全是请人替他来做。他总说不会做的人才自己做,会做的人都是让别人做,干什么都一样,主要是用人。他大部分时间都在书房里度过,读书是他的乐趣,又酷爱书法,经常研习古人字帖。他经常借钱给别人,从不借书,但他说可以偷,偷书无罪。这个书房很封闭,多年来都由曲太太送水和打扫卫生。别人只敢站在门外喊话,不敢进去。通常是他让谁进去,谁才能进去。这就显得很神秘。这书房除了书柜书案,还摆一张床。这张床和卧室那张床是一对,一块儿做的,供曲先生偶尔歇歇。有时候太太侍候他写到深夜,夫妻两个也在这儿睡觉。水草留下来,曲太太就安排水草住在了书房。别人就明白先生和太太把水草看得很高,谁也不敢把她当成用人。

开始时闲不住,水草就抢着替人扫地和洗碗。曲先生劝她,你别干这些粗活儿,看把你的手皮子磨粗了。水草就笑笑,她觉得他挺逗,老大的男人,心眼儿恁细。后来就习惯了,不再干这些粗活儿,只打扫书房,给先生打水冲茶,更多的时间是为先生研墨和镇纸。这些活儿从未干过,水草开始时显得笨手笨脚,水草就觉得自己很无用,心里很难过。她难过的时候就低着头,玩着自己的衣襟,眼里潮潮噙着泪。

"怎么了?"

"我笨。"

"谁说你笨了?"

"我自己说的。我干什么都干不好。"

"别急别急,慢慢来,性急吃不了热豆腐。"

曲先生对她很和气,总是哄着她说好话,反而让水草脸红不好意思,有时候忍不住就直说:"你别哄我了,像哄小孩子。"

"你还小嘛。"

"我都十六岁,是大人了。"

曲先生就笑了。曲先生笑起来从来不出声,只挂在脸上让你看,像挂画。看多了这张笑脸,水草不再怕他。她开始习惯和曲先生相处,有时候看曲先生,就觉得和一家人一样。

不仅仅对她,曲先生对家人都这样,她发现连下人也只是听他,并不怕他。他对太太说话最有趣,老像对客人那么客气,经常用"请"这个字,使水草觉得新鲜又觉得好笑。但他在书房里铺开纸写字时,又变成了另外一个人。那时候他手握毛笔,就像握一柄刀,两眼放着凶光,甚至让水草害怕。但这时候先生全身都是劲,神采飞扬,人一下变得很年轻,也就比水草大几岁似的。于是水草虽然害怕他这表情,却又最喜欢先生这神态。有天晚上她看着先生写字,看着看着突然觉得脸热,竟忘了提纸。水草在这里最初感到了异性的吸引。曲书仙写字时的神采飞扬打动了水草。

虽然住在书房里,由于不认字,水草觉得这些书很神秘,书和字对她很遥远。出于好奇,曲先生在写字时不断出声地念,她就悄悄记住了几个字。又不敢说,像偷了人家的东西。后来觉得这样下流,就对曲先生主动坦白出来,把曲先生逗得笑出了声,把水草笑红了脸。曲先生这才开始教她认字。

那晚上曲先生手握着她的手,先教她在纸上写下"水草"两个字,让她先学会写她的名字。长这么大,她不认识这两个字就是她,这使她格外兴奋。练过几遍,曲先生另铺开一张纸,把毛笔递给她,让她大胆把自己名字写出来。她手握着笔,心嗵嗵地跳着,就在那张白纸上写出"水草"两个字。那一刻她觉得自己有了学问,成了个有学问的人。她高兴,曲先生也为她高兴。夜深时,曲先生要去休息,先逼着她躺下。他常常看着她躺进被窝再走,对她像对待他的孩子。她躺下来,曲先生吹灭油灯,给她掖了掖被子,顺手摸了摸她的脸,让她好好睡觉别性急,慢慢地学。

曲先生已经走出去并带上门,推响了那边卧室的门扇,水草怎么觉得曲先生的手还放在她脸上一样,热烘烘地烧着她,烧得她心跳和全身发热。这种黑暗里的抚摸唤醒了她的肌肤,她的肌肤开始对异性敏感和渴望。

从那天晚上起,水草开始跟着曲先生认字。一天学几个,把学会的字写在一个本子上,半年下来已写满了本子。曲先生开始让她看一些易懂的书,认字太少,她跳着隔着开始读书。能看懂意思,这使她走进书本,明白在生活之外还有一个阅读世界。这个世界更迷人,人间的事情过去的现在的甚至今后的,都在书本里写着。让她干的活儿又不多,她大部分时间往书里泡,她陶醉在这个崭新的迷人的世界里。而且再看别人时,看那些不认字的人,她觉得他们很可怜。她忽然觉得人来世上不识字不会看书,两眼瞎子一样,太不幸了。逐渐她开始明白曲先生为什么那么说话和那样办事,这些道理全写在书本上。如果说她过去觉得曲先生神秘,那么如今她明白了他为什么神秘。曲先生看书太多,把自己看成了一本书,别人读不懂他。虽然她也读不懂他,但她知道他是了不起的人物,是男人中的人尖子。就像一群羊中的一匹马,一群马中的一条龙。

曲先生对她越来越亲热,伸手就拍拍她的肩,摸摸她的脸,有时候还把她的手拿过去,放在他的大手里玩。她不再觉得心跳和心慌,已经习惯这种接触,曲先生要是出门几天不回来,她反而心慌和不安。只要他一回来,看见他这个人,她心里就踏实下来。再就是白天和曲先生在一起,她心里满当当。夜里睡觉时曲先生拍拍她,到太太那边去了,她心里就空了。她开始长时间睡不着觉,她有时觉得她的脸她的手她的肩膀都在想曲先生那只手。这使她惊慌又奇怪，她又不敢对先生和太太说出来。她父亲死得早，她在想有爹的姑娘是不是都这样。她不明白她的肌肤已经成熟开始渴望男性，她这种感受是她的肌肤向男性发出的呼唤。

转眼就是一年过去，春节前太太去娘家住闲，一住就是半个月。她和先生一个人睡一间房，她牢记太太留给她的话，开始照顾曲先生起居。早上给先生倒尿盆，打水让他漱口洗脸，有时也把换洗衣裳给他找出来，递到他手里。夜里睡觉前给他打热水洗脚，有时还给他手掂擦脚布等在那里，甚至有两次还给他擦脚。没有曲太太，她觉得格外舒心，想干什么就干什么，莫名其妙地愉快。她这才发现曲太太往常那两只眼睛，几乎无处不在看着她，简直就长在她背上，她的后背只是曲太太的眼眶。这想法使她不安，因为太太待人接物和气，从来没有难为过她，这么想她实在有点对不起她。

这种心理反应说明水草一直把曲书仙当父亲去亲切，给自己一个假设，是她自己对自己假设的一个骗局。她把这个骗局当招牌举着给自己看，事实上却把他当男人来感受。这样她在自己的骗局里越滑越远，她对男人的感受越陷越深。

有天夜里曲先生被人请去喝酒，她在书房里读书等他回来。夜深时丁三架着曲先生进了家门，看那样子已喝得摇摇晃晃醉了酒。丁三把曲先生交给她时说太太不在家，你要照看好！她很少见丁三说话这么凶狠，好像对她不放心。她不敢儿戏，接过曲先生一只胳膊拢在自己的脖子上，把他架进了书房。她架着他就闻到他酒气冲天，人也没了根一样来回倒。她用尽力气才把他架进书房，放在了床上。刚脱掉他的两只棉鞋，他就要吐，她连忙抓过铜脸盆侍候他吐。他吐的时候闭着眼,半醒半醉。吐完后给他漱口还要扳着脑袋,整个人神志不清一样。水草当时还想这喝酒有什么好,喝醉了像害病一样。

夜越来越深,西北风在院里转着叫,叫着叫着就来把窗框拍响。水草把屋里打扫干净,又点了根香,来驱散书房里的酒臭味。打来热水,泡热毛巾,给曲先生擦了脸,又洗了洗脚。迟疑一下,又把他外衣慢慢脱下来,把他盖进热被窝。他就那么迷糊着,水草把他摆弄来摆弄去,忽然觉得像摆弄照看一个孩子。她记得妈妈就这么摆弄她们。这想法使她突然觉得脸红不好意思。

曲先生呼呼睡去,把水草留在了夜晚的油灯下。她守着他先看了会儿书,他忽然叫着要尿。她从来没给他递过尿盆,两只手送尿盆时发抖。他闭着眼也不看,抓过尿盆就塞进了被窝。他尿得很急,把夜晚尿得很响。然后就把尿盆递出来给她,他一翻身又睡着了。她两手端着尿盆呆在那里,愣不过神来。曲先生尿到了她的小尿盆里,臊得她脸烧得要着火。久久才愣过神来,把尿盆放在床下的草垫上。

又坐下看书时,就看不进去。坐在油灯下发冷发困。想到丁三凶狠的表情,觉得自己责任重大。她不敢扔下曲先生,自己离开书房,到太太那边屋里去睡觉。她要守着曲先生,把他照看好。这样一想,好像给自己找到一个借口,也实在太冷太困,就去想反正是自己人,坐上了床,吹灭了灯。又怕凉着曲先生,想了想摸黑脱掉棉衣棉裤,轻轻揭开被子,一点点把自己盖进被窝。曲先生正在熟睡,热乎乎的身子烤着她一样,惊得她差点钻出被窝。心跳着坚持了一会儿,才平静下来。涌上来困乏,就睡了过去。

水草睡着以后,做了一个长长的梦。后来她梦见有人把纸烧着,用火来烤她,并不疼痛,只觉得热,就热得她醒过来。这才发现曲先生不知什么时候已经醒来,把她搂在怀里,在轻轻地亲她。

她彻底醒过来时,就吓得要死,连忙伸手去推他,她要推开他。她觉得自己的手明明伸出去了,却没有去推,这只手在半路上伸过去却抱住了曲先生的腰。她发现她的手已经不听使唤,像成了别人的手。他吻她的嘴唇,慢慢地一下一下亲她,像喝酒那样。她连忙喊叫先生别这样,快别这样。明明已经喊叫起来,她却听不到自己的喊声,甚至嘴唇都没有动,仍在曲先生嘴里含着。她发现自己没有了喊话的力气,力气都被曲先生吸走了一样。

她明白这样不好,她知道不敢这样,但她发现她已经管不住自己的身体。也就是说,她的意识明白这样不好,反对这么做,马上就反抗起来,而她的肉体却反对她的意识,反抗她意识的这种反抗,并且使她这种反抗的意识更兴奋地刺激肉体,使肉体对她的意识进行激烈的反抗。她觉得自己那时刻分成了两个人,一个人要退却,一个人要前进,退却的这个人软弱无力,前进的这个人朝气蓬勃。

曲先生一边亲她,一边伸手慢慢地脱她的内衣。他做这些事很从容,仿佛伸手捻着手指掀动书页。她失去控制的身体一动不动,他脱到哪里就把哪里迎上去配合他,差点伸手去帮助他。他脱光了她的全部衣裳,也把他自己的内衣扯下来,他赤条条把她赤条条搂在怀里。这时候他把手伸过来,放在她胸脯上,轻轻抓住她的奶子,就那么在手里玩,来回揉着搓她的奶子,她觉得整个人都放在他手里揉着搓着碎下来,碎得开始掉下粉末末。

接着又把手滑过来,抚摸她的全身。水草在这种抚摸里身体开始发软,哪儿都木木呆呆,他抚摸到哪里才把哪里叫醒一样,他的手一声声在呼唤着她的身体似的,像妈妈呼唤着睡着的一群孩子。虽然她感到了危险,却无能为力。

这时候水草的灵和肉已经脱节,她的意识阻止不了她的肉体,反而使这种阻拦成为肉体勇往直前的反动力,使肉体背叛意识以后大踏步前进。她的可怜的意识甚至已经飘出体外,一边往外拖着肉体一边求它,拖不动也求不应,意识在肉体面前软弱无力,反而让肉体拖着它又一次次反弹回去,回到它那里,和它同流合污。

曲先生不再亲吻她的嘴唇,把头低下去,吻她的脖子,吻她的胸,最后竟然张口嘬住了她的奶头。就像她平常看到孩子们吃奶那样,他嘬着奶头吮吸。她的手忍不住伸过去抱住他的脑袋,他吮吸着她,她按他的脑袋,好像要把这颗脑袋按进自己身体里去。

这种吮吸使她害怕。她感到全身开始发抖,自己在变成一杯水那样,就这么让他一口一口喝下去。她感到自己变成一块糖,含在曲先生嘴里,他吃着她这块糖,这块糖在溶化,一点点地溶化,不停地溶化,快速地溶化,溶化到快没有了。

他吻着她,他的手还在她身上滑动,像条牛舌头在她身上舔,忽然他把手伸到了她的下身。她感到下身已经潮湿得很不成样子,这只手一放上去,就使她惊心动魄。她觉得身上的血流得很快,她听到了血管里哗哗的流血的声响,一种狂迷开始在她身体内部回荡,这种狂迷像害病发烧一样使她产生微微的晕眩。她连反抗的意识也没有了。

这时候曲先生才压到她身上来。她的心跳到口里噙着，怕掉出去。她觉得男人那东西像一柄刀，向着她伸过来，一刀就把她杀死了……

五

经过那狂风暴雨般的时刻，曲先生和水草像两只船并排泊在平静水面上躺着，一声不吭。肉体落潮以后，意识才重新扬起船帆，驶进理智的港湾。曲先生一动不动，收起喘息，像在细心整理渔网那样整理着自己的呼吸秩序。水草开始哭泣，这种哭泣使人想到用桨轻轻划着水波，没有声响，只泣着叙述委屈和怨气。就像是肉体毁灭以后，意识站出来追悼它，流出痛惜和伤感的泪水。

窗户纸挣脱出黑暗开始显出灰白。夜晚在叹息中悄悄准备着退却。夜静得听得到时间的脚步声。

曲先生侧侧身体，伸手去给水草擦泪，被挡回来。一恢复理智，水草就发现自己的手运用自如。这种状态使人想到战争结束之后正进入善后，曲先生准备说些什么，把发生的一切解释。好像发生的那一切并不重要，重要的是对发生的那一切进行解释。

曲先生伸手抓过水草的手，把这只手拿过来放在自己胸口上，像把这只手请来当证人，要把话说给这只手听。他想说我喝多了酒，什么都不知道，醒来后发现你睡在我身边，我就疯狂管不住自己了。又觉得这么说很多余，事情已经发生，说这话就成了废话。他找不到自己的叙述。

他向自己承认，他一开始就喜欢这姑娘。从见到的第一刻就让他动

　　　　疼痛与抚摸

心。只是马上想到自己已经快五十岁，娶她就太委屈她，况且他马上判断到，这姑娘也不会乐意嫁他。就在见面后主动说话解除她的顾虑，那话同时也说给自己听，打消自己的妄想。她如果就那么走掉就好了，那么什么也不会发生。但是她留了下来，他多么高兴她留下来。为了说服自己，他开始试图把她当成孩子待，他没有孩子，他甚至觉得她就是他的孩子。他要培养她识字读书，长见识有学问，再嫁个好人家。他这么做了，而且获得了成功，他很快就找到了作为父亲的那种感受，并找到了存放这部分情感的地方，这种感受使他幸福。太太看出来他喜欢这姑娘，就误会他对她有意。她不断劝他努力娶她，把这种误会变成现实，给他们找到生孩子的肚子。

曲太太的这种误会提醒和诱惑着曲先生，使曲先生有时想起把水草嫁给别人就心疼。这就使他忍不住在相处中失态，不断地零零碎碎地漏出来一些男人的情感，去挑逗和引诱这个姑娘。现在他明白了，他是一步一步引诱了这个姑娘，虽然并非故意安排，事实上是这样一个过程。是他自己把自己灌醉。他很少醉酒，他觉得从酒醉时就有了预感。他不想欺骗自己，他确实引诱并占有了这个姑娘。如今对她说什么好呢？

虽然水草仍在轻轻地哭泣，但她已经感到曲先生要对她说些什么。她不明白他会说什么，他拿过她的手时，她没有拒绝，她伸过去那只手就是去接他的话的。

在这种时候，水草也渴望并等待曲先生说些什么，她不仅需要听，还要把这些话接过来对自己说。事情已经发生，不能再拐回去，她也要就发生的事情对自己交代。每个人都一样，事情发生以后，意识就要对自己的行为进行说明和解释。

　　她仍然哭泣着。她在等待曲先生解释时的这种哭泣继续叙述着自己的委屈和怨气，但她只是觉得委屈，却委屈不出道理来。她弄不明白怨她还是怨他。她迫切需要找地方放下这委屈，像手提一件东西转着找地方放下来，这个地方就是曲先生的解释。

　　因为受到母亲的影响，她忽然生出一种莫名其妙的恐惧。回忆到曲先生家开始，如今走到这个夜晚的床上，这个过程让她害怕。她开始时并没有多想，后来就发生了变化，她多少个夜晚睡不着觉时在思念曲先生那只手，还有那脸上的笑。特别是这个夜晚，是她脱了衣裳睡到床上的，并不是曲先生强迫她。他在吻她时，她自己一动不动，人家没有威胁和强迫，像是自己送上去的。她害怕这就是人们说得那种贱，那种女人的不正经。她为这个而感到恐怖。她在这种恐怖中委屈地等待着曲先生的态度，像一个受害者等待着凶手对自己的盖棺论定。像有人卖了她，而她还要盼着帮助人家数钱。

　　"都怪我不好。"曲先生说，"现在说什么话都晚了，我以后好好待你，报答你这份情。"

　　只一句话，就抹去了水草的哭泣。她摆脱那种不安和恐怖，开始掂量曲先生这句话的分量。这事情原来怪他并不怨她，这就找到放委屈的地方。他说今后要好好待她，报答她这份情，使她觉得神秘莫测的曲先生变成了有情有义的男人。往日里老觉得曲先生太大，经过那一切后，没有了这种感受，反而忽然明白，年岁大些才心疼女人似的。等她回过神儿来，发现自己仍然赤条条和曲先生钻在一个被窝里，就羞得满脸发烧。曲先生伸手又把她往怀里搂时，就不再反抗。她反抗的本能在初次反抗中丢失了，她反抗的意识也烟消云散。他试图再摸她奶子时，她的手把他的手牵过来，放在了她的胸脯上，像一个孩子把另一个孩子带回家里来玩，这两只手在达成一种谅解后就迅速结成了联盟。

窗户纸由灰白转化为亮白。院子里已经有脚步声。天就要亮了。

曲先生起床后走出去，一整天没有回来，把水草一个人剩在了白天的孤独里。他存心这么做，让她一个人把自己想透彻想明白。好像他带她过河以后撒手不管，让她一个人在这里把桥拆掉。水草艰难困苦地度过了这个白天。早上起床后久久不敢走出去，去面对别人的目光，去站在院子里的阳光下，她忽然觉得外边的世界在耻笑她，铺天盖地的羞耻围困着她，使她觉得这天度日如年。心里乱乱的如长出一丛疯草，一件事一件事，她想起了许许多多事情，把自己长这么大想了个遍。她在这个白天里回望自己的少女时代，与自己的少女生活惜别。就像起锚远航的人站在船头，把岸上的风景回望。曲先生在夜里把她剪彩以后，她在这个白天里疼痛着把往事一一抚摸，迅速成长为妇人。

天黑下来时，她才从白天的羞耻里逃脱出来。她不敢点灯，这天晚上她一直没胆量点灯。曲先生回家后什么也不问，摸黑睡到她床上来。这使水草发现自己一直在等待他，提心吊胆等待他回来，回到她的床上来。她害怕他丢失在白天里，她害怕他丢失在床外边。他抱住她，她才觉得在夜晚的黑暗里发出精神。几天以后，她不再害怕白天，不再感到那么羞耻，心态开始恢复平静，能够坐在书案前跟着曲先生识字和读书。这种变化之快，使她自己也感到奇怪和惊讶。

尽管曲先生和水草恩爱得昏天黑地,如夜夜新婚,他却一直没有对水草说他要娶她。他在等曲太太回来,他把这句话留给太太,让太太带着丈夫的信任和委托去说服水草。曲太太回来后,曲先生把这件事交给她来办时,曲太太马上就有了强烈的使命感,觉得肩负重任,精心设计谈话形式,下决心要完成任务那样。

　　这就是曲先生的精明之处。本来是他顺口一句话,他却把这句话当成一件大事转让给曲太太,就转让出丈夫对妻子的信任和感情。看起来目的坚定以后,为达到目的还要讲究操作。操作,永远是通向目的地的桥梁。

　　曲太太对说服水草满怀信心。从她准备说服水草这里,我们猜测到曲先生并没有完全向曲太太托出实情,而是给曲太太办这件事虚设出困难,再调动她克服这虚设的困难的热情,完全把她运动起来。事情虽小,却于细微处显示出曲先生的用人之道。一个家庭就是一个缩小的国家,作为一家之主也需要知人善用,运筹帷幄。

　　曲太太把水草请到她屋来。在她卧室里谈这件事,就显出她的身份。先把门关好,关出一种亲密关系。拉着水草的手并排坐在床沿上,就坐出关切之情。

　　"男人喝醉了酒,酒疯酒疯,喝醉了酒的男人就是疯子,人疯了什么事都能干出来,这不能怪他。"

　　曲太太从这里切入,展开了她的说服工作。按照事先计划,她先讲曲先生的品德。她说你也明白,这三里五村曲先生有学问有品行,从来就是好名声。每年都要帮助救济许多人家,乡亲们都说他是曲善人。别说乡亲,地方上这么多土匪刀客,谁也不来找咱家的事。土匪头子们有了困难,还来求咱家出面说合。老大的人命事儿，仇上仇怨上怨，先生出面一说就风平浪静，全仗他面子大，啥人都敬他。我一直劝他娶二房，别说没孩子，就是儿女成群，我也让他娶三妻四妾。我的男人我心疼，我想叫他多享福，我也想多叫几个姐妹来过好日月，这么多钱我也花不完。只是他怕伤我，一拖就是多少年。多少女子要嫁他，他都没有娶。他有大学问，眼光太高，他是看上妹子你了。

曲太太说着看着水草的表情，她发现水草没有恼也没有哭，就认为自己的话起了作用。伸手搂住水草肩膀，以姐妹身份开始亲热。她的手放在水草肩上摸着说着，像要把她的话都印在水草身上。

她接着说妹子呀，咱为女子，来世上图个啥？还不是图个有吃有穿有人疼爱。今后你肯进门给我当姐妹，你也是咱家的主人，咱姐妹一块儿把家当。想吃啥就吃啥，想穿啥就穿啥。你别看先生是人人尊敬的人物，他可是知热知冷会疼女人的男人。心那个细呀，有时比针眼儿还小。说句不怕你笑话的话，先生有时疼起你来，别人都想不到那疼法儿，疼得让你想死给他看。

曲太太说到这里，想到那床上风流，忍不住自己先红了脸。不由得搂紧水草，把脸贴在水草脸上。她对着水草耳朵小声讲我的好妹子，我一个人可享不了那福，往后咱姐妹一块儿让他疼咱。

水草受不了这种话，唰一下也红了脸。曲太太松开她的肩膀，又抓住她的手说好妹子，你就答应吧，往后你生个一男半女，就似我亲生。咱两个一块儿养孩子，不让你受苦。不过有句话说在前头，你要知道姐姐对你好，可要让孩子们养我，我死后给我送坟，每年清明节给我扫墓，别让我当孤鬼。好妹子,你答应我。

曲太太忽然说到痛处心酸,流下热泪。这眼泪感染着水草,水草面对曲太太认真地点了点头。她就这么接下了走进一夫多妻制婚姻的请柬。

说白了,曲太太说服水草,是曲先生安排的走过场。但走这个过场并不多余,曲太太由于全身投入说服工作,使她忘记了接受水草的忧虑。听曲太太劝说,水草像考生进考场之前,又在别人辅导下复习了一遍功课。这就使新的家庭结构形成之前,每个人都摆正了自己的位置。这就给未来的家庭结构,营造出和睦的气氛。形式融进内容里,成为内容的一部分。所以我们可以说,在许多时候,形式本身就是内容。

水草是明媒正娶当了二房的。曲先生先请人做媒给水秀送去了丰厚的聘礼。接到这聘礼,水秀才回想起那个雪天路上的预感。她本来已经忘记了这个预感,就像我们平常忘掉偶然看到的一棵小树,等再次看到这棵树时,就发现这棵树已经长大并且开花结果。既然如此,水秀马上鼓励自己往好处上想,这就看重了曲先生的名声、钱财和人品。很快就说服自己忘掉他一大把年纪,把他想成了好女婿。最终为这件事兴奋起来。她觉得无论如何,大女儿总算有了一个美满归宿。

只有水草对明媒正娶这种大礼不感兴趣,那么多人来祝贺,婚礼非常隆重,她都高兴不起来,像参加和观看别人的婚礼,与她自己无关。而且坚持不去住新房,婚礼过去,当天晚上她就回到书房来住,把那新房剩成摆设。这就使那间新房成为放过婚礼的箩筐那般,婚礼过后就永远把这只箩筐挂在了墙上。

曲家这么多家产,甚至包括金银首饰和衣物,水草都觉得与自己无关。

她只是待在书房里,对外边的事情不关心。除了书房,她觉得哪儿都不是她的家。她觉得只有这书房才是她的屋她的家。

曲先生夸她脱俗,觉得娶水草更像收了一个学生。但他很快为这种脱俗吃惊,水草根本不征求曲先生意见,就按照自己爱好重新整理摆放这些藏书。她高兴地对曲先生说这些书全是她的。她要从头读起,读完她的书。这种孩子气确实让曲先生感动,这种占有欲也让曲先生惊讶。这就是女人,女人把感情铺排到哪里,哪里就是她的家。他开始明白她把婚姻当学校走进来,把这书房当成了她的课堂。他们仅在那木床上,业余他们的性生活。

这说明她嫁给曲先生的同时,也嫁给了曲先生的学问和书籍。相比之下,她更重书籍和学问,好像这些书籍和学问才是新郎,曲先生却成了这些书籍和学问的封皮和外套。

这使我们想到,数十年后水月要嫁郭满德,也并非爱上这个人,她爱上的是她自己想象出来的爱情。相比之下,郭满德只是她走进爱情公园的导游。

这母女两个惊人地相似,都把精神往婚姻上嫁接。

六

水草婚后回到书房住下,使曲先生的书房变成了二太太的卧室。但书房的规矩并没人敢乱,不经允许,谁也不敢闯进去,甚至送水送点心也只敢送到门外。

起初时,大太太还常去书房坐坐。她主要关心二太太的肚子,希望这个肚子生出孩子来。半年过去,这个肚子大不起来,就让她失望。水草也不会生孩子。大太太失望之中,又有些莫名其妙的安慰。她去跟水草说闲话时总是她说水草听。二太太老是手掴着书不主动说话,就使大太太扫兴。她去看二太太,二太太又不回看她,伤害了她的自尊,也就不再常去看二太太。

曲家人发现二太太整个变了一个人似的,对外边的事情漠不关心,天天钻在书房里读书。她极少与人说话,只有小长工李洪恩去送东西,管她叫姨,她才有个笑脸。开始还被请出来见见客人,后来连客人也少见,只让大太太一人会客。整个人哑巴了一样,只有入夜后夫妻在床上风流,她才呻吟和喊叫。下人们听到这叫声都说这女人阴气大,曲先生每每睡她就像杀她,把她快活到要死要活般浪叫。

本来人们就觉得这书房神秘,水草如今又变成一个神秘女人,下人们背后悄悄就问小长工李洪恩,你进去过,你都看见什么了? 李洪恩听出来这问话不怀善意,总是摇头没好气地说啥也没看见,就使人们觉得这书房更加古怪和神秘。

大太太对水草这种变化也觉得奇怪,有一次就对曲先生说:"二太太咋变成这了?"

"变成啥了?"

"不和凡人搭话。"

"她本来也不爱多嘴。"

"就理那小长工。"

"那是有缘。"

大太太听着曲先生话里护短，也就不再敢追问。

其实曲先生对水草婚后这种变化也诧异，但他很快消解了这种诧异。他会想，她本是一个目不识丁的农家姑娘，他教她认字，现在已能读书，并开始和他交谈见解。他手把手教她写字，现在已迷上书法。无论如何是他曲书仙改变了水草。前后比较，曲先生觉得重新把这个人造过一样。原来的水草只是一张纸，他把她画成了一幅画。原来她是一块石，他把她雕刻成玉。有时候看着水草，就像看着自己书写的条幅挂在书案前，就像看着著成的一本书摆在书房里。每每亲吻她，和她做爱，就如同重温自己的文章那样百读不厌。

曲书仙这么一想就想通了，他开始把水草当成他自己一个人生下来的孩子，当成另一个他自己。他不仅迷恋享受她的肉体，还在精神上找到了改变和重塑别人命运的欢乐。

我甚至怀疑曲书仙像别人玩鸟玩猫玩狗那样，他是否迷恋玩人的游戏？我这么试想，水草就成了丁三从雪地里给他捡回来的一只鸟。他把这只鸟暖热喂熟，再关进婚姻的笼子里。

把鸟笼藏在书房。

他玩她。

她只把羽毛展给他一个人看，只叫给他一个人听。

也许这种猜测有些阴险，但凭借这种猜测，我不仅明白他为什么收养水草，也明白他为什么收养李洪恩了。

他把活人当宠物来玩。

李洪恩他爹就像是李洪恩的蛋壳,李洪恩生下来他爹就死了。妈妈无力养他,就抱着他要饭。他是在要饭道上学会走路的。他童年的记忆铺在长长的要饭路上,比别人一生还长。

但是要饭归要饭,这母子秉性却刚烈。有"三不要饭"的规矩:不到李洪恩外爷村里要饭;不找富人家要饭;不要人家碗里的剩饭。母亲怕孩子要饭要软了腰,长大后无力做人,宁肯挨饿,也不看别人眉高眼低。这就使他们要饭要出了名声,山里人都知道这要饭的母子穷倔穷倔,是两个高傲的讨饭客。

曲先生觉得好奇,有一天碰见李洪恩要饭到曲阳村,曲先生就拦住他,连忙叫家人给他送馍。他不相信这娃不要白馍,他等着他接过馍就狠吃,甚至会感激他。他喜欢别人感激他。这一次他错了。这孩子看看他,又望望他身后的高门楼,却拒绝了他。这使曲书仙信服,就欠欠腰亲切地问他:"你为啥不要这白馍?"

"我只要穷人的饭,不要富人的饭。"

"为什么呢? 这有啥不同?"

"穷人给饭是可怜我,富人给饭是打发狗。"

"看不出你人小性恁刚烈。你哪村的?"

"月亮河的。"

"你叫啥?"

"李洪恩。"

李洪恩,一个要饭娃的刚烈打动了曲书仙。他对李洪恩产生了浓厚的兴趣,就有心收养他。像骑手碰见好马一样,他怎么看怎么想都觉得这要饭娃娃不俗。

他先跟太太商量:"这要饭娃娃怪可怜,咱把他收养了吧。"

"养个孩子也一样,只要咱对他好,长大了他也一样孝顺咱。"

"差矣差矣,不是当儿子养。当儿子养,咱想养,怕人家也不让咱养。我说是白养。"

"白养就白养,反正家里也不缺吃少穿。"

"善举不求回报。我是看中了这孩子,喜欢他。"

"只要你觉得好,就好。"

曲先生怎么说,大太太怎么应。到底曲先生想什么,她并不知道。她已经习惯不去猜先生的心思,他说啥就是啥好。她甚至觉得有时曲先生跟她说话,那是说给他自己听,只让她陪着听他说话,并没有让她去想,她也就不多是非。

大太太有时候觉得曲先生活生生在她身边,也看得见摸得着,眼睁时能看见他笑,睡着了能听见他的呼吸声,但如果去想他,一下就把他想跑到无影无踪。她去想他时,他永远像一团迷雾飘来飘去,让她捉摸不透。这女人的经验是,想不透就别想。只要对我好,男人爱干啥就干啥。不去瞎猜,就不受那份罪。所以,曲先生要收养李洪恩,她就说好。如果曲先生又说不养了,她也会说好。做女人有各种做法,曲太太就坚持这种做法,竟也做得很幸福。

曲先生心细,他深知见啥人端啥菜,啥人啥打发。他让丁三去找那母子二人,先弄两包点心让丁三提上,反复交代记着这是去请人家,可不敢横眉竖眼要威风。这母子刚强,可不吃这一套。这样一开始就把这母子当客人敬,先抬举起来。

曲先生善于和人打交道。丁三去找这要饭的母子二人,他并不知道找这要饭的干什么。曲先生要丁三做事从不跟他讲为什么这么做。只让他行动,不给他思想。曲先生在这里暗暗划出了主人和奴才的界线。他深知驾驭人的学问,那就是控制和消灭人的思想。丁三刚到曲家时不适应,做什么事心里空落落,后来就由习惯到自然,甚至成为一种本能。曲先生就这样把他培养成了一个行动的木偶。别看丁三在外边人五人六,人家都怕他快枪手,知道他是个活阎王,他却害怕曲先生。还是心怕。心怕就怕得情愿,怕得臣服。

丁三掂着点心拎着手枪找到这母子二人时,先把他们吓了一跳。又送点心又说曲先生有事求他们,就把他们求糊涂了。像曲先生这等有钱有势的乡绅,却有事求要饭的,这母子再也想不明白。要饭的收到两包点心,就被抬举到天上,轻飘飘找不到着落,心里就有点慌乱。不过慌乱归慌乱,要饭的反正也不怕打劫和绑票,啥也不想跟着丁三就走,来到了曲阳村。

走进曲家大门时,妈妈拉住李洪恩拍打拍打他身上的灰尘,让他把脚上的泥巴蹭在门外台阶上,别进门去踩脏了人家屋地土。并且把要饭篮拿过来自己提着,只让儿子空手走进去。儿子已经十岁,妈妈开始把他当男子汉来敬了。

曲先生在家等着,看见丁三带着母子二人走进里院,忙从客厅迎出来,还拱拱手表示欢迎。然后就牵住了李洪恩的手,牵出许多的亲切。客厅里到处都是红明油漆的家具,李洪恩不敢往椅子上坐。妈妈就鼓励他说曲先生让你,你就坐下吧。李洪恩这才坐进椅子里。太师椅太大,李洪恩人太

疼痛与抚摸

瘦小，他坐进去，就像放上去一件玩具。

"先吃饭吧。"曲先生让下人去弄饭。

"不用不用。"李洪恩的母亲客客气气地阻拦。

"不饿不饿。"李洪恩也学着母亲大大方方阻拦曲先生。

"客人到家，哪有不吃饭的道理？"曲先生非常热情地说，"不吃饭就是看不起我。"

"先说事情。"李洪恩的母亲退一步说，"说过了再吃也不晚。"

"不慌不慌。"曲先生诚恳地说，"事不大，吃过饭再说。"

由于曲先生坚持，饭就端上来。端上来的馍是豆馅白馍，汤是面片葱花汤，汤里还打着鸡蛋，正正经经的待客饭。

多少年来母子二人没有这么正经吃过待客饭。李洪恩毕竟年幼，吃了两个馍，眼还望着那馍盘。母亲就用目光制止了他，不让他再吃，再吃就没了吃相。她自己只细吃了半块馍，喝了一碗汤。吃得很从容，掩盖着饥饿的痛苦。这给了曲先生很深的印象，为了尊重他们，就不再强劝，点头让下人们收拾碗筷。

"大妹子，咱都是上村下院人，月亮河离我们曲阳也就十来里路，你们也认识我。我有事求你们，还望帮忙。"

"看曲先生客气，我一个要饭婆娘，洪恩一个要饭娃娃，曲先生能有啥事用着俺们？"

"直话直说，我家经常晒粮食，得有人赶猪轰鸡。这么大一点事，用个大人划不着。我看中洪恩大侄子精气，想让他来给我赶猪轰鸡，你看行不行？"

"叫娃娃给曲家当长工啊。"

"话说明了,也算是这个意思。我管大侄子吃穿,另外还付工钱。咋样?"

曲先生拐着弯小心地讲,他怕伤害她的自尊。他明白这母子啥都没有了,只剩下这点自尊,比什么都珍贵,碰撞不得。

这女人低下头,眼看着地,心想做长工吃饭干活儿并不丢人。想了一阵子,就抬头答应下来:"既然曲先生说出来,这是看得起他。只是娃子干不了重活儿,身子骨还软。"

"不干重活儿,就这么点事儿。我曲书仙还不会说话不算数,你要相信我。"

"我相信你。"

事情就这么定下来。

曲先生这才徐徐开始往深处说:"大侄子正长身体,茶饭可不敢耽误。"

"那是。可是我一个寡妇婆娘提篮要饭,有啥法哩!"

"现在他身子软,茶饭跟不上,长大了就出不了力气。"

"啥我都明白,我生的娃娃,我身上掉的肉,我能不心疼他?"

"大妹子,不要紧,没有大兄弟了,还有我们哩。我这个人就这个毛病,钱财是什么? 是粪土。生不带来,死不带走。我吃香喝辣就看不得别人提要饭篮,自那天见过大侄子,我这夜夜睡不安稳。你放心,只要有我曲书仙在,我就把洪恩养大成人,再送给你。"

话是开心钥匙,曲先生这么把话一说透,她完全懂了。她从椅子上站起来,二话不说,扑通给曲先生跪下来,泪流满面:"曲先生,人家都说你是

疼痛与抚摸

曲善人,我今天可知道你是活菩萨。你的心,我知道了,我摸着了。曲先生,我没啥送你,我替你死去的大兄弟给你磕个头吧!"

这女人跪在曲书仙面前。她的腰板挺在要饭路上挺过来了十年,饥饿没有折弯它,如今却弯曲着叠起来,像叠成一件礼物供在了曲先生脚前。

从此李洪恩离开母亲,住进了曲家大院。在小厢房专门给他支了张小床,铺上干净的旧铺盖,摆一只装麦草的枕头,就给他做成了窝。他专管赶猪轰鸡小事,当然也跑腿叫人,送送东西。人们都叫他小长工。吃穿在曲家,每年还挣几斗麦子几斗玉米的工钱,实际上用这些粮食把他母亲也养了起来。

实际上还是要饭,不同的是,过去是沿门乞讨,现在曲书仙把他们承包下来,独家打发他们。

回味曲书仙收养李洪恩这个过程,使人觉得曲书仙和那些占有别人钱财的人不同,他喜欢占有别人的精神。

他给他们饭吃。

他们把心灵交给他。

他占有了他们的精神,把这些精神当牛奶和果汁饮用,营养和滋补着他自己。

七

也许我刚才进入了一个误区,在试图认识曲书仙时,猜测人家迷恋玩人游戏。这样就滑进一个腐朽的认识模式里,把人当成好人和坏人来把握。把人区分为好人和坏人两种类型,是成人塞给儿童的思维模式。像塞给两个箩筐,把人当萝卜往里装,一个装白萝卜,一个装红萝卜。这种儿童思维形式的重现,说明教育对我童年深刻的愚弄和异化。我庆幸没有老死在这种思维模式里。

我成年后就发现,大多数人都生活在好人和坏人这两种类型之外。或者说生活在这两种类型之间,就像一个半截白半截红的萝卜。看前面是正面人物,看背面是反面人物。我逐渐明白要用另外的思维方法去认识他们。尤其是那些出众的人物,就更加丰富和复杂,难以把握。后来我做过一个游戏,把许多出众的人物放在一块儿对比,像把许多蚂蚁放在一起那样。我马上发现他们自动分化为另外两种类型。我为自己的发现兴奋异常。

一种人在生活中容易大起大落大喜大悲或歌或哭形象鲜明。这种人爱走极端,要么为打动别人,要么为打动自己。他们生活在人们的习惯之外。经常燃起偶然的火焰,或把别人点燃,或把自己烧成灰烬。偶然永远伴着他们的命运,命运之树上开放偶然的鲜花。

另一类人在生活中不慌不忙步步为营,做事情名正言顺层次分明却形象模糊。他知道别人想什么,而别人猜不透他想什么。这种人像发动机那样,经常发动别人做事。习惯打着为众人寻找幸福的旗帜,在寻找过程中为自己谋求欢乐。他们善于营造必然,他们的命运之树上结满了必然的果实。

我曾把以上这两类人取名叫诗歌型人和小说型人。一般诗歌型人都外露,把自己的血往旗帜上涂或往墙上书写,自命不凡要当别人甚至这个

　　　　　　疼痛与抚摸

世界的良心,渴望燃烧成精灵涅槃为天才;小说型人心志都深奥,善于层层伪装,把目的装在自己衣袋里深藏不露,自认为是要左右社会甚至要创造历史,渴望修炼成智者渐悟成圣人。

其实可以换一种说法,诗歌型人不过是无事找事和自己过不去,一生都在折腾自己;小说型人喜欢和别人过不去,想方设法把别人折腾。

曲书仙要算小说型人,这比说他好坏要有趣许多。他收丁三娶水草养李洪恩,看着都精心操作,其实并没有投入太多精力,只能算是他即兴表演的小品,顺手捡起来的贝壳。他更关心外部世界,在外部世界他才呼风唤雨和推波助澜。

那年月天下大乱。日本人侵略中国打中国人。国民党和共产党打得头破血流,中国人也打中国人。山里的土匪多如牛毛,欺负老百姓。这种社会结构忽然使我产生一种难以置信的感觉,回想阅读世界,大凡中国历史上的乱世之年,都是人才辈出的时代。这几乎成为一个规律。那么研究这个规律,我们能获得什么呢?我们发现和平和法则在平时将人囚禁和压迫,人才就像监狱里的犯人或笼子里的鸟。这么去想,天下大乱反而充满了生机。如果跳出历史和人世,把人当蚂蚁看,就会看出另一番风景,得出另一番结论。当然,曲书仙还微不足道,他只是这面风景中的一只蚂蚁。

那时候曲书仙哪边也不站,不慌不忙在各方之间游走穿插,使人想到马戏团踩钢丝的演员,稳稳地站在危险之中。他因为接济穷人,共产党是穷人的代表,就不找曲书仙的麻烦。甚至还误认他为同志,差点发展他加入共产党内部。他不加入,他不想把胸膛当枪靶,让国民党和土匪来瞄准和射击。土匪头头大都和曲书仙磕头换帖是弟兄,敢杀人劫路却自己瞧不起自己这营生,来结交曲书仙这种文化人。这就使曲书仙成了两边的朋友。他像伸出两只手,一手按着共产党肩膀,一手按着土匪肩膀,要借力让别人把自己当花轿抬起来。

这样,哪边惹出人命,无处逃时都往曲书仙家躲藏。他有时窝藏土匪,有时窝藏共产党。有时撞到一起,他就分别把他们窝藏。他让丁三去侍候土匪,他让李洪恩去照看共产党。只要让他们双方不照面,也就无事。然后他出门去奔走周旋,大事化小,小事化了,平息风波。两边人都感激他。就连土匪内部,也常请他出面调停,才免得火拼。他像一个特殊的商人,售出友情收购人心。他一直静如卧虎般等待时机。到后来国民党把土匪组织进来,要成立"剿"共联合军,曲书仙才出山当了联合军司令。

好像是水到渠成。这"剿"共联合军司令本来要让牛老二当的。牛老二是月亮河的匪首,凶残无比,威震四方八面,但人太年轻,老匪首们不服。有趣的是,土匪间也存在论资排辈问题。又因牛老二凶残,别人只敢不服却不敢争着当这个司令。等到牛老二自己推举曲先生,就形成了一呼百应的结果。

曲书仙这种人,开始自然要推托再三。先暗中和共产党商量。共产党想着反正这司令要人来做,别人做还不如让曲书仙做,就劝他当这个司令。曲书仙这着棋埋得很深,我和你共产党商量过,你们叫我当这个"剿"共联合军司令,我当了司令你们就不会先派兵打我。起码你可以打国民党,可以打土匪,但是别伤害我曲书仙本人。这么一来,他像在共产党这边入了生命保险。

稳住共产党,曲书仙到月亮河拜会牛老二。以曲书仙的声望和人品,屈身拜会牛老二,把牛老二抬举到半天云雾中。牛老二又是设宴又是敬酒,忍不住激动。

"其实叫我当,也只是挂个名。"曲书仙说,"这是你们要抬举我,我要再推托,就伤了和气。"

"曲先生言重了。"牛老二说,"小侄是实心实意推举曲先生,愿听曲先生吩咐。"

"认定要我当,我可不管打仗。你们都知道,我不会放枪,一见流血和死人,腿就发软。"

"不叫你打仗,"牛老二哈哈大笑,"也不叫你跟着跑腿,司令部就设在先生家里。有地方商量个事就完。说白了,先生当司令,大家也好当旅长团长。"

这就把话说破,其实土匪们对打共产党并不积极,那时候矛盾还没有激化,国民党组织土匪打共产党是借刀杀人,土匪们主要看中那一堆官帽,各打各的主意。

"咱成立'剿'共联合军,其实还是各顾各,谁也别吞并谁。"曲书仙说,"这样一来,就能把人心稳住。国民党打不掉共产党,叫咱们去打,咱也不给人当枪使。嘴上应下来,实际上还是咱说了算。"

"对头,对头。"

"叫我说,老二,人家共产党不找咱联合军,咱联合军也别多事找共产党。都是咱伏牛山老乡亲,低头不见抬头见,自己人打自己人,这实在太丑气。"

"对头,先生说到老二心里头了。"

"再说，干农会的共产党都是可怜人，打死哪一个，一家人都没了着落。"

曲书仙讲着，牛老二应着，越说越投机。两个人暗中计划稳当，才召集众匪首到曲阳，在曲先生家的酒席上成立了联合军。曲书仙当这个司令，国民党委任，土匪们推举，共产党暗中支持，三方面选出来一样。这就使联合军一成立就产生了戏剧性，只要联合军上哪儿"剿"共，一准找不着共产党。谁也不见谁。只做游戏给国民党看，把国民党当猴儿玩。山里人都说，曲先生会玩，玩得各方面都团团转。

由于曲书仙要玩两面三刀，暗中就要不断和共产党的农会接触。这种事要秘密进行，不能走漏风声。他谁也不找，专让李洪恩跑腿联络。这就不断给李洪恩创造接触共产党的机会，使李洪恩早早懂得许多革命道理，十几岁就参加了革命工作。说句玩笑话，曲书仙要算他的革命"引路人"。

八

李洪恩从搬进曲家起，再没有挨冻受饿。他端到这个饭碗的代价，是在感觉上失去了自由。由于讨饭，他走惯了四方八面，两条腿像翅膀任意飞翔，冷不丁停下来，他觉得有绳子捆住了翅膀一样。受雇于人如画地为牢，把他困在曲家里。

虽然在他没有成人之前，很少有人给他派出力活儿，但他牢记着娘的话，看到活儿就抢着做。扫地、牵牛、喂马、喂鸡、割草，看到什么做什么。吃饭后帮人洗碗。曲先生几次说这是女人干的活儿，你不要干这些杂碎，他仍然洗碗。他过早地明白了人分三等九级。该干什么,就要干什么,不能乱了身份。十来岁的孩子,由于生活所迫,开始努力学习看别人脸色,讨主人欢心,做下等人。

曲家待他不薄,夏穿单,冬穿棉,到换季时,都给他做新衣裳。大太太尤其喜欢他,把他当孩子亲。害怕他年轻娃肚饥,一年四季给他小屋墙上挂一个馍篮,里边也不多放,总放两三个馍,不叫空着。李洪恩想什么时候吃,就什么时候吃。但他不喜欢大太太,自然只敢在心里不喜欢,不敢往脸上挂。他看出大太太老把他当她的儿子一样,这使他很难受,就躲着她。在李洪恩心目中,他娘是这个世界上最好最疼他的女人,大太太对他的这种亲切侵略了他的母亲。他用不喜欢大太太和躲避她的亲切来捍卫他的母亲。

和大太太不同,二太太水草很少找李洪恩说话。李洪恩也很少见到水草,只偶尔去送东西,才敢走到书房门口。但第一次去送东西,水草就让他走进了书房,并让他坐下来玩玩。李洪恩想都没想,开口就管这个好看的年轻女人叫姨,而不叫二太太。他发现自己喜欢她。时间久了,他老想去看她,也没有话说,就去看看她,对她笑笑,心里就格外舒坦。不能去看她时,他就久久地望着书房的窗户。

不知为什么,每当夜深人静,书房里传出来水草的呻吟和叫喊,将他惊醒时,李洪恩就想哭。他不知道男女风情,老觉得曲先生在欺负她。有一天夜里,听到尖叫声,李洪恩忍不住就真哭出来。当然没敢出声,咬着被角,只让眼泪打湿枕头和被头。

李洪恩的眼泪传达出他对二太太的关心和同情。由于都是受苦人出身,他当长工,他把水草也看成了长工。他觉得自己是干活儿的长工,水草是专给曲先生睡觉的长工。他卖力气她卖身体,他们都是为了吃饱饭来扛活儿的穷人。

另外似乎还有一种成分在里边。由于水草比他大而比母亲小,他就在心里把水草当成小姨和大姐姐看待。听到水草尖叫,便觉得她在那里受苦受罪,而他不能够帮助她,因而心里难受。不,也许李洪恩对水草的喜欢里,还有另一种潜意识。他喜欢母亲又喜欢水草,通过这种喜欢把母亲的形象悄悄拼贴在水草身上,把水草当成了他母亲的影子和替身。人在孤独中需要找地方存放情感,水草就成了李洪恩放情感的地方。这就是他为什么不喜欢大太太而喜欢二太太的原因。

李洪恩当小长工不仅有工钱,曲先生暗中给帮助更多。第二年就给他家修了房屋,让李洪恩的母亲有了一个窝。每每过年过节,还格外弄几斤粉条,割一刀肉,挖二升凉粉面,端块豆腐,搭一把葱,让李洪恩拿着回家去团圆。李洪恩的母亲信神,总点根香,求神仙保佑曲先生长寿。

等到李洪恩渐渐长大时,就开始没日没夜地干活儿。起早贪黑,该干啥干啥,把曲家的农活儿看成了自己的事情。里里外外,已经很像个长工模样。李洪恩十七岁那年娘死了,穿五件老衣,用桐木棺材,还请了鼓乐。葬礼是由曲先生办的。曲先生一出面,乡亲们看曲先生面子,把丧事办得很排场。孝子跪地上也白花花一片,确也尽如人意。一干人都说曲先生善良,李洪恩投了一个好主了。

所以,平常曲先生让李洪恩干什么,交代是一个谷子,他只碾成一个米粒,从不多说闲话。开始他并不知道共产党是干什么的,跑多了,人熟了,才明白这些人是穷人的队伍,是专门给穷人干事业打天下的。接触多了,就明白许多道理。虽不说出来,却存在心里暖着。后来曲先生要给他找媳妇,女方是大太太娘家侄女,他拒绝时扔了句话,我是穷人我不给地主阶级做亲戚,曲先生才发现了李洪恩暗地里加入了共产党的农会。

"入进去了?"

"入进去了。"

"入进去了好。"曲先生明问,李洪恩也就明说,这就把事情摊开到亮处光明正大。

"洪恩哪,乱世之年,该闯就闯。我可不是有眼无珠之辈,你想走就走,我不拦你。"

"我是要走。"李洪恩也不卑不亢,"但我要把岭上豆地锄完,平地玉谷扒完大堆,挂起锄钩再走。"

"地里活儿,叫别人干吧。"

"不,这一季庄稼,我要做完它。"

"那,就由你吧。不过你走时要说一声,我还有要紧话对你说。"

"知道。"

和曲先生面对面把这几句话扔出去,使李洪恩感到自己长大成人,抬起了头,今后的路要自己走了。

曲书仙给李洪恩送行那天夜里,天下着雨,院里响着房檐的滴水声。曲书仙把李洪恩叫到书房,只让水草侍候,摆了几盘酒菜,给李洪恩送行。灯光映在曲书仙脸上,他面目通红,酒在他额头烧出细碎的汗珠。多少年过去,曲书仙已经见老,头发开始谢下来,展出那宽阔的前额。手抓起旱烟袋,趁着灯吸烟,举止动作已显出老派模样。

"都过去了。"

他把烟袋轻轻在空中一划,像扫去许多岁月的尘埃,长长出一口气。

他接着说:"全怪我当初一念之差,当这个土匪司令,如今是陷进去,拔不出来了。眼看国民党人心丧尽,我怕要当陪葬兵俑了。"

"曲先生……"

"洪恩你不用说,你说啥我都明白。你那点道理还说不了我。"

曲先生不让他说话,他也就不再多嘴。曲先生放下烟杆,拿起酒杯一饮而尽,接着说下去:"咱为啥要一个锅里煮萝卜?如今正闯英雄好汉,你站一边,我站一边,将来无论谁坐天下,咱都有个照应。"

水草边给他们搛菜倒酒,边听他们说话。看看这个,又看看那个,她听不懂他们的话语。她生活在阅读世界太久了,不明白外部世界发生了什么事情。

外边的风雨声一阵赶着一阵。屋子里一阵沉默。

李洪恩慢慢地举起酒杯,站起身来,诚恳地说:"我不会喝酒,但今夜黑我要喝下这杯酒。我喝了这杯酒,就算谢过曲先生养我、水草姨疼我了。"

他喝下去,呛出他满眼酒泪。放下杯子,他离开书案,要跪下去磕头谢恩,被水草拦住搀起来。

"不用多礼了,"水草说,"又不是外人。"

"我今夜黑就走了,我走之后,还望你们保重。"

曲先生挥挥手,不让他说这些话,他对这些话不感兴趣。他起身去书柜里摸,摸出一个布包包,放在书桌上,一层层打开包布,里边是两支亮汪

疼痛与抚摸

汪的手枪。

曲先生把枪往李洪恩眼前一推，说：

"带上吧，这年头，枪是人胆。往后你要好好干，要钱要枪，我都帮你。"

李洪恩想了想，把枪收起来。

屋外是秋雨，绵绵地感动着人。

第三章

一

　　水月接下郭满德给她的见面礼红布包,包的红布只是虚伪的面纱,揭开它里边是一百块钱,这钱才是真实的内容。她接下这钱,就接下并付出了对婚姻的许诺。这和交易场里做生意预付定金一样,细心去想,婚姻并非建立在感情的基础上,感情总是变化的,如河床里的流沙一样做不得基础,只有契约才是婚姻的基石。

　　婚姻是这样一种契约,在约束对方的同时,自己也丧失了自由。占有对方是以丧失自己自由为代价的,这就是婚姻永远的矛盾性。人们站在婚姻门外时就渴望走进去,走进去后又渴望婚姻外边自由选择的天空。喜新厌旧是人的天性,人如果喜旧厌新,这个世界就僵化和死亡了。如果越出

95 　　　　　　　　　　　　　　　　　　　　　　　疼痛与抚摸

世俗,就会发现人最佳的感情形式是把婚姻当游泳,随时可以跳进水里搏击风浪,也可以随时回到岸上晒太阳和抽烟喝茶。

这样就比较明白了,婚姻只是社会道德的一枚螺钉,用来把男女双方固定在社会机器上。从这个角度去看,婚姻并非是发展和丰富人们情感的天堂,而是局限和囚禁人们情感的牢笼。水月接下见面礼,就来到了这牢笼面前。她把见面礼交给父母时满面绯红,掩饰不住要冲进婚姻的激动。

对于女儿的这种选择,父母感到有些意外和遗憾。不过父亲的遗憾很短暂。他接过女儿交给他的红布包,灯笼般的红布包就照亮了他的双眼。他很快打开红布包,把唾沫吐在指肚上,开始捻着将这一百块钱清查。连查两遍后,他的所有意外和遗憾都淹没进不断吐出的唾沫里了。突然降临的这一大笔钱,给这个老实农民带来了欢乐。他把钱查好后去揭箱盖,把钱深藏在箱底破衣物里边,又牢牢把箱盖扣好。他陶醉在见钱眼开的喜悦里,显得那么生动和可爱。

和父亲不同的是,水月的母亲一直默默无语,不动声色看着男人见钱眼开的样子,嘴角浮出两丝讥笑。她瞧不起这男人。她不为这一百块钱动心。她坚持站在意料之外,不肯轻易放下她对女儿选择郭满德的遗憾。

"这种事,如今是新社会,"父亲开始表态,"不兴父母包办。我和你妈都看你哩,只要你看着中,我们就不管。"

"水月,这可是你一辈子的事,"妈妈说,"你可要想好,一脚跳空了,将来受苦受罪没有人替你。妈觉得这孩子老实了点,不过,你自己看吧。"

"老实点好。"父亲说,"看着老实,心底就好。找人过日月,又不是找画往墙上挂。"

面对父母,水月什么话也没说。她人虽然站在父母面前,心还在郭满德搂抱她的激动里走不出来。很轻易地点了点头,这就向父母明确了自己的态度,坚持了自己的选择。

这就看出来,农村里的婚姻,经过许多年的变革,终于起了些变化。虽然仍坚持要由媒人来介绍,不习惯年轻人自己直接谈恋爱,但到底行不行,已经由年轻人自己拿主意,父母一般不再阻拦。尤其是女孩。俗话说女大不可留,留久结冤仇。只要能圆满嫁出去,不出什么差错,就是好结局。女孩像瓢里的水,看准树苗,能刨阔泼出去,就不再收回来。亲戚三辈,族情万年,乡下仍是男人的世界。

对于水月,爹有另一层心思不便明讲。他觉得女孩子比男孩子条件好一些,长得好看些,今后过光景不受委屈。这是他一生最好的经验。他是个老实人,土改后农会帮助他找的女人,也算他分的浮财,他娶了曲书仙的小婆儿水草。由于这个女人长得太漂亮,自己一辈子低声下气,于是他就希望女婿能像他一样,也委屈一辈子。他没有太多道理,女儿是他生的,他认定只要男人受委屈,女儿就幸福了。这种心思,当着老婆的面,他无法讲出来,只能讲老实人好过日月。后来看到女儿点头坚持自己的选择,就使父女两个结成了联盟一样,让他暗自欣喜。这种暗自欣喜使他在自己的女人面前抬起了头,露出了偶尔的峥嵘。

不过,虽然水草看不上郭满德,更瞧不起自家男人见钱眼开的模样,却不愿阻拦自己女儿的选择。她说那些话只是提醒她,并非要阻拦她。她一生经历坎坷,已经不再去想人世间的是非曲直。当初曲书仙娶了她,她就安心为他当小婆儿,有书看,有人疼她,她觉得那就是好生活。土改时农会

疼痛与抚摸

一枪毙了曲书仙,也就打碎了她往日生活的泡影。像打碎一个盛水的瓦罐,她再也捡不起她的生活。她从书房里走出来,来到现实生活里,别人就把她当成了曲书仙的财物来分配。农会把她分给这个娶不起女人的可怜男人,她就给他当老婆生孩子。当年是丁三在风雪里把她捡起来送给了曲书仙,如今是农会把她从曲家大院捡起来送给了这男人。这使她觉得女人没有命一样,让别人当东西送来送去,再也燃不起生活的激情。

多少个夜晚,她不能入睡。男人就在她身边躺着,甚至他压到她身上时,她都觉得不真实。身体已经被抱在别人怀里,心却还在那书本里泡着。她习惯阅读生活,又不能再返回去,又不会在现实里生活,常常感到自己活得很多余。从自己出发她常感到做女人命贱和可怜,嫁给谁都做不了主,嫁给谁都一样让人骑让人睡。女儿水月能活到自己点头答应男人,已经是很不容易了,所以,女儿点头坚持,她就高兴起来。她不为找什么郭满德而喜欢,她为女儿能自己选择婚姻而高兴。不过她早已不会喜形于色,心里高兴,脸上还是淡淡的没有表情。几十年走过来,她的心和脸中间横着无数岁月的山水,相距已经十分遥远。

农村里的婚姻程序,相亲之后是看地方,看过地方才能决定正式定亲。看地方很重要,也就是去看看男方的房子大小家里穷不穷。像做生意时交定金去验货,说白了还是去看财产。许多男方都在这一天借东西将家里摆阔,打肿脸充胖子,把女方糊弄。许多女方也都把这看地方看得很重要,等于参观未来的生活场景或者叫审查未来生活的版图。这看地方,一般都由妈妈陪着女儿一块儿去。水月也一样,约好日子,她和妈妈都换了干净衣裳,走出曲阳村,到未来的婆家村月亮河去看地方。

水草陪女儿去看地方那天很高兴,将头发梳得很整齐。几十年来她一直重视梳头,她觉得衣裳穿好穿坏由不得女人,但头发却可以想怎么梳就怎么梳,她觉得头发才是女人的精神。她常教导女儿,头发是别在女人身上的一杆旗,早晚要梳齐整。另外,她对郭满德家在月亮河满意,那是个大村子,村里自古有街道,街里有许多杂货铺子,山里人每逢五逢十都要到月亮河赶集上会,和进城里一样。女儿嫁到月亮河,就可以在家门口赶集上会,自己去看闺女也就顺便逛了街市。在伏牛山里,乡镇的街市永远吸引和诱惑着四面八方的山里人。

从曲阳村到月亮河,要经过一个三岔路口。这路口三条路。一条从曲阳村来,一条从黄村来,两条路在这里会合起来通往月亮河。本来走得好好的,一过三岔口往月亮河去时,水草忽然觉得心跳加快,老觉得她们身后有脚步声跟着,回头看看又没有人影。她抓紧女儿的手,水月便感到妈妈手心冒汗发凉,去看妈妈的脸,只见妈妈满脸苍白没有血色,连忙扶着妈妈到路边,选一个大石头让妈妈坐下来歇歇。

"妈妈,你怎么了?"

"没什么。"

"妈你生病了?"

"妈没病。"

"那你怎么这样了?"

"让我歇歇,别说话。"

在路边石头上坐下来,水草闭上眼休息。田野的风轻歌曼舞围上来,抚摸着她的感觉。她体会到有东西抹到她脸上,那是阳光的温柔。一闭上眼,她一下就看到这条路上有人影在飘忽,有脚步踩响她的耳鼓。是妈妈牵着她的手走在这条路上,几十年前的身影重现在跟前。妈妈一手扯着她水草,一手牵着妹妹水莲,走在这条路上,她们到月亮河去赶集。

是这样,水草刚才听到了她儿时的脚步声。她牵着女儿水月去看地方,回忆忽然涌上来,越过时空,在同一个场景把她们重叠在一起。她牵着女儿水月走在这条路上,她把这一切当成了妈妈当年牵着她走在这条路上了。这种重叠使她感到脚下的路热乎乎,心慌意乱,脚步发轻,好像脚不是踩在路上,而是踩在对往事的回想上让人眩晕。

水草坐在路边大石头上歇息时,她突然获得了对这条大路的特殊感受。她小时候让妈妈带着去月亮河赶集上会,走在这条路上,走着走着她长大成人,从家里逃出来剩在这条路上的风雪里,让丁三捡回去给曲书仙当了媳妇。这条路看着她由小孩变成了妇人。后来妹妹嫁月亮河,她来送妹妹出嫁,从黄村走来也踩的这条路,这条路把妹妹送到婆家。那年妈妈自尽,她去给妈妈送葬,也走这条路。回来时她和妹妹哭着分手,把身影留在这条路上。妹妹死后,她来送葬,一把鼻涕一把泪仍然洒在这条路上。她觉得水家的女人都没逃出过这条路一样,欢欢喜喜走上来,又一个一个走没有了。如今,她又把自己的女儿送上了这条路,她不敢想,水月会在这条路上怎么走,会走到哪里呢?睁开眼看着这条土路,它还是那样子。她呆呆地看着这条路,看得她害怕。

水草本就是一个爱思想的女人,早年又读过那么多书,联想曾是她主要的生活形式。后几十年心里让具体生活细节塞满透不过气来,如今偶然触景生情打开了她想象的窗户,她的浪漫思绪就飘飞出去。她从水家出发想到了所有山里人,或不可一世,或忍气吞声,谁都是踩着这条路走着走着走没有了,没有谁能逃出去。只有这条路永远留下来,把新人接过把旧人送走。那么人活着到底为啥呢?她突然对人生进行发问。又苦笑笑,她明白没有人回答她。这是想邪了,自己在问自己。

"妈,你笑啥哩?"

"没笑啥。"

"好点了?"

"好了。咱走吧,走一步说一步吧。"

二

水月对去月亮河看地方并不在乎,她本来就不重钱财,但她对这趟旅行兴致很高。实际上是由妈妈陪着离家出外行走闲逛,这本身让她快乐。父母不明白,还认为她急着去看地方。事实上,她把看地方当成了游玩活动。这就是水月,她总是喜欢非现实胜过现实。

其实我们看得很明白,水月并非相中了郭满德本人,或者说她忘了相他或根本没有相他。郭满德要强奸她,把她摔到床上,使她突然来到了意料之外,她在他身下边挣扎时获得了从来没有过的眩晕感受。她相中的只是这种感受。她要嫁给这种眩晕感受,并非要嫁给郭满德本人。她不明白任何男人都会给她带来这种感受,她把这种普遍性当成唯一性如获至宝,错把这种感受和郭满德本人等同起来,慌忙中答应了他的求婚,接过了见面礼。

我的思考曾在这儿停留。我曾这样设问,如果水月在见郭满德之前与两个以上的男人发生过性关系,她还会选择郭满德吗?如果容忍我这种设问,我们就会发现水月面对婚姻的选择,并非选择爱情和男人,她错把性感受当成了一切。这就引出来一个很有趣的话题,人们在选择婚姻甚至寻找爱情时,许多人都会把性感受误会成一切。这样就会使我们对于爱情和婚姻的选择显得粗糙,轻易就忽略掉本质,踩着性感受迈进误区,一脚踏陷了自己的未来。

　　现在我们再来看水月,就发现她一开始就走进了骗局。表面上看,这个骗局是郭满德带给她的,实际上水月才是这个骗局的主谋。她接过见面礼,自己骗自己入局,又去看地方,在这个骗局里走得兴高采烈。也许我们自己也有过类似水月的这种体验,享受过自己欺骗自己的快乐。通常,我们容易识别和走出别人对自己的欺骗,却很难识别和走出自己欺骗自己的迷途。

　　到月亮河去看地方,水月根本没想到要看房子和家具,这使郭满德到处借东西成了无效劳动,摆了假场面糊弄他自己。水月只有一个心愿,非常希望看到一个大点的院落,这院里一定要有棵树,在她看来这棵树比房子重要。如果有棵树,太阳照过来时,就能把阳光从树叶间漏下去,树下就会开满一朵朵各种各样的太阳花。她喜欢太阳花。如果是月夜,月光从树叶缝隙间流下去,地上就开满了月亮花。她喜欢月亮花。这样,有院落有树,能看太阳花和月亮花,她就满意了。水月这个心愿又一次反映了她对非现实生活的喜欢。迷恋非现实在水月来说,是一个情结。

　　水月从小就喜欢花。妈妈说她上一辈子是一朵花,水月是花托生的。

只是妈妈不明白水月为什么会喜欢花,她和许多粗心的母亲一样,对女儿的这种爱好不追问缘故。其实水月早就看到过无数鲜花,但她没有动心。真正认真地观看鲜花,那是她懂事后的一天下午。她在田野里蹲下来盯着一朵花看,竟看得呆了。这个时刻对水月非常重要,那是她产生独立思考的时刻。她在想这朵花为什么会开出来。她感到了大自然和生命的神秘。她觉得她就是这朵花,永远开放永远美丽。后来她想起来,这朵花是毛主席叫开的,她也是毛主席把她生出来的。她那时已经知道遥远的北京城有一个毛主席,他发给人民幸福生活。在她最初的思想萌芽里,毛主席就伟大起来,成为她的神仙和上帝。

把未知的东西寄托到哪里,哪里就是上帝。

从那天开始,她经常去看那朵鲜花,也不对父母讲。她在那时有了秘密。当这朵花败落那一天,她受到了打击。她不知道这朵花还会败落,她伤心地为死去的鲜花哭呀哭呀,感到莫名其妙的委屈和忧伤。

这朵鲜花的败落,否定了她最初的思维成果。她开始接受鲜花不能常开这个事实,她马上不再喜欢这些鲜花,她对大自然对这个世界开始了她最初的怀疑。

有一天,她忽然质问妈妈:"妈妈,你为什么骗人?"

"我怎么骗人?"

"你说好孩子不要说谎,说谎不是好孩子。"

"是呀。"

"你不叫我说谎,你自己说,妈妈不是好孩子。"

"水月,"爹接过话,"不能把大人的话叫谎话。"

水月觉得不公平，又觉得委屈。她亲耳听到妈妈对别人说谎。大人们能说，小孩子为啥就不能说？

她要说谎。

这时候说谎本身不重要，重要的是孩子要向父母讨个公道。像吃糖一样，你们能吃，我也能吃。

有一次，水月用整整三天时间构思了一句谎言。她按计划走到猪圈，然后就回头大喊大叫跑向父母，爹，猪死了！咱家猪死了！吓得爹一声怪叫从屋里蹿出来，一阵风卷向猪圈，脚把放在台阶上的瓦盆踢翻，瓦盆叭一下粉碎，水流了一地。

听着爹的叫声，看着这只破碎的瓦盆，水月很兴奋，同时又十分恐慌。她不知道下一步要怎么办，事先还没有想好。结果是爹从猪圈拐回来后，拉过她，在她屁股上打了一巴掌，只打了一巴掌。

水月的父亲在这里犯了一个错误，他应该把手扬起来，永远不要落下去真打在女儿屁股上，那样这只巴掌就会像旗帜一样永远在女儿头顶飘扬着恐怖。结果这一巴掌打下去，就把女儿对他的恐怖拍烂成碎片，溅得无影无踪。水月开始哭叫，因为她不再恐怖，不再害怕。她的哭声实际上就成了心灵的笑声，于是她就这么久久地哭下去，到实在哭不出眼泪时还在坚持。她用干号拉着长长的尾声，欢呼自己的胜利。

事后却陷入了矛盾。水月一方面明白说谎是不好的，另一方面又觉得不让她说谎不公平。一般人不注意，其实在幼年，人的灵魂就开始分裂。甚至孩子从一生下来就有了苦恼，又感谢你生了他，又仇恨你抛弃了他。因为诞生本身就是抛弃。于是孩子一生下来就拼命大哭，来诉说他的困惑。

虽然水月明白说谎不好,但经过"猪死了"的事件之后,她初次尝到了说谎的甜头。她抗拒不了这甜头对她的诱惑。她毕竟还没有自制能力,很轻易就把说谎当成了保护自己的武器来利用。她开始试探用谎言去对抗成人们的虚伪。爹爹如果错怪了她,她就把爹爹的旱烟袋藏起来,让它丢失几天。对妈妈,她就用我头疼我肚疼我到处疼来对付,她发现妈妈最害怕她害病,她就用装病来还击她。对小朋友,你对我好,我就对你好,你要敢欺负我,我就编派你的坏话,让大孩子来揍你。弄得大人小孩都说她是精豆子,是一个白话篓子,不敢相信她,也不敢招惹她。她觉得很开心。

善和恶在水月幼小的心地上抽出两棵幼芽,一起茁壮成长。

留给水月幼年最深刻的记忆,那就是饥饿。一连几年吃树叶和野菜,饿得她细胳膊细腿,全身软成一根面条儿。当时人们叫这种吃不饱生活为跑步进入共产主义。山里人土话讲吃大锅饭。后来人们把那种生活叫三年困难时期。无论叫什么,水月都不再相信,她只相信她的肚子。肚子是她的真理。饥饿是她唯一永远牢记的记忆。她在那时候才真正学会了说谎。肚子饿不敢说,一定要说很幸福,还要说幸福生活像天堂,幸福生活万年长。她真正了解了这个世界上的谎言,并经受了那个年代谎言带来的灾难。

后来大食堂解散,社员们可以去生产队挣工分,可以种一点自留地,可以在家里养猪养鸡了,水月就拿起镰刀,开始为自家的猪割草。在她的印象中,那时候上学念书不重要,重要的是给猪割草。她参加劳动,和父母一起,开始为生存劳作。

一天上午,她从学校偷跑出来,去地里割猪草。她把草割满后,就坐在树下休息。背靠着树,看着树下的草地。她本来是要找几只蚂蚁来看的,却看到阳光从树叶间漏下来掉在树下边,一块一块的,摆在那里组成了美丽的图案。水月忽然心里一动看出了神,第一眼,她就心里一亮把这看成了花朵。而且她发现这一朵朵花一边开放,一边慢慢地移动,花朵又在这移动中变化。变化成另一种模样。她看着这些花一层层变化,时间就悄悄在身边流逝,幻想如梦一层层展开。到后来她激动地跳起来,扑过去,躺在了这些花朵之中。

她已经许久许久不喜欢花了,如今在这树下,她又找到了她喜欢的花。这些花变化无穷,妙不可言。入夜她在家里院子树下又看到了月光的花丛。她就把这两种花叫太阳花和月亮花。这是她起的名字。她为这名字兴奋异常。她把这个发现告诉妈妈,牵着妈妈的手,把她拉到树下观看。妈妈也看出神了。

"妈妈,好看吧?"

"好看。"

"是不是花?"

"是花。"

"我就叫它们太阳花和月亮花。"

"这名儿好,很有意境。"

"妈妈你说什么?"

女儿这一问,水草才发现意境这个词语从许多年前的记忆里掉出来,接通了她早年的阅读世界。就像有风吹过来,推开了门扇。

水草悄悄红了脸,连忙掩饰刚才的失态,又对女儿说:"我说这花名好听哩。"

"太好听了。"

妈妈的认同,给了水月很大的鼓舞。她更坚定了对这种花的想象,进一步把自己的情绪煽动。在树下,这对母女看着月亮花说话,把话题扯得很远。好像她们一边说一边走,离开了大地和人间,走进了童话世界。

"水月,这些花是老天爷养的。"

"是天上的花。"

"对,只有老天爷养的花才永远开放。"

"变化无穷,永远美丽。"

水草忽然心血来潮,让女儿牵着她的思维超脱世俗生活,进入了联想。

她告诉女儿:"日为阳,月为阴。男为阳,女为阴。"

"妈妈,太阳花是男人花,月亮花是女人花?"

"对,好女人都是月亮花托生的,好男人都是太阳花投胎转世的。"

"爹爹是太阳花,妈妈是月亮花。"

"瞎说,我们什么也不是。只有我闺女才是月亮花托生的呢。"

听了妈妈这种把花引申成人的说法,水月才觉得自己只能是月亮花,不是太阳花。好像太阳花太强烈太亮,自己没有那么明亮。

那夜晚让人激动。水月失去田野里的鲜花偶像以后,很久很久终于在这个夜晚又确定了新鲜的象征,来做自己的偶像。

这种自我寻找并自我确认的偶像,实际上是给自己的命运寻找寓言,梦想把这个寓言当胶片,不断冲洗放大出现实生活图像,把生活理想化。

疼痛与抚摸

这样我们就找到源头,水月的非现实情结,最初是从田野的鲜花移情到太阳花和月亮花而开始的。这种从实到虚的移情,这种从大地到天空的移情,这种从有到无的移情,这种从现实到虚无的移情,是她对现实生活不断失望的苦涩感受酿造出来的苦酒,用来自我品尝自我陶醉。

这使水月去看地方时,什么也不希望,就希望院里有树,可以看太阳花和月亮花,事实上连她自己也不明白,她这种希望是在逃避生活,梦想离开世俗,离开现实的大地,寻找非现实的桃花源。

三

如果我们稍加观察注意周围朋友们的生活,就会发现一个普遍现象,甚至我们自己也有这些体验,家庭生活不幸时,我们总是寻找各种借口在户外游荡,迟迟不肯返回家里去。这是一种挽留,我们一再把自己挽留在家庭之外。

接着,我们就发现户外生活格外丰富多彩,很难想象有的人老泡在家里腌萝卜一样有什么意思。我们如出外观光的游客,东逛逛西逛逛,整天在外边摇晃,只在不得不回家时,才回家去吃饭和睡觉。这时候我们把家庭当成了旅馆和饭店,甚至当成了厕所回去蹲一蹲。家庭生活没有了情趣,丧失了激情,逐渐演化成纪律和责任的沉重包袱,压在了我们的感觉上。肩负着它,我们实在感到了一种压迫。

其实户外生活也未必丰富多彩,全因为家庭不幸福,我们无处逃遁,只有欺骗自己的感觉,主动去美化户外生活。于是,户内户外,成了我们现实和非现实两个世界。

绕这么远,其实我是想把这种生活现象当比喻借过来,观照水月的生活态度。比喻比讲道理有趣,讲道理是一个人说给另一个人听,比喻能邀请双方一块儿参与进来,把道理悟出来,甚至还能闻到道理的芳香和看到道理的形象。

我们把水月请进这个比喻里,就像请她走进剧场对号入座,我们发现水月的不幸指向她的青少年时代。也就是说,她的不幸的青少年时代,如同我们不幸的家庭生活那样,对她构成了精神压迫。

时代在这里不仅仅是时间概念,而且是指她对青少年时代生活的回忆和感受。

她出生在曲阳村。生在新中国,长在红旗下。不过,她出生后不久,曲阳村已不再叫村,改叫曲阳大队。共产党执政以后,县以下的乡村建制几经改革。解放初期的乡政府改叫人民公社,村政府改叫生产大队。大概因为国民党在旧时用过乡村政府名字,凡是敌人拥护的我们就要反对,就改了过来。改革后的人民公社辖区很大,通常要管理几十个村子和生产大队。一个公社又划分成三五个点,一个点再分管数个生产大队。这个点是公社派出机构,点长通常由公社里挣工资干部来担任。这是一个创造发明。在这山里,月亮河就设了点,来领导曲阳、黄村等数个生产大队。月亮河成为这几个生产大队的政治文化中心,月亮河设有高级小学,各村里只有初级小学。学生们上过各村初级小学,要通过考取才能进入月亮河读高级小学,山里人俗话叫完小。说白了也就是小学五、六年级就算完小。那时候没有能力普及小学教育,在人们心目中,读过完小就成了知识分子。

水月在本村初小念完了四年级。学校设在曲书仙家大院儿，解放后这座院子改成曲阳小学。曲书仙的书房改成了校长办公室，当然校长也在里边睡觉，他是学校唯一的公办老师。公办老师挣工资，民办老师挣工分。公办老师是国家干部，民办老师还是农民。公办民办，一字之差，差之千里，把教师分成了两种人。那年月公办老师缺乏，一个村子通常只分配一两个，通常都担任校长。水月在本村初小念书，就走进了母亲当年生活的场景，使母女二人的身影在这座大院里重叠。由于这个缘故，水草一般不到学校去接孩子，也不去喊叫老师吃饭，更不进校长办公室看望老师。她不愿意走进昔日的生活场所，走进往事的阴影。曲家大院成为水草的一个梦境，凝固在那里，成为旧时代给水草留下来的心灵伤疤，她当然不愿经常揭开它，让它流血和疼痛。

水月的四年初小生活在她的幼年回忆里独立不出来，整个湮没在饥饿的大背景里。那时候上上下下的人都在跑步进入共产主义，没有人关心学校。哪个学生犯了纪律，老师就罚他扫地。学生们就喊叫，这个学生是右派。到底什么是右派，学生们并不知道。他们太小，只从大人们口里听说，右派是坏人，是人民的敌人。

四年级毕业时，三年困难时期已过，水月去月亮河考完小时，就带了白馍当干粮。过一段时间，听说月亮河完小红榜贴出来，曲阳初小去了二十个考生，只考上了八个。妈妈带着水月去月亮河看考榜，在那红榜上找呀找呀，找到了她的名字。妈妈为了奖励她考上了完小，牵着她的手逛了月亮河大街，给她买了根红绸条当头绳，算发了奖品。又给她买了两个热肉包子，香得很，她舍不得很快吃完，慢慢用牙齿挂着品尝。她天真地去想，能天天吃热肉包子，头发上扎新头绳，就是她理想的共产主义幸福生活。这时候她已经学会把具体和抽象联系在一起。

由于家远，水月到月亮河上完小时当住校生，每星期回家一趟。夜里女生们打地铺一个挨一个睡在一块儿，排成两排，像摆放两溜白萝卜。两排地铺中间，摆放一个瓦尿罐，第二天值日生把这尿罐抬到厕所倒掉。墙那边就住着男生，两边能听到说话和尿声。男生们野，边尿边叫喊，不怕这边女生们听出来是谁在尿。女生们羞，尿时不敢吭声，吓得咳嗽也憋着，害怕那边男生们听出是谁。这使水月觉得又紧张又有趣。

这瓦尿罐山里流行。罐沿两边有四个小耳朵，用来穿竹绳，农民们用它往田里挑粪。水月个子小，就显得尿罐高大，要用劲把屁股往高处撅，才能尿到罐里边。每尿一回，那竹毛毛针就扎她屁股一回。当值日生时，她老是看尿罐上的竹绳，越来越光滑明亮，她就对这根竹绳刻骨仇恨。这使她觉得两年完小不是读过来的，是用屁股磨那根竹绳磨过来的。这使她成年后只要看见尿罐，屁股就敏感地疼痛，那些竹毛毛针永远扎在她的感觉上。

妈妈经常来看她。通常是星期六，妈先到街里买斤盐，就来等她下课，接她一块儿回去。有一次妈妈带她拐出月亮河，到村外找到一处坟地，站在一个坟丘前，热泪就流出来。

水月怯怯地问妈妈："妈，这里边埋着谁？"

"埋着你姨妈。"

水月这才明白，水莲姨妈死后埋在这儿。她听人说水莲姨妈美若天仙，比妈妈长得还要漂亮。妈老说水月长得像姨妈，水月就觉得这坟丘和自己有了联系。看着这坟丘，就把姨妈联想。人死了就这么一堆土埋起来没有了，她感到一种悲伤。像有丝儿凉风从背上冒出来，吹动坟头上的青草。

由这个坟丘，水月马上想起来，那个偶尔来家看望她们的姨夫。他老骑着自行车，手腕上戴只手表，那手表贼亮贼亮。他每次回来都买礼物，给妈买块布做衣裳，给爹买盒香烟，给水月买包糖。姨夫看着挺厚道老实，却在县里当干部，还是副县长，是大干部，别人都叫他李县长。

只要姨夫来家，妈妈就像来了亲人，做好吃的东西。吃过饭，爹就先下地去干活儿，妈留家跟姨夫说话。也不说什么话，水月看见他们两个常常坐着叹气，你叹一声，我叹一声，就说了许多话一样。

爹在姨夫面前显得可怜，但只要姨夫一走，爹就活跃起来，到处去对别人说李县长来看他，还给他买了香烟。又不让别人抽，他自己也不抽，只把一根香烟别在耳根夹着让别人看。妈妈却从来不多言多语，不去对外人讲这门亲戚。水月特别喜欢妈妈这做派，像个大人物，心里能装许多事情。

这就是水月童年的零星记忆，她后来用回想把它们编织在一起，编织成摇篮，挂在心灵深处的房梁上。

在月亮河完小读完小学六年级，水月考上了初中。妈笑了，妈很少笑，女儿给她争了脸面，那年七个考生才考取一个，水月能考上不容易。但是，爹心疼钱，也没有钱供她，就说女孩家念恁些书没用，别去了。妈跟爹翻了脸，不做饭，也不理他。把爹吓坏了，连忙向妈说小话，支持水月上初中。爹就这样，妈要不管他，他就欢欢实实，妈要翻了脸，爹就老实下来。

中学在公社所在地，是县里第五中学，很有名气。妈妈送她入学那天，一路上劝她好好学习,考高中,考大学,自己就有了前程不可怜。她记得妈从来没说过那么多话,那些话像种子一颗一颗撒在她上学的路上,她以后每每往返,就看着路边的小树,像是妈妈的话生长出来的路标,送她一程又一程。

但是,历史课老师却给了水月当头一棒,打碎了她学习的热情和兴趣。老师讲社会发展史,老师说社会是永远发展不会停止的。这永远发展的社会共分为几个阶段:原始社会、奴隶社会、封建社会、资本主义社会、社会主义社会。水月就问老师,共产主义社会以后是什么社会?老师说共产主义社会以后就没有社会了。水月大胆地质问,那么社会就不发展了?同学们哄一下笑了,笑恼了老师。恼羞成怒的老师用力把黑板擦拍响在讲桌上,像古戏里县官对犯人拍响了惊堂木。他批评水月捣乱,把水月批评得哭起来。

虽然老师没回答这个问题,却塞给学生们一个态度。那个惊堂木般的黑板擦拍响讲桌,让学生感受并接受一个事实,老师教什么,你就学什么;老师端什么,你就吃什么。不准乱问乱说,不然就是违反纪律,就是不尊重老师,就是捣乱。这个老师用粗暴的方式,维护了我们的教育在本质上的腐朽。

水月本来由于天真无邪,没有思想负担,才把追问指向了本质。老师没有能力回答她,却批评她,给了她思想负担。好像受教育就是接受思想负担一样。这就使水月变得忧郁和孤独。

"文化大革命"是在水月初中一年级期末考试以后开始的,农村比城市要晚。学校里成立了几十个造反组织,水月都参加不进去,因为妈妈在村

疼痛与抚摸

里挨批斗戴高帽子游街,消息传到学校,水月受到了株连。同学们才发现她是大地主曲书仙小老婆生的孩子,看不起她。她犯了生的错误,无法改正。

当时风行以出身定论的做法,这样就把每个人的命运预先规定下来。出身成了列好的方程式,个人命运只能当成因数被套进去演算,丧失了追求和意义。

学校里许多派别,水月哪派也站不进去。无处存放自己,又熄灭不掉革命的激情,还要参加"文化大革命"斗争,结果哪派游行,她都要去参加,跟着这派喊打倒那派,跟着那派又喊打倒这派,跟来跟去,一天要游好几趟。终于像吃多大肉呕吐一样,她开始厌恶游行。后来干脆回家,不再去上学了。

有一天在家里没事,她忽然对妈妈的高帽子产生了兴趣。纸糊的帽子那么高,那么有趣,她忍不住就把它戴在头上,去照镜子。这时候她感到莫名其妙的快乐。她即兴对着镜子做了几个动作,通过联想将妈妈表演。

如果我们抓住这个细节不放,就发现这个"文化大革命"在水月戴高帽子玩这个时刻,进入了儿戏和滑稽。

水月把高帽子往头上一戴,对着镜子这么一看,苦恼没有了,因为没有了真诚。情趣产生了,因为严肃被表演出来,就失去了沉重,只剩下轻松。就像演员在武打中拼命,因为没有生命危险,就产生了愉快和欢乐。开玩笑的话,就可以说,水月戴高帽子玩这个细节,就概括了"文化大革命"的真实和全部风景。

这使我们可以把"文化大革命"看成全民族一场集体演出,人们在终场后挣脱了个人迷信的愚弄,冲出集体无意识的牢笼,开始学习着认识自我,开始背叛我们自己的过去,像演员走下舞台那样回到真实的生活中。

本来心灵的专政是最高的专政,由于发展到疯狂和极限,使这种专政走进了表演,就消解了本质和意义。也许这场运动最伟大的成果,就是人们对这场运动普遍的最终的背叛和逆反。

水月就是这样,"文化大革命"使她对一切都产生了逆反心理和背叛意识,这使她与众格格不入。别人喜欢的,她都不喜欢;别人不喜欢的,她都喜欢。也许她只是喜欢别人的不喜欢。

演出革命样板戏《沙家浜》时,谁都不愿意扮演被土匪刁小三调戏的少女,水月愿意扮演。每次演出时,只要刁小三追着要抢她,她都快乐得全身发抖,只要大喊大叫救命呀,她就走进了角色。只是她不是害怕,她是激动,她盼着这么叫喊,并没有人来救她,就让刁小三把她抢走,那该多么好呀。

这种心理现象很独特很典型,这说明她在那时就渴望有人强奸她。渴望强奸,在水月心里开放了一朵病态意识的恶之花。

后来郭满德要强奸她,她就答应了他的求婚,接下了见面礼,高高兴兴让妈妈陪着来看地方。

四

四周是绿亮亮的庄稼。水月让妈妈陪着去看地方,走在田野的土路上,头顶是瓦蓝瓦蓝的天空,飘着些丝丝缕缕的白云。水月感到有一种轻松和解脱。

中学毕业后回乡务农,又掉进陈旧的生活。像一棵小白菜被摁进盐水里,腌得她又苦又涩。有时候她这么想,父母、家庭和村子,被岁月的针线缝连在一起,缝成一件旧衣裳穿在水月身上,又破又臭,她做梦都想脱下来。

不久前,她曾经异想天开,悄悄进城去找姨夫,想让姨夫给她找份工作,不再吃农村粮,进城吃商品粮,当城里人。水月一直认为这世道不公平,好好的人,中间划一道界线,分成了吃农村粮和商品粮两种,农村人下贱,吃商品粮的城里人高贵。

粮食本来是农村人种的,上缴给国家,运到城里分配给城里人吃。农村人只能在家里吃剩下的口粮,却不能进城去吃自己缴上去的粮食。怎么想,都觉得生为农村人委屈和冤枉。

单单是吃粮还罢了,严重的是以吃什么粮划成了两类人,又给你配合安上了户口,分为农村户口和城镇户口。有城镇户口的人才能在城里就业当工人和国家干部,农村户口的人永远只能在地里种庄稼。这就使出生农村的人,成了这个国家的下等人。你一出生,就比城里人低一头,而且永无出头之日,子子孙孙当农民。真是龙生龙凤生凤,老鼠生来要打洞。

上边口口声声讲农村是第一线,最光荣最重要,但谁也不想到第一线来工作。只有犯了错误犯了罪,才送到农村劳动改造。干部们把下乡劳动说成是住牛棚,城里知识青年上山下乡劳动,被说成了受迫害要平反。那么农村人祖祖辈辈生长在农村,无论你是否有能力,让农村户口的铁钉钉死在庄稼地里晒太阳,这是受了谁的迫害平反不平反?

其实不仅是水月，广大农村青年谁心里都有怨气和委屈，他们让农村户口降低了做人的权利，打入了社会另册。这真是发明创造，古今中外开天辟地，谁也没有这么干过，用吃粮把人划成了两等。我想后世人来回望历史，会觉得这种荒唐令人吃惊。

也许后世人回望我们和我们回望历史一样，会发现处处是荒唐，数不尽的闹剧，令人吃惊。这也许是规律，人永远生活在荒唐之中，永远走不出荒唐的围困。随着社会发展，岁月湮没和消解了旧的荒唐，又冲刷出新的荒唐。只有少数壮举进入永恒，被后人当成精神财富和心灵化石，永远纪念。

水月悄悄进城，找到姨夫时，姨夫已不再是副县长。经过"文化大革命"，姨夫已离开权力中心，被安排在政协当副主席。这还不是主要的，主要是姨夫人太老实，人虽在位上，没有办事能力，或者说没有办这种事的胆量。

姨夫作难地对她说："水月，这事儿姨夫应该给你办，只是目前一时还办不了。"

"没啥，没啥。"水月自尊心很强，赶紧说，"我主要是来城里玩玩儿，办不了就算了。"

"水月，你可别多心，姨夫心里待你可亲。我给你买几件衣裳。"

"我不要。"

"那我给你些钱花，我比你爹手头活。"

"我不要。"

"再不要我就不高兴了。办不了事，也不接姨夫的钱，你走了，姨夫心里难受。"

姨夫说得很实在，硬把五十块钱塞给她，她只好接在手里。五十块钱在那时候还是个很大的数目。没能参加工作，接了五十块钱，水月也很感动，觉得姨夫待她很亲，并不是不管她。但是，回来的路上，她还是流了泪，梦想还是破灭了，她改变不了自己吃农村粮的命运，这才铁了心种庄稼。

从曲阳村到月亮河，也就十几里路，她们很快就进了村，摸进了郭家院。走进院子，水月就看到这院落很大，房屋虽然很旧，却也很宽展。院里果然有一棵树，是槐树，像撑一把巨伞在那里。水月的情绪让这棵大树调动起来，她马上想到，结婚后她可以天天在这棵树下做家务，常常和丈夫说话，指给他看树下的太阳花和月亮花。

水月是个积极的人，马上把理想中未来生活的画卷展开，铺在郭家大院里。

郭满德害怕水月看不上地方，提心吊胆围着她转。又不会说话，又不会侍候，连个站立的地方也找不着，甚至一双手也没处放。水月看着他这副憨样，心里想男人们真会装蒜，看他在妈面前老实得像绵羊，如果没有别人，只她水月一个，还不把她抱起来啃啃吃下去？她可知道他那凶狠样子。

所以，回来路上，妈试探着说："水月，我怎么看都觉得这满德太老实。"

水月就说："别信他，妈妈，他装的。"

"你可要看准，这是你一辈子的事儿。男人家，要说人长得憨些没有啥，但是别往心里憨。"

"妈，他心眼儿多着哩。"

水月坚持维护着郭满德，妈妈也就不再多说。她是过来人，知道这男女之事看不透,说不准谁和谁有缘。

但是,新婚之夜,在那昏暗的油灯下,郭满德迟迟不敢碰她。连床也怯着上,像客人一样蹲在远处地上,两只手抓着自己的头发,不说话。这让水月感到了吃惊和诧异。

水月主动问他:"满德,你这是怎么了?"

"没⋯⋯没啥。"

"你不舒服?"

"没有⋯⋯没有。"

他忽然站起身来,结结巴巴说:"水月,我⋯⋯我对不起你。"

"你不要急,你慢慢说。"

"我⋯⋯我郭满德可是个老实厚道人。"他开始吞吞吐吐地说,"我去相亲时不会相,找支书李洪恩儿子李永生教我,他⋯⋯他骗了我。"

"他怎么骗你?"水月感到了紧张,预感到了什么,紧追着问,"你快说说。"

"他对我说女人欠挼,他叫我强奸你,只要我睡了你,你就会跟我。所以,我那回去相亲才对你无礼耍野蛮。回来后我才知道他骗我。多亏你心好,不怪我。现在咱们是夫妻了,我要把这事说清楚,我郭满德一向忠厚老实,我咋会办那种野蛮事哩!"

"别说了。"

完了。

郭满德几句话就把那相亲时的壮举,说成了野蛮和无礼,还是别人教他这么干的。这该让水月多么失望呀。

疼痛与抚摸

完了。

水月在昏暗的油灯下看着郭满德。郭满德可怜巴巴望着她,乞求她原谅他,让她相信他不是那种野蛮人,他是老实厚道人。水月觉得这个男子汉如房屋轰然倒塌下来,什么都没有了。苦呀。面对郭满德这副可怜相,她能说什么呢?

这时候她才拆穿了这个骗局,这个自己欺骗自己的骗局。但是,人已经走进婚姻,陷进来了,抽不得身了。

但是,水月没有伤心掉泪,反而显得出奇地镇静。她是个刚强女子,咬碎牙齿往肚里咽,决不后悔,决不怨天尤人。面对着可怜的郭满德,像面对着房屋倒塌后的残垣断壁和破砖烂瓦,她久久无言,只长长地叹息了一声。

郭满德永远读不透这长长叹息的深刻含义。实际上在这长长叹息声中,水月已经把绿帽子扣在了他头上。

水月一口吹灭了灯,吹灭了她的梦,自己倒头睡了。

郭满德站在黑暗里如戳一根本桩,许久许久,才敢往床边摸。他摸着床边,怯怯地把屁股挂上去,像走进别人家里一样陌生。他坐足坐够,又怯怯地脱自己的衣裳,脱一件往那木椅子上放一件,只脱剩个裤衩子,才怯怯地去揭被角。

新婚之夜,这对夫妻一人睡一边,一个漫长的夜晚,谁也没有碰谁。

几天过去,郭满德才鼓起勇气,在黑暗中钻进了水月的被窝,怯怯地爬上去,盖在了水月身子上。他抱住水月就乱摇乱晃,和在相亲时一模一样。水月不帮助他,他找不到地方,把自己摇晃乏了,就算完事了。

水月觉得奇怪,她被压在他身下时,再也没有相亲时的激情。她万万没有想到,男人们老实憨厚,能老实憨厚到这种程度。于是每当他压在她身上时,她就觉得像怀里抱了一条狗一样。为了可怜这个男人,有天夜里,水月伸手去帮助他,给了他放纵和疯狂的感受。

完事以后,郭满德趴在水月身上感动得哭起来,把热泪流到水月脸上。他认为水月心肠太好,终于原谅他把他当成了丈夫。他没想到水月最讨厌男人哭泣,伸手把他推了下来。让水月惊讶的是,原来想男女之事那么神秘和美好,让郭满德干得这么乏味和庸俗。

水月平静地躺在那里,感到把自己身体送出去的同时,收回了她对这个男人的错误感情。水月马上觉得自己再也不欠谁的债务,她把身体交出去,付了婚姻的学费。这一夜,水月终于完成了自己的婚姻,甚至觉得走完了婚姻的全部路程。她把身体抵押给婚姻,情感和心志逃到了婚姻之外。像学生只把书包摆在课桌上,人却逃出学校去玩耍。

水月的意识开始背叛,心已经跳到婚姻之外,像鸟儿飞出牢笼。

这真是矛盾。让水月诧异的是,进入和离开,付出和背叛,全部汇合重叠发生在一个瞬间里。

当然,水月也没有带丈夫到树下看太阳花和月亮花。并且,她悄悄地避孕,她不给他生孩子。无聊时自己独自待在树下,看这些变化无穷的花丛,把孤独和寂寞洒在这花丛中,把声声叹息咬碎轻轻吐在树下边。

每当这时候,郭满德就不明白发生了什么,赶过来追着妻子问:

"水月你看啥哩?"

"水月你在想啥哩?"

她不回答他,只对他翻翻眼皮,慢慢转身,走出那树下的花丛和梦幻。

这是一种等待，等待另一个男人的出现。

这是一种准备，把自己的情感积蓄起来，准备着再一次爆发和燃烧。

有时候水月待在树下胡思乱想，想到邪处，直把男人们恨得咬碎牙齿。难道月亮河的男人们死绝了？这么好的女子在这儿等着，也没有人看见，也没有人来找她。你们不来强奸我，还要我去强奸你们？

她没有失望，她坚信这世界上有好男人。只要有这太阳花开放，好男人就会来找她。她如果找到了这个男人，一定要带着他到这个树下看花，告诉他，你就是太阳花，我就是月亮花，我们永远开放。

意外的事情终于发生了。月亮河大队党支部书记李洪恩闯进了水月的生活。

水月谁都想过了，把月亮河小伙子想了一遍，没有想到闯进她生活的是个老头子。她甚至把李洪恩的儿子李永生都想过了，没想到最终横到她床上来的是他父亲李洪恩。

生活永远在意料之外给你展开风景。

五

那天中午让水月永远回味无穷。事先没有任何迹象，也没有预感，好像一棵树没有发芽开花，突然就结出了果实，让人来不及惊喜。月亮河大队党支部书记李洪恩第一次来看水月，第一次就干了她。事情发生得让水月防不胜防，像不小心咽下一颗糖块，省略了品尝和溶化的过程。

丈夫郭满德一早就走了，队里派他随车到县里运水泥，要天黑才能回来。水月独自在家里做家务,感到清净和悠闲,一种逍遥的滋味泛上心头。她像走出婚姻在度假那样,到处都是她个人的空间。天气热起来,她把厚被子拆洗,将洗干净的被面被里搭在院里绳子上晒,像挂起一道帷幕。她将被套也放在院里柴草堆上,院里就散发出一种潮乎味和人汗味,很快被风吹去,有阳光照过来晒虚着棉花。几只鸡在墙角觅食,用嘴去刨那些虚土,土里未必有食,使人想到那只是一种习惯。公鸡站在墙头上,小心地走来走去,偶尔伸长脖子叫一声,排遣着它的孤独。

拆洗了厚被,洗了床单,水月把一套薄被和新床单铺在床上,把这张床铺得很干净很舒服,冥冥之中像有人让她这么做,为迎接崭新的情感。同时也说明,虽然水月和丈夫同床异梦,没有什么感情,但是在客观上水月还在认真地做着妻子的工作。她是这农家院里客观上的妻子,她是郭满德过日月的合伙人。

如果李洪恩这天中午不来找她,甚至永远没有男人来干扰她,水月也许就这么把日子过下去。像老磨一样磨钝了情感,收起野性,也就把日子熬下去,安稳过农家光景。农村里的婚姻,许多这种现象,开始没有感情,时间一长,消了性子,软了脾气,也就认了命。

我一直觉得农村妇女,许多人都像农家的母牛一样。在牛娃时乱蹦乱跳,浑身野气和灵性。长成大牛时,就让人往绳套里按,开始当然是不听话,乱窜乱挣。不要紧,农人先用铁丝扎穿它鼻膈,流着血给你穿一只鼻圈儿,又拴上牛绳,这就难办了。前边用绳牵着你鼻子,牵得你疼痛钻心,后边有鞭子抽着教你听话,威胁和强迫着你。你先是反抗,接着是痛苦,马上就发现不反抗则痛苦就少一些,你就尝试着不再反抗。不久,你就稳稳跳

疼痛与抚摸

进犁沟去拉犁,不用让人家抽鞭子,一听吆喝就明白往哪里拉。这时候你已经明白反抗永远没有出路,前辈又领着你为你做好榜样,也就认了命。仔细想想,许多农家姑娘走进婚姻和家庭的过程,和农人调牛驯牛用牛一个道理。

但是,院门推开了。接近午饭时候,李洪恩推开了水月的院门。水月的姨夫李和平回村看过李洪恩,又来看水月。李洪恩陪着李和平推开院门,惊动了水月的悠闲和孤独。亲切的问候和意外的惊喜,话语如小鸟儿在院里飞来飞去,迸溅出少有的欢乐。

在水月看来,两个人都是贵客,姨夫在县里当官儿,很少回到村里来,回村就来看望她,让她感动。李洪恩是月亮河大队党支部书记,在人们心里有很高威望,第一次踏进家门,更是稀客降临。平淡的农家小院,忽然来了两位重要人物,到处都涨满了幸福。

"满德哩?"李和平问。

"上地了?"李洪恩也问。

"去县里拉水泥,要天黑才回来。"水月把客人请进屋里,连忙跟着说,"快晌午了,在这儿吃饭吧。"

"就是来吃饭哩。"李和平笑着说,"回来了,我说哪儿也不能吃,得到家吃水月的饭。"

"是哩,和平哥一定要来家吃饭。"李洪恩说,"水月,我也不走了,沾沾和平哥的光,陪吃。"

专程赶来吃午饭,这给了水月很大的脸面。姨夫和李书记是何等人物,上哪儿都是好吃好喝,能来家吃饭,这是一种恩赐和奖励,让水月受宠若惊。

"吃啥哩？"水月说，"我去做。"

"吃好哩。"李洪恩笑着逗，"啥好吃啥。"

"你们来得恁急，"水月红了脸，"家里没有买肉。"

"烙饼吃。"李和平说，"我好吃烙饼卷菜。"

"就烙饼吧。"李书记说，"和平哥回家了，就让他吃咱家常饭。"

水月把香烟摆出来，把茶倒上，就出门去做饭。不久就听到风箱声拉响，从厨房里传出来，在院里跳来跳去。

天有点热，两个人都把外衣脱下，扔到床上。李洪恩把床上被卷塞到李和平背后，让他扛着被卷躺在床上消乏。李和平年长，又待他好，他一向尊敬这位长兄。两个人把烟抽着，随便拉家常说闲话。

并没有什么谈话内容，实际上是闲坐。你一句我一句，东拉西扯，非问非答，以这种方式沟通着感情密切着友谊。

这是一种典型的交流方式。别小看这闲坐，男人和男人之间，能闲坐在一块儿并不容易。什么事也不说，什么事也不办；没有目的，没有交换，不分配利益。就这么闲坐着，把对方感受，比什么都亲切。

多少年来，李和平和李洪恩就这么经常闲坐。过一段想对方了，就到一块儿对着抽根烟，喝杯茶。闲坐闲坐，互相把心暖热。这种友谊看着平淡，内里边却浓烈，浓缩于淡。这是那种没有功利的友谊，这友谊穿过几十年风雨根深叶茂。

饭端上来，李和平立刻两眼放亮。他干了一辈子革命工作，当了几十年国家干部，却做不惯城里人。最害怕吃米饭炒菜，一回到村里，看到烙饼

125

卷菜或面条饭,他就活过来那样,早晚人来精神。

他心里另一层深意无法言讲,水月长得特别像她姨妈水莲,当年水莲就老给他烙饼卷菜。坐在这屋里吃饭,有水月围着他转,李和平就觉得回到几十年前,感受到亡妻的影子一样。他一边吃饭,一边把水月当镜子,回望他的年轻时代,梦游昔日的家庭生活,把他的爱妻怀念。

这顿饭,李和平吃得很满足,重温了乡情,回味和重现了昔日情感的梦幻。告别时,他给水月放下了五十块钱,表达了当姨夫的一点关切之情。但是他万万没有想到,他这次来访,把李洪恩带进水月的家门,给水月的家庭和婚姻带来了危险。他刚出村,李洪恩就拐回来,返回水月家里,推开了水月情感的门扇。

他丢了钥匙。送走李和平后,李洪恩返回大队办公室午睡,在门口才发现丢了钥匙。这才想起曾把外衣扔在水月床上,把钥匙和一个笔记本落在了那里。他没有多想,拐回头来取钥匙和笔记本。那时候村里很安静,正是人们吃过午饭歇晌的时候,阳光普照着整个村子,把村庄晒得懒洋洋的。树下有黄牛卧着打盹儿,慢慢地倒沫,悠闲地不时甩甩尾巴驱赶着身上的蚊蝇。

院门虚掩着。李洪恩推门进去。响门声惊动了水月。水月刚洗刷完毕,坐在床边歇息,倒了杯水,还没有喝。听到门声,迎到了屋门口。看到李书记返回来,她有点诧异。

"钥匙掉这儿了。"李洪恩说。

"让我给你找。"水月回头进屋找钥匙。

"还有笔记本。"李洪恩脚跟脚走进里屋,"可能在床上,我刚才把衣裳扔在那儿。"

如果水月把钥匙找着递给他,他拿上就走,也就不会发生意外。起码,不会打破这天中午的平静。但是,水月找到钥匙和笔记本以后,没有马上递给他,出于礼貌,她说先坐下歇歇喝杯水吧,天这么热,看你跑得头上冒汗。这就多出来一个挽留,是这个挽留留下了李洪恩。

李洪恩本来要走的,他要赶到大队办公室去午睡,他有午睡的习惯。水月挽留他,他迟疑了一下,也就坐在了桌边。李洪恩的这种迟疑暗示给我们,他此刻也有留下来的意识。不过这种意识在他心里埋着,没有被他发现,是水月的挽留把这个意识点亮了。

李洪恩坐在桌边,水月坐在床边。他们对于这个场景没有准备,让中午的寂静压迫着感觉,一时找不到话说。虽然年纪差别很大,毕竟是男女独处,空气里就泛上来游丝般的紧张气息。

李洪恩盯着水月直看,他知道她是水草的女儿,就在水月身上看到了当年二太太的幻影和光彩。

当年在曲书仙家当长工时,他就喜欢看二太太,看哪儿都好看,看哪儿都让他心动。夜深时曲书仙把二太太整得乱叫喊,他曾经心疼得哭湿被角。那时候他不明白,那是一个男人最初对心中女人的初恋情结。他只是觉得她可亲,就管她叫姨,把感情寄托到这个姨身上。二太太待他也亲切。因为他还年幼,就把这种亲切错当成母爱。后来年长时,又把这种亲切错当成友谊。他明白二太太只把他当孩子,但他心里却又暗暗恋着二太太,他只是没有发现自己这种恋情。如果说准确些,也许是他借二太太的形象开始思念女人,他把二太太当成一只船,往那船里悄悄存放自己的恋情。

疼痛与抚摸

二太太对他不仅是一个具体女人,而且是一个抽象的女性偶像。这个偶像如一把镰刀,收割了李洪恩成年时的所有感情。这就是李洪恩的初恋,如果他有初恋的话。有人把初恋献给少女,有人把初恋献给母亲,李洪恩把初恋献给了二太太。只是二太太不知道,任何人也不知道,连李洪恩自己也不愿去知道和正视这种感情。如今几十年过去,面对二太太水草姨的女儿水月时,李洪恩忽然接通了几十年前的恋情,心里抖动着欲望,有激情在身上燃烧起来。

被这种起火冒烟般的目光烧着,水月开始感到不好意思,脸唰一下热了。一种不安在心里泛上来,这种不安带给她少许的慌乱和刺激。她原本没把李洪恩当男人看,只把他当书记和长辈。她不急于把钥匙和笔记本给他,挽留他再坐会儿歇歇,只是出于一种尊敬,没有别的意思。如果仔细追究,也许是因为丈夫不在家,中午太安静了,李洪恩忽然返回来寻找东西,匆匆离去多少有点遗憾。也就是这么点遗憾,存在一闪念间。现在就不同了,让他这么盯着看,书记和长辈如烟似云悄然退去,一个男人挣脱出来竖在她眼前。他目光如电,传导在她的感觉上。再去看李洪恩,发现他魁梧高大,伟岸在那里如一座山。

这是一个瞬间。瞬间是时间概念,就很短很短。如今在感受它,他们两个就走过了遥远的路程,并在交叉路口注目相望,用目光交流和意会情感信息。

这是一种话语,这种无声的话语通常被情人们用来表达最初的情感,彼此先用这种话语进行交谈,叙说各自的心灵秘密。试探着接受对方和被对方接受。这种状态像是在对接头暗号,像是在发出和接受一种密码,像动物发出和接受一种气味那样。任何人都经历过这样的体验。

水月站起身,试图抬脚迈出这种状态,她去给李洪恩送水。那杯水就放在桌子上,离李洪恩并不遥远。李洪恩要喝它,完全可以伸手去把它端过来,并不需要水月去送。她这么做,是一个借口。她感到了不安和紧张,想借送水这个行动来消解这种不安和紧张。可惜,这个借口下边还埋伏着一个借口,那是水月的潜意识。在潜意识里,正好把倒水这个行动当借口使用,当招牌举着,将水月自己送向了李洪恩。这样,后一个借口把前一个借口又当成了借口,使水月手捧起茶杯时心情格外微妙和矛盾。

水月端起茶杯,双手捧着送给李洪恩这个动作,我倒看着像水月双手捧着自己把她送向了李洪恩。单是为了送水,她完全可以把茶杯推给李洪恩,或是端过去放在李洪恩手边,完全用不着双手捧着送过去,等着李洪恩伸手来接这杯水。这个动作里已经有了挑逗性。不仅挑逗对方,而且挑逗自己,同时把对方呼唤。这完全是一个信号,一个溢出感应之外的行动信号。水月在发出这个信号时,试探着启动了自己的情感。

李洪恩敏感到了这个动作的丰富含义,他的感应的目光,他的第三只眼读亮了这个信号的内容。那一瞬间,这个信号如划着一枚火柴那样嚓一下,点燃了李洪恩的欲望和野性。李洪恩伸出手去接这杯水时,抓住了水月的双手。他的一双大手,和水月的一双秀手,热烈地拥抱在一起。

这时候屋外院里正铺满了热烈的阳光。绳子上搭的很长很整齐的被面和被里组成了一道幕布,把安静聚住并将院外边隔开。户外边的街道上行人稀少,太阳晒得村庄和街道感觉迟钝。郭满德远在县城里,刚刚装完水泥,累得满头冒汗,对着水管冲洗。他们一伙儿人准备洗完手脸后去吃午饭,喘口气再往家返。上帝用刀切黄瓜一样,切割给李洪恩和水月一段时间。

李洪恩双手抓住水月的双手后,抬眼去看水月,他看到一张潮红的脸上轻轻闭上了双眼。于是他松开一只手,搂住水月的肩膀,连推带扯把她往床那边运动。水月双手抱着这杯水,牢牢抱着这杯水,这就使她移动时水洒出来,走到床边时已经成了一个空杯子……

六

水月一直不明白,事情发生得为什么那么蹊跷。正好那天郭满德上县城运水泥不在家,正好姨夫李和平回村来,正好李书记陪着姨夫来看望她,正好李书记走后把钥匙和笔记本丢在了她家床上,要拐回头来取。好像并不是他们要这么做,而是这一连串巧合把他们推到一块儿。这让水月事后什么时候回味,都感到一种神秘。

这就是机遇。机遇像一只花篮,把生活中巧合的零星花朵采下来,装满它们并把它们编织在一起,组合成故事。其实生活中巧合的鲜花满山遍野,甚至悄悄开放在路边和墙头上,等待着采摘。如果没有人发现它们,没有人采摘它们,它们自生自灭后 就流逝在岁月的溪水里。如果有人注意到它们,把它们采下来,积少成多就组成了一束灿烂,从生活中峥嵘出来。

或者叫密码,生活的密码。生活就是由这些密码组合而成,这些密码像细胞一样无处不在,一直在活跃,一直在排列组合,不断创造出丰富多彩的生活。你感受到它们时,就觉得神秘。感受不到它们时,它们就流逝在你身边。这大概就是中国人讲的缘分,由巧合组成机遇,由机遇创造出缘分,在平静的生活水面上忽然陡峭出一座浪峰,拔起来一处奇观。

那时候水月去送水,是准备提醒李书记,你不要这样看着我,你喝水吧。她是准备把茶杯推过去,或者端起来再往他跟前挪挪。不知怎么就双手把茶杯端起来捧了过去。那双手一送出,就失去了控制如从笼里跑脱的两只兔子,水月再把它们收不回来。一双手甚至两条胳膊都挺着凝固在空中,自己的手向李书记的手发出了呼唤,像沙漠扑向溪流高叫着我渴我渴。

李书记站起来,他的手拥握住了她的手。她觉得李书记的手在握住自己一双手的一刻间发生了变化,李书记的那双手不再是手,而变成了一把铁钳,钳住了她整个身体一动不动。就像我们平常手握铁钳钳住火红的煤球那样,她虽然身体发热冒火却不能动,被钳在李书记手里。往床边去时,水月觉得自己被拎起来那样,身体发轻,失去了自由。

还在李书记握住她手时,她就不敢再看他,也不敢再看自己的手。瞬间的预感袭上心头。她是已婚女人,她是过来人,她感到要发生什么事情了。她想挣扎,她想拒绝他,她也想拒绝自己。同时她又想欢呼,她又想拍手称快。于是挣扎就软弱无力下来,激动昂扬起欲火,她那时特别想点头表示心意。但是脑袋有千斤重,头低不下来,就轻闭上眼。她用合上眼皮表示态度,代替点头答应了他。

李书记拥着她走向床边,她松开一只手,从茶杯上拿下来,去推挡他。她不知道为什么要推挡他,也许推挡是一种本能。而双脚却轻快地往后边退,两个脚后跟向床边奔跑得欣喜若狂。那一只手还端着茶杯,仓促间她把水洒在地上,把茶杯里的开水倒得干干净净,只剩下了一只空杯,抓在手里如一件玩具。上床时,李书记扒下了她的一双鞋,她的脚松着配合他,扒哪只脚,就松哪只脚。他来取那只茶杯,她牢牢抓住不放,他也就不再坚持,就让她把茶杯紧紧握牢在手里。他把手伸进她的衣裳里,干脆掀开了她的上衣,找着了她的裤腰带,很轻松就扯下来。她抬了下身子,他双手一抹就把她的下衣褪了下来。忽然间有微风如水漫过来,淹在她的肌肤上,给她的肌肤抹上了一层淡淡的凉意。

屋门开着,院门也开着,这开着的两扇门让她想到了不安。院里没有声音,院外边的街里也没有声音。中午的寂静又抚摸了她的忧虑。

他把手伸向了她的下身,放在她的两腿之间,像一下一下拧开了她的水龙头,她感到下身潮湿。一条河从身体内流出去,把她排泄。她瘫软在床上了。

他进入到她身体那一刻间,她觉得自己像一件丝绸衣裳被挑起来举在了空中,迎风飘扬。他魁伟高大,她在他身下感到被他碾着一样,他一遍一遍碾着她,把她碾成了空壳,纸样薄,水样透明,把她碾空碾碎了。

他忽然停下来,急刹车一样凝固住。把她身体钳紧,双手摆正她的脸,低头来亲吻她,他满脸钢针般的胡楂子排山倒海铺天盖地强奸在她娇嫩的脸上,脸上又疼又痒,难以忍受。他亲她,像盖公章那样亲遍了她的脸,然后就吻她的唇。她呼吸紧张,喘不过气。她把舌头伸出去抵挡,他一口噙住了她的舌头,吮吸着。她觉得她的舌头搭成了桥,她整个人被吸过这座舌桥,吞到他肚里没有了。

接着他又启动,把她当成一团棉花放在轧花机器里轧。又把她当成一只绵羊放在了刀案上杀,剥她的皮,剔她的骨头,一刀一刀杀她,杀得她痛快淋漓,激动到疯狂。她不明白他为什么拉长这个过程,像锯她一样,停停又锯锯,锯锯又停停。到后来她终于明白了,她的身体开始配合,或逢迎或接送,伸屈自如。突然间她感到眩晕,她不知道这是怎么了。战栗使她拼命抱紧了他。她觉得整个身体往下飘沉,往深渊里坠落,她觉得要死了要死了,就再也忍受不住,打开自己哭出声来了。

作为女人,水月从来没有过这样的感受,性高潮使她哭泣,这哭泣使她感到自己真正活成一个女人了。她觉得这个女人一直在昏睡,是李书记救醒喂活了送给她的,她从心眼儿里感激他。

有趣的是,当他们越过疯狂,安静下来歇息时,两个人都发现水月的一只手还握着茶杯不放。

那时刻李洪恩曾试图取掉这只茶杯,但水月紧紧抓牢不肯放手,他也就不再坚持,放过了这只茶杯。在整个过程中,水月都牢牢抓着这只茶杯。她也不明白为什么要把它抓牢在手里,就是要把它抓牢。开始时,她把这只茶杯举着,像举着一面旗帜。后来胳膊发软,就举着这只杯子在空中摇摆,如同摇摆一种旗语。等到胳膊彻底软下来,就握着这只茶杯放下了胳膊,但并没有松开手指。性高潮来临时,她用手去抱他,就举着这只茶杯,把茶杯当锤去捶打他的脊背,像擂响战鼓那样。到歇息下来时,她已经忘了手里还握着这只杯子,仿佛这只茶杯已成为她身体的一部分不可分割了。

"把杯子放下吧。"李洪恩说。

"放下就放下。"水月也笑了。

"你为啥老拿着它? 怕我抢了它?"李洪恩逗她。

"我也不知道。"水月羞红了脸。

水月把茶杯放下来，好像把自己取回来一样，这才感到回到了平静。

院里的阳光开始西斜，回返的阳光移到屋门门槛外边，只差一步就跨了进来。有轻风吹进屋里，旋着圈儿游走，又飘出去，使人感到空气的流动。院门外的远处有牛叫声传来，漫长又深沉，仿佛把太多的压抑和感叹当一条缎练抛向空中，挂在了树梢上。有车笛声远远传过来，好像有人不断往空中扔着什么。中午的安静开始收起，他们虽躺在床上，却也感到了村庄活动起来的气息。

"快穿衣裳。"李洪恩忽然说。

"慌啥，再歇歇吧。"水月劝他。

"先穿衣裳。"李洪恩坐起身来。

"穿就穿。"水月也响应李书记的号召，开始穿自己的衣裳。

水月穿衣裳时感到一丝怨艾。男人家干这种事时，他要把你衣裳脱下来，但他只管脱却不管帮你穿上，连伸手递递也不做。这真是不公平。不过她没有为这不公平悲哀，反而觉得有趣。

他们穿好衣裳，水月又把床弄平展和干净，像抹去他们风流的痕迹。一切归于正常，他们又回到平常生活，他们又回归到虚伪之中。

李洪恩端坐桌前，像要随时准备面对第三人那样，恢复出他书记的派头和正派状。把烟点着，慢慢地抽着香烟，思考着什么。他像所有的男人一样，做完这种事以后就思考怎么做善后工作。

水月用这只茶杯给他倒上水，送过去，放在了李洪恩手边。

这时候，水月发现自己的这双手灵活自如，再也不那么倔强失去控制了。

李洪恩开始喝水。喝了几口又放下茶杯。

他忽然看着水月,试探着说:"我给你点啥吧?"

"好呀,想给我啥哩?"

"要不,要不我给你留点钱吧。"

他从衣袋里挖出来一百块钱,放在了桌子上。看着水月,不好意思地说:

"别嫌少,我手里就这么多了。"

"你不觉得太少了点?"

"是少了点。你买件衣裳穿吧。"

李洪恩看着水月走近他,把桌上的钱拿起来。他没有料想,水月一伸手突然把这几张钱扔在他脸上,打得他目瞪口呆。

"你这老不要脸的,快捡起你的钱滚。"

"水月,你这是咋了?"

"滚,滚出去!"

李洪恩迟迟疑疑把钱捡起来,有两张还掉到地上了,他弯腰把它们拾起来,叠在一起,又塞进自己衣袋里。他没有惊慌,也没有难堪,又从容地喝水。

她看着他,她笑了。

他看着她,他也笑了。

把李洪恩送走以后,水月回头又抱起这只茶杯,心里暖洋洋的。经过了这一切后,她一下子就把这只茶杯看成了宝贝。是它陪着她,走进了感

疼痛与抚摸

情的风暴。是它陪着她,经历了这一切。它给了她胆量,也给了她证明。她牢牢地抓着它,在它的帮助下,打破了自己婚姻的平静。

在以后的生活里,水月十分宠爱这只茶杯。只用这只杯子喝水。孤独时候就一个人把杯子倒满水,往后退着把水洒在地上,倒退着躺在床上。先把杯子缓缓举在空中,又慢慢把这只茶杯放下来。这只茶杯永远盛满了她的回忆,帮她留住了那个时刻。李洪恩死后,她就用红绸子把这只茶杯包起来,埋进了地下,珍藏在她心灵的深处。

七

迈过那个中午的欢乐,一连好几天时间,水月心里久久不能够平静。她感到慌乱和不安。先是无法面对丈夫郭满德的目光,她原先看着这目光很善良和软弱,现在看这目光很锐利和强烈。自己心里有鬼,害怕丈夫发现异常,逮住她水月的狐狸尾巴。

自从那天中午过后,她感到家里发生了莫名其妙的变化。要么觉得丈夫陌生,要么觉得自己陌生;要么丈夫像客人,要么自己像客人,和这个家再也贴不紧密。她去抹桌子,桌边总缭绕飘忽着李书记的烟味儿。她去做饭,总幻听到院里有脚步声。她躺下睡觉,总感到李书记还躺在她身边。她只有把那只茶杯抱在手里,用它喝水时才感到安静和踏实。她把这只茶杯当成了她的知己和同谋犯。只有他们之间才亲密无间。

水月几天之后终于明白,她和这个家庭之间出现了断裂的缝隙。李书记横在了她和这个家庭之间,无法挪开和搬走他,再也抹不掉他的身影了。

虽然只那么一个中午,他却把自己的身影留下来进入了她的生活。这就使这个家庭结构在水月的心理上发生了变化,不再是两个人生活,而变成了三个人一块儿生活,一家两口变成了一家三口。

突然发生的事件,打破了家庭生活的正常状态,水月不能很快调整好自己的情绪,使这个家庭的心理秩序失去了平衡。郭满德虽然老实忠厚,但是男人的本能使他敏感到妻子的变化,只是这种变化具体不到行为上,像游丝般缠绕和闪现在妻子身上,使他捉摸不住。

"水月你怎么了?"

"不怎么呀。"

"你哪儿不舒服?"

"没有呀。"

"没有就好。"

水月嘴上很硬,心里却也发慌。倒不是她怕郭满德发现了,能对她怎么样,她才不在乎他,只是心里一下要装两个男人,她一时还摆不好位置,不能适应。像忽然把两只船踩在脚下,找不到平衡,踩不稳身子,她还需要适应和锻炼。

水月像所有初次越出婚姻篱笆的人那样,不能很快消化初次偷情的欢乐。人早已经走出情节,心还在那种妙不可言的意境里跳动着收不回来。偷情的欢乐激动在心里,又没有人来帮助她分享,就走不出这种陶醉。她初入情场,还不成熟老到。就像青年干部一样,急需要稳住心神,藏起锋芒和勃勃野心,伪装成不动声色和貌似忠厚,先要把自己保护住,才能再图进取和发展。大凡风流情场的老手,和政界的老干部一样,都有过这样的经历。

水月还嫩，还太单纯，背过丈夫，她不断追问自己，这就是爱情吗？这就是幸福吗？这五十多岁的老头子就是我要找到的那朵太阳花吗？她这样想，如果是他，李书记就是她真正的意中人，可真让她有点不好意思。她热着脸回忆那个中午，自己在他怀里和在他身下边，一直觉得自己还是个孩子呢。

她把自己回想成一个调皮的小女孩儿，闭上眼让李书记把她带着，像小时候玩游戏一样，她不明白要把她带到什么地方，只管跟着他走。李书记带着她，像父亲牵着女儿出去游玩，走呀走呀走了很远很远来到一个遥远的地方。这地方是花园，到处都开放着鲜花。她玩得开心和快乐，玩到高潮时突然激动起来，在那个瞬间里想哭，就忍不住哭起来。她从来没有这样哭过，她愿永远就这么哭下去，再也不想停下来。她想一直哭到太阳落下去，哭到月亮升起来。不，哭到地老天荒，就这么哭死过去，永远离开这个世界，永恒进这种歌哭的欢乐里。

说实话，水月本来想象中的男人一直是个小伙子。通过联想，她和村里好几个小伙子发生了恋情。夜里也做这样的梦。做谁的梦，白日里看见谁，就觉得和谁有了联系。她甚至在梦境里和李洪恩的儿子李永生约会过两次，白天看见李永生时脸还发热，伸手摸摸自己的脸，那脸上还印着梦里李永生的吻痕一样。那时候看见李洪恩时，只有淡淡的敬意，把他当公爹相望。这是一种意恋，她在这种意恋里走了好远的路程。但是，从来没有在梦里约会过李洪恩。而偏偏是李洪恩越过梦境，进入了她真实的生活。初次以后，她的梦境全消失了，李洪恩就像升起的一轮太阳，星星们都消失了。再看李永生时,远远就有了一种亲切的爱怜,居高临下的关切之情油然而生,爱屋及乌,她开始把李永生当大孩子看。有时候远望李洪恩家的房屋和院子,也隐隐产生温暖。近看大队办公室,由于李洪恩常在那儿办公和午睡,也觉得和自己有了联系一样。

水月是个多情的女子。她把爱恋泼向哪里,就在哪里滋润感情。像燕子一样,飞到哪家檐下,它就在哪里衔泥筑窝,孕育和建设自己的生活。像一条河,流到哪里就浇灌哪里的土地和生动哪里的风光。这大概就是女人,女人和男人不同之处就在这里,她们永远凭情感生活。

通过对初次的回想和玩味,水月惊喜地发现,她更热爱老年人。老人如一棵大树,女人像藤一样缠绕上去觉得安全和可靠。那肩膀如一堵墙,靠上去觉得坚固和踏实。老年人做爱也从容稳健,把你当一朵花样娇惯和侍弄,一直到你开放出欢乐和疯狂。

成熟的魅力对年轻女人永远是一种最危险的诱惑。

水月甚至在李洪恩身上闻到一种说不出的气味,这味道很好闻,浓浓的敦厚,又淡淡的绵长,飘忽不定难以捕捉。她一直在寻觅和咂摸这种香味,有一天终于发现这是太阳烤出来的味道。那天下午她在阳光下闻到了,和李书记身上的味道一模一样。

不过,有时候她也觉得李书记太老,只比她父母小一些,算叔叔辈。人不能免俗。水月心目中的太阳花应该再年轻一点,哪怕再年轻一点点。又想到怕再年轻一点点,身上就没有了这种香味。如果没有这种香味,就什么也没有了。

水月的这种矛盾心情,实际上说明她在具体考虑如何对待她和李洪恩

疼痛与抚摸

的这种关系,她在打小算盘,在思考是否把这种关系维持和发展,是否继续这种偷情和欢乐,计划如何投放自己的感情。和企业家面对产品和市场,在思考如何扩大投资是一样的道理。

由于对丈夫的失望,水月渴望新的生活。她以前一直在等待,没想到去寻找。现在她明白不能再消极,要主动迎接新鲜的生活,甚至去选择和去寻找。这就是初次偷情获得的体验,带给她的认识成果。

这也说明人的命运是不能等待也不能空想的,要行动起来。只有走过去,才产生体验。白白地等着,是什么也体验不到的。

就像水月的婚姻,她如果不走进那昏暗的灯光下,真切地看到新婚之夜的苍白和空洞,就永远不知道什么叫没意思,什么叫平庸。于是,她失望了。但是,她不后悔。妈妈说过,人眼前有路,但路是黑的,看不见摸不着,只有走过去才知道。

人活在世上,本身就是自己和自己过不去。那么,不管前边是沟是崖,跳吧。水月最终鼓励自己。

从那以后,他们就不断偷情做爱,一直到事情败露,李家人把水月脱光赶到了大街上。消息传到曲阳村,水月的妈妈水草呆了。她呆呆地想了许久,恍惚中听到妹妹水莲的话声从岁月深处传来,落在了她的耳鼓上:"这都是命,水家的女人都命苦。"

是这样吗?水草自己问自己。

第四章

一

　　水莲天性泼辣,和姐姐水草相比,多出来点野气。她的笑声放肆使人想到满地滚铃。水草在那个风雪天的离家出走,给了水莲很大的伤害。她觉得姐姐应该带她一起走。姐姐平常干什么都带着她并护着她,她已经习惯当姐姐的小尾巴。尤其是姐妹两个开始嫌弃母亲以后,水莲几乎把姐姐当成了靠山。但是姐姐出走了,这座靠山倒塌为平地。水莲感到了被抛弃的委屈,她把这委屈咬碎在嘴唇上,和着眼泪往肚里咽。这使她继续疏远母亲的同时,开始在心里怨恨姐姐。

　　那时候水莲感到无依无靠的孤单。这种孤单使她觉得在这个世界上,谁也不敢相信,靠水水流,靠树树歪,只有依靠自己。这种感觉寒冷着她,促使她坚强和自立。水莲的独立个性，就是在这时候，忽然挣脱出幼稚，显示出棱角和轮廓。

她没有再离家出走。她选用另外一种方式，抵抗卖淫的母亲带给她的耻辱。从家里到田地，从田地到家里，只在这两点一线上往返。她收起笑声，甚至不再和别人讲话。在家里也不理母亲，形同路人。她独往独来，把自己封闭在孤独里。前后相比，水莲发生了很大的变化，自己把自己囚禁。

这是一种拒绝。水莲失去了姐姐的保护以后孤立无援，就用拒绝来对抗外部环境对她的伤害。她拒绝母亲带给她的耻辱，拒绝别人对她的嘲笑，同时也拒绝姐姐对她的抛弃，甚至也拒绝自己的幼稚。她用拒绝的砖石给自己建立了一座城堡，她躲进这座城堡里慢慢舔着自己的伤口，把自己凝聚住，迅速成长。

水莲的这种拒绝形式，使我们联想到她的母亲，当初失身以后她母亲就采用这种硬碰硬态度对抗世俗。这就使水莲在拒绝她母亲的影响时，却采用了她母亲的形式，继承和重复了她母亲的思维方法。我把这看成一个不吉利的信号，这种重复给我们一个预感，暗示着对于思维方法的继承和重复，就是对命运的开始重复。

这种想象给我们一个启示，是否可以这样认为，只要我们继承和重复前人的思维形式，无论在表面上如何变化，永远逃不脱对前人命运本质上的重复？这像是一个温柔的陷阱，一个隐蔽的规律，局限个人命运的同时，是否也左右和影响社会的发展和历史的进程？这种时时泛滥起来的思考灾难，痛苦地折磨着我，不断将我的叙述伤害。

让我们继续观望水莲的孤独。水莲本来就长得漂亮，她的孤独又把她的漂亮突出,孤独如竹竿把她的漂亮当彩旗高高举起迎风招展,她走到哪里,就在哪里洒下孤独的芳香,把山里小伙子们诱惑。

这使她拥有越来越多的求婚者。方圆几个村子,不断有媒人苍蝇般往她家飞。十八岁那年,她出嫁了。她嫁给了月亮河村的李和平。这是她自己做主选的男人,她不嫌弃李和平的贫穷,她相中了李和平的眉清目秀和忠诚老实。也许她更看中这选择本身,在那旧时,姑娘家能自己选男人,并非容易。是妈妈把婚姻自由从世俗中偷出来,当嫁妆送给了她。

这是水秀自杀前办得最漂亮的一件事。为给女儿找个好人家,她做贼一样先四处打探,给女儿初选出三个候选女婿。然后带着女儿,以赶集上会的名义,使女儿目测了三个候选人。水莲最后选中了李和平。她这才出面,按老规矩,接下了李和平送来的彩礼。这种打破常规玩弄手腕的做法,再次显示了水秀的泼辣和脱俗。并且,她这么做,给了女儿充分的尊重。在那旧时代的腐朽里,水秀的这种超常行为,就拔出来一种最初的现代意识。这一切,留给了女儿最深刻的印象。

她们的母女关系就是在这时候出现转机的。美满的婚姻开始消除水莲对姐姐的怨恨和对妈妈的仇视。人们在幸福时容易宽容和善良。水莲逐渐忘却婚前的烦恼,开始去看姐姐,也请姐姐和姐夫来家里做客。水莲试探着说服姐姐,准备一起回家去看望妈妈,将母亲原谅,重温她们的母女亲情。

"姐,别再老想过去的事了。"

"不想了。"

"姐,妈过这日月也老难,一辈子受多少罪。"

"要说也是的,也不能全怪她。"

"妈现在一个人多可怜,身边又没有人。"

"是呀,她这样过,也不是长法儿。"

"姐,咱一起回去看看妈吧。妈见天夜里睡不着,一直想你。"

"唉,再等等吧。"

水草的犹豫,使她错过了最后看望母亲的机会。不久,母亲自杀了。姐妹两个回去给妈妈送葬,哭成了泪人。母亲却超越了她人生的烦恼和不幸,再也听不到女儿们的哭声。她用自杀这种形式,得到了女儿们的谅解,换取了女儿们对她永久的怀念。

曲书仙和李和平两个女婿给水秀办了隆重的葬礼,给水家人撑起了脸面。李和平披麻戴孝,手端老盆,哭得死去活来,比亲儿子还要伤心和孝顺。他的哭声滚雷一般久久在山间回响,打动着乡亲们的同情和善良。曲先生有钱有势,大包大揽了葬礼费用,给水秀用了三寸厚柏木棺板,穿满了七件丝绸老衣,订了两盘鼓乐。来吊孝的亲朋好友冲着曲先生面子,几百人之多。棺木起架时,不放鞭炮,牛老二亲自率众刀客对空打了三排排子枪。声势之浩大威风,惊动了山里十方八面人来看热闹。山里老人们眼热这葬礼排场,无不感叹,人要活成这样,纵然生前受万般罪,能这么入土为安,也值了。

这就是山里人,他们以死来评价生的价值。

人葬以后要过祭日。每七天为一祭,叫一七。七这个数字很迷人,使人想到上帝造人用了七天时间,这中间一定有某种联系。祭过一七、三七、五七,才能停下来,等着过周年祭。然后是二周年、三周年。三周年大祭,过满三年大祭才算祭到了头,儿女们才算孝满。好像儿女们守三年孝,就还清了父母养育的债务。三年过后,也就用泪水擦洗干净了一个人留在这个世上的痕迹。

送葬时要人多讲排场,过七天祭只能是亲生儿女,像是留给儿女们单独和亲人会面哭诉的机会。这就使葬祭分明,有张有弛,有起有落,传达出一种文化感。如果仔细研究民间的生养死葬种种仪礼,就会惊叹这里边有很深刻的学问。

母亲的祭日像约会,使水草和水莲不断重逢。共同的悲伤密切了姐妹之间的感情,每每在三岔路口分手时,总要掉几串伤心泪,说几句贴心话。这三岔路口,收藏了姐妹二人的身影。

但是,如果水草早些回去看望母亲,母女三人重归于好,姐妹二人把母亲养起来,母亲还会去自杀吗?

在以后漫长的岁月里,水草经常这样追问自己。这种不断的追问,给她带来了自责。通过自责,她把母亲自杀的责任暗暗接过来,背负在身上,默默把这种想象出来的罪过承受。

这使她对妹妹产生了沉重的责任感。当她听说凶残的牛老二霸占了妹妹之后,再不能稳坐书房,一次次求告曲书仙,要他出面管管这件事,将妹妹保护。

但是,凡事热心的曲先生对这件事表现出难以置信的冷淡,他一直回避水草,不正面答复这个问题。一直到有天夜深人静,曲先生站在书案前,对水草才说:"你现在也是读书人,什么道理都明白。我不是不管这件事,这件事没法管。人和人可以讲道理,人和畜生没法讲道理。牛老二不是人,他是畜生。"

二

　　曲书仙是旧时代的道德家。在他看来,人和畜生的区别,就在于人懂道理,而畜生不懂道理。那么不懂道理的人,在他看来就是畜生。这就反映出旧时代道德家残酷的排他性,他们把他们信奉的道德当成这世间唯一的人生态度。牛老二如果生活在曲书仙的道德之内,因为出身屠夫之家就被他们说成是下九流的下等人,生活在他们的道德之外,又被他们说成是畜生。

　　道德只是道德家的道德,这才是道德的本质。

　　不仅曲书仙这么说,山里人背后都骂牛老二是畜生。表面上看他们和曲书仙信奉的是一个道德,其实老百姓从来都是道德驱赶的羊群,谁拿着鞭子就跟着谁跑。这就使他们骂牛老二是畜生这句话里浮现两层含义:一方面认为牛老二劫路抢人是土匪头子,不是人,是畜生;另一方面也害怕他,骂他是畜生,就遮羞了人们面对牛老二时的胆怯和懦弱。反正老百姓是奴才,谁厉害就惹不起谁。他们像老鼠生活在风箱里两头受气,永远承受着道德和非道德的夹击和压迫。

　　那么,牛老二是怎么养得野蛮成性的呢?

　　如果回望牛老二的成长历史,就发现他的野性来源于他的童年生活。他出生在屠夫之家,父亲在月亮河开生肉铺子,杀猪卖肉的生活环境是牛老二童年生活的摇篮。这对他一生永远发生影响,人很难走出童年生活的阴影。

从记事起，牛老二就把屠刀当玩具摆弄。天天的猪叫声是他儿时谛听的音乐，观看他爹如何宰杀生命是他生动迷人的游戏。这样，在他童年的视觉里，从屠刀到生命之间的距离很短，屠刀不断地收割着生命，使牛老二产生愉悦和快感。在他刚学步时，就拿刀往爹的黑棉袄上捅着玩，把残杀模仿和表演。在他最初的感受里，宰杀生命如刀切西瓜那般简单和容易。这使他从懂事起，就不知道什么叫害怕，拖着鼻涕时已经浑身是胆。这使他成年后劫路抢人时，很熟练很轻快就能把刀指向别人的脖子。

另外，他家虽然卖肉赚钱，也盖房起院，生活过得红火富裕而不愁吃穿，却没有人看得起他们。父母早已经在漫长的岁月里把头低下认命了，不再在做人处挣扎。牛老二不行，他还年轻，年轻人的血性使他吞不下这口怨气。兄弟两个长大成人，拿着钱找不到女人，只能捡要饭的闺女当老婆，气得爹把钱撕碎往大路上扔。这都给了牛老二强烈的刺激，使他很容易盲目地把仇恨指向整个社会。那浑身的胆量，那满腔的愤怒，火一样燃烧着他的血气方刚，时刻纵容他提刀横出，向这个世道讨要公平。

但是，爹拦着他。老屠夫像一只宠子关着牛老二，像一座山镇着牛老二的野性。父母的慈爱如一座牢房，久久把牛老二软禁在家里。

人在青少年时代，很难冲出父母的意识，把家庭背叛。

山里人把牛老二的父亲描绘成一个精明的屠夫。他深深明白杀猪卖肉是奴才，对谁都笑脸迎送态度亲切，不叫哥不说话，但是边赔笑叫哥边少给你二两肉坑你，这是他的拿手好戏。凭一把刀，竟然也挣了一份家业。山里人虽嘲笑人家下贱，却也眼红人家钱财。到六十岁上，老屠夫已不用

疼痛与抚摸

摸刀子玩秤,手掂长杆旱烟袋,在街上闲转,熬成了老大爷。这让人们看着心里很不舒服。

要说,一个屠夫白手起家,在月亮河挣下了家业,又子孙满堂,该知足了。但是,他有心事总也放不下,那就是他死后这家业如何创,这日月如何过。这是老年人的普遍心理,总觉得离开自己,儿孙们就不会生活。病卧以后,老屠夫就天天想这件事。他觉得要想把牛家日月越过越旺,必须由他来选定继承人。

这就是中国人,从皇室到民间,谁都要选接班人。连一个屠夫,也要安排身后别人的命运。

他终于想成熟了。他很容易抛弃了世俗的观念,不按老规矩立长子为继承人。他想出了一道难题,准备来考试他两个儿子,谁答得好,就让谁当家。把兄弟二人推向公平竞争的机会里,让他们自己争取。

老屠夫把两个儿子叫到病床前,先给他们讲一堆大道理,交代他们世上虽有千条路,就给咱留下杀猪这一条小道。要把生意做下去,就不要分家。当然家大业大总要分,啥时候分,你们这一代别分,创大家业,孙子一代再分。这叫该分就分,不分也不好,分开了才亲热。三言五语,却也传达出老屠夫洞明世事的学问。

老屠夫接着说,你妈是证人。我对待你兄弟两个不偏不向,谁答得好,就叫谁当家。家有千口,主事一人,选住谁,另一个就要听他的。兄弟两个都觉得爹这么安排很公道,没有偏向,心服口服。

考题很简单。老屠夫说,我死了以后,你们准备怎么埋葬我?我一个一个考,老二你出去,我先考老大。

老大一听就红了眼圈,泪珠转着,半天说不出话来。一会儿才说,要让我当家,爹的丧事我要好好办。爹一辈子不容易,为我们操劳,我们也要尽尽孝心。棺材我想用柏木的,三寸厚,用大漆漆过;棺头上刻龙棺尾上雕凤;老衣穿七件,完全用丝绸料子;鼓乐请两盘,对着吹,给爹送戏;再扎上金马银骡,供爹骑着上路。看那样子,老大要倾家荡产,使爹风光排场。说到后来,已泣不成声。

老屠夫听罢,伸手抓住老大,掉着泪夸我好孝顺的儿子呀!记着,不管你当不当家,我都把你妈托给你侍候。你妈跟着我受一辈子罪,好好孝顺你妈,爹也就心安了。

牛老大出门去,老两口已哭成泪人。老伴说他爹,老大孝顺,就叫他主事吧。老屠夫摇摇头,他虽然喜欢儿子的孝顺和善良,又深明人世的险恶和残酷,知道孝顺和善良在这个人世上没有用处。叹口气说,孝心太过,奸心不足,做不了生意。他没有以自己的好恶来做选择标准,他心里只有今后的事业。

牛老二走进屋里一直不说话,想了想才最后说,我不答了行不行? 就一个肉铺子也没啥干头,我也不回答,我也不当家。反正爹也不会叫我当家,多说也无用。

老屠夫得知小儿子看不起这杀猪,心里就不高兴。但因为是小儿子,平时娇惯太多,也不把话放心上,就说老二,爹临死听你说句话你都不说吗?

娘也用眼瞪他,叫他快说,别伤了爹的心。

牛老二迟迟疑疑说,爹的后事好办,叫我当家办后事,保险不花钱还赚钱。

老屠夫两眼光芒四射,兴奋地追问他,快说出来,你想了啥好办法?

牛老二扑通跪下地,连连说儿子不敢说。

老屠夫挣扎着拉住儿子的手说,爹不怪你,想说啥就说啥。

牛老二抬起头说,这事叫我当家办,我根本不发丧,我准备一刀把爹宰了,再瘦也能剔出几十斤肉,放在猪肉里搅着卖了,不就赚了钱? 只要把手指脚趾弄干净,再把皮剥下来,只剩下肉,谁知道是人肉还是猪肉?

牛老二正说得起劲,老屠夫气得一口气没出来,咽了一遍气儿,差点就此死过去。回过气来时,他看着儿子,像看陌生人一样,嘴里喃喃地说,我祖宗缺了啥德,让我养出这么一个可恶的毒物来。

但是生气归生气,老屠夫终于发现了他们牛家的人才。好一会儿,老屠夫才平静下来。他抖着伸手来抓牛老二,牛老二连忙把手送进父亲手里。老屠夫抓牢儿子的手,如同抓牢牛家未来的希望和前程,慢慢地说,这都是命呀! 老二,我啥也不用对你说,过日月做生意闯世界,天生你是好材料。只是你娃子心太高太狂太奸,你要听爹的话,这辈子千万不要干别的营生。好好杀猪卖肉,吃喝不尽,享用不完。你要去干别的营生,早晚有杀身之祸。

最后他笑了。老屠夫笑着丢开儿子的手,不无骄傲地感叹,虽然我儿子天生不孝,心性险恶,欺祖灭宗,却是个大材料。由他当家,我也就心安了。人多了也无用,只要我牛家有这么一个人物,从此这山里方圆十里八村,没有人再敢欺侮我牛家了。

于是,老屠夫把全家叫到床前,公开宣布,他立牛老二为他的继承人。

把这份家业交给了牛老二。

牛老二就是这样当了继承人的。

只是他没有听他爹的话，好好杀猪卖肉。他爹死后不久，乡长来买肉不给肉钱还开口骂他下九流，牛老二手起刀落，砍下乡长脑袋，然后出道为匪……

当然，这个老屠夫选接班人的情节并非真实，它只是一个传说。这个传说长久流传在山里，山里人仇恨老屠夫养下这个野蛮成性的土匪头子，就把这个传说硬栽在他们父子头上，以此来编派和嘲弄他们。这里边，除了老屠夫立牛老二为继承人是真，其余那些说法完全是演义和虚构。

不过，我倒宁愿相信这个虚构的传说。这个传说，越出了世俗。老屠夫给儿子们提供公平竞争的机会，并且不以个人感情定乾坤，以事业发达兴旺为本的宽阔胸怀，并不是世俗中人能想到和做到的。

好像因为他们是屠夫，是畜生而不是人，他们才有这样的思维方法。其实这个传说里洋溢散发着屠夫思维的香味，使那些世俗道理和传统道德显得苍白、庸俗和腐朽。这种直奔主题的思维方法，没有世俗道理的缠绕，也没有传统道德的沉重负担，赤裸裸峥嵘出生命的活力。

好像正常的传统人，是人而不是畜生，就不会有不该有这样的思维方法。这个屠夫和正常传统人的思维方法的区别，给我们提了一个由头，让我们引申去思索人和文化的关系。人在被文明的过程中，发展了自己，却也退化自己。天知道这种文明到头来，对人本身是一种幸福还是一种灾难。

我们在日常生活中，经常处在这样一种状态，在我们还没有启动思维之前,思维就已经被各种道理所扭曲变形,迟迟不能够翻山越岭直达彼岸。有时候使人疑惑,这些数不尽的道理是为人而存在的,还是人为这些道理而活着的。

我们创造了文明,却又被文明扭曲和压迫着。

人永远生活在两难之中。

我们还可以把狗和狼对比,来思考人和文明的关系。狼被文明成狗以后,学会了思考,懂得了许多道理,被人邀请进入了文明社会。但狗与狼相比,哪一个更具生命活力呢?狼被文明成狗以后,是发展了自身,还是退化了自身?这是一个有趣的话题。

所以,我觉得曲书仙骂牛老二是畜生,很像是狗在骂狼是狼而不是狗。所以,我觉得山里人用传说嘲弄老屠夫,很难说不是嘲弄他们自身。

这就使曲书仙和牛老二形成了鲜明的对比。曲书仙做什么事情,总是叙述和铺排一种道理,层层展开一丝不乱。他娶水草的过程徐徐渐进,很难分清最终是他娶了水草,还是水草嫁给了一种文化;是曲书仙把水草睡了,还是水草被文化诱惑和奸污了。牛老二则不同,他干什么事情只凭直觉,习惯手起刀落一步到位,赤裸裸直奔目标勇往直前。他喜欢水莲,越看越喜欢,越想越喜欢,光天化日之下,就走过月亮河大街,直闯到家门口,一把推开了目的的门扇。

打一个不适当的比方,曲书仙和牛老二,是否一个像狗一个如狼?绝非谩骂,只为比方出一种情趣。

三

那天中午吃饭时,牛老二多喝了几杯酒,也许是酒火烧着他的欲望,使他放下酒杯就出门来找水莲。手下那么多人,谁也不明白他这时候出门去要干什么。自他出道后,很少告诉别人他要干什么。这已经成了习惯。牛老二虽然劫路抢钱,杀人害命,却从未抢过别家女人,这使手下人根本想不到他要出去风流。护兵跟着他,走到月亮河大街上又被他打发回去,他只身走出人们的意料之外。

要说,牛家大院距李和平家很近,如果拐小胡同,抬脚就到。不知怎么牛老二偏偏舍近求远,绕远路穿过村街去走正门。也许他就要在街上这么走一走,走出他自己的光明正大。他一贯不喜欢偷偷摸摸,连去睡人家女人,他也要直来直去明目张胆。

那时候村街很安静,不逢集市小贩们很少来摆摊,只有几个小铺开着门,阳光晒得村街懒洋洋的闲适。村子上空炊烟正在飘散,偶尔有风箱声弹过来,碰响着人的耳鼓。村街里远近也就三五人在游走,那步子不紧不慢很从容。动乱之年,难得出现这样的平静。这使牛老二走在村街上就有了自豪感,这说明月亮河人都在安心过光景。这场面激动着牛老二,他认为自己是月亮河的守护神。

旧时山里的土匪多是穷人,一般都抢有钱有势人家。害怕官兵追剿,开始都钻深山密林。后来看官兵软弱,胆子就变大,往浅山处转移。发展到兵匪一家,就纷纷出山回到村里,安营扎寨扩充势力,各占一方为王。牛老二占得月亮河。月亮河成了他的地盘。他走在村街上就像走在自家院里一样。

老百姓熬成了墙头草的命,哪边风大就往哪边倒。这就是旧时群众心理素质的病态反映。他们的脊骨被沉重的历史压弯成垂柳。一盘散沙的老百姓为了生命安全,也纷纷投靠匪首。投靠一家,就只受一家欺侮。谁也不投靠,就要受到许多家欺侮。这个选择不是道德沦丧,其实是一个数学概念。

老百姓投靠匪首,并不去行凶,还是给人家缴粮食和钱财,和缴给官方一样。反正这黑脊梁总有人来啃,谁啃都一样。这样,在理论上月亮河村民虽是牛老二的匪兵,实际上还是过日月。只有少数青壮年被抽出来,晚上巡夜,将村子保护。李和平就是巡夜队队员,说起来该是牛老二的部下。所以牛老二来找水莲睡觉,在道理上确实说不过去。但牛老二不信奉这些道理,他有他自己的价值观念。

偏偏李和平不在家。如果李和平在家呢?也许就维护了这个中午的平静。他被人请去帮工修补房屋,中午就没有回家吃饭,要到天黑以后才回来。这又是巧合,巧合给牛老二提供了机会和环境。牛老二推开院门之前,水莲正怔在家里发闷,又想纺花又想纳鞋底,不知干什么好,或者是什么也不想干,心情有点烦乱。丈夫不在家,中午太安静了,时空暗暗给水莲一种隐隐的挤压。也许这就是预感。人的本能反应越出理性的堤岸,泛上来一种不安,在等待、张望和迎接将要发生的事情。院门推响时触动水莲的恍惚,像听到一种召唤,她迎到了屋门外边。她想着进来的是丈夫,没料到竟然是牛老二,就有点突然和意外。

"是二哥呀?"水莲谨慎地和他打招呼。

牛老二点点头,酒红着脸,向她走过来。人还未到跟前,酒气已卷过来弥漫在水莲的感觉上。

水莲认为他来找丈夫,小心地用话语阻拦他:"二哥,和平不在家。"

"我是来看你哩。"

"那……那快进屋里坐。"

牛老二的直来直去使水莲有些慌乱,她想不明白牛老二为什么会来找她。就连忙往屋里让,尽可能展现女主人的礼貌和热情,把这尊凶神接待。

牛老二一直往里屋走,走到屋里坐在木椅子上,伸手指着对面床铺,像对手下人那样命令水莲说:"你也坐下。"

"我去给二哥倒碗茶喝。"

"别动,你给我坐好。"

水莲不敢再动,怯怯地在自家床沿上挂住屁股。这时她才感到有点害怕,她的预感一下沟通了她的理性,使她突然想到要发生什么事情。她看着牛老二,牛老二眼红得要冒火。她被这目光烧得神情紧张,心像兔子般弹跳起来,开始把恐怖抖动。

"我今天来给你说,我耐烦你。"

"耐烦"这个词语是山里人土话,从字面上讲"我耐得你烦我",实际上是表达一种爱情,和文化人说"我爱你"一样的道理。这就是牛老二的方式, 上来就开门见山,先把自己表白。虽然粗陋和简单,并没有抱住人就往床上扔而野蛮出土匪的凶残。也是先使用话语,把自己的感情表述,舒缓出一个过程。

"二哥说笑话哩。"

水莲想把话题支开。牛老二把这句话扔出来，仿佛给水莲亮开了他的悬念，反而缓解了水莲的紧张情绪，使水莲有时间回过神来，调动智慧和牛老二开始应付。

"不说笑话。"牛老二的正经和严肃之气逼迫着她。他又说："我这人从来不说笑话，我说我耐烦你，我就是耐烦你。你们也知道，我杀人劫路，但我从不糟蹋女人。"

"我知道二哥好名声。"水莲试探着奉承他，"谁不说二哥好人品？只是妹子已嫁了人，二哥别难为我。"

"我不难为你。只是你也别想难为我。我知道和平耐烦你，你也耐烦和平。只是我也耐烦你，比和平还要耐烦你，我要让你知道。"

这就是牛老二的话语形式，赤裸又简单。听他说话就像看他动刀子，迅捷而锐利，几刀就切开了局面，大步走进了恋爱过程。这种咄咄逼人的气势，这种简洁明快又实用的话语，把水莲逼得没有了退路。水莲一时无法应对，不知说什么才好，就低下了头。

水莲低下头时一边觉得有些难堪，无法招架，一边又觉得有点刺激和兴奋，难以抑制。过惯了和李和平和风细雨的日月，看惯了丈夫那慢性子善良模样，牛老二的忽然出现让人防不胜防。她感到一种男性强悍的诱惑，陌生又新鲜，催人软弱。

她低下头稳住了神，先把自己挺住，想了想又抬头说："二哥说耐烦我，是高看妹子。我知道就是了。"

"不行。光嘴上知道不行。"

"那还要怎样?"

"得心里知道。"

"心里……心里咋知道呢?"

"我要你。"

牛老二把话说明白了,他要和水莲上床睡觉。这句话像一把刀子架在了水莲的脖子上,逼着她表态。来不及躲闪和回避,没有了周旋的余地。这句话确实也如响雷把水莲的情感震动,虽然她并没有由此而准备投降,但心志摇晃,已经承受不住这种摧毁般的力量的打击。甚至她竟然感到身体开始燥热,她的感觉向她发出了危险的信号。如果牛老二这时站起身,走过来伸手拥抱她,她已经缺乏反抗的力量,为了保护自己很可能叫喊救命。她的力量只剩下能启动她的叫喊声,叫喊成了她最后的唯一武器。她握牢棍棒那样把自己的叫喊声握紧,准备牛老二欺过来时,拼尽力气做最后的抵挡。

牛老二没有走过来,他仍然稳稳坐在那里。他不再讲话,他已经结束了自己的话语表述,就像已经迈过了恋爱过程那样。他伸手把手枪摸出来。是一支左轮,他在手里玩着旋转一下,轻轻把枪放在了桌子上。铁器碰响木器,发出了响声。这放枪的响声把中午的平静惊动,伤害了这个庄稼院里的闲适光景。

院子里泼满了阳光。院门外的村街静悄悄,一片片黄土泥屋在村街两岸摆开,把陈旧和腐朽结构在一起,像时间留下的坟场死气沉沉。

李和平这时候正在别人家里干活儿。他站在泥堆前,用铁锨搅和着泥堆,像女人和面那样,把拌了麦草的黄泥搅拌滋润,准备送到房坡上去泥瓦。这是小工的活计,他干得很卖力气很投入精神,善良使他把别人的活儿当成自己的活儿来干。因为心疼衣裳,他脱光了膀子,阳光在他的脊梁上闪闪发光,他油亮亮的脊梁上冒出来无数颗细碎的汗珠,像沾满了豆粒。他不知道他的家庭已面临危险,他站在泥堆前,已经陷进了灾难。但是他眼前是一堆黄泥,他看不到牛老二把左轮手枪放在了他家桌子上。

牛老二把左轮手枪放到桌子上,这个细节被水莲看成了一种恐吓和威胁。她认为牛老二拿枪来吓她,让她屈服把身子给他。水莲本来在准备着最后的反抗,同时也敏感到自己全身发热,面对一个男性强悍的魅力,她在这种诱惑面前陡然开始软弱,她甚至害怕自己没有力量和勇气在最后时刻叫喊。现在好了,冷冰冰的枪口提醒了她,他并不是什么耐烦她,他要强迫她。她在这种威胁面前清醒,迅速走出了不安和紧张,一下子镇定起来。她是个烈女子,吃软不怕硬,面对黑洞洞枪口,她笑了。她笑得很从容,她笑得很冰冷,比那冷冰冰的枪口还要冰冷。

"你错了。"水莲轻蔑地说。

"什么错了?"牛老二被这冷笑笑得不知所措。

"牛老二,我水莲吃馍饭长大,不是让人吓长大的。你行凶杀人禽兽不如,别人怕你,我可不怕你。你拿枪把我打死吧。你打死我,我也不从你。"

水莲这番话把牛老二说笑了。这是牛老二走进屋门后第一次发笑,也是水莲第一次看见这尊凶神发笑。他笑得不动声色很憨气,不是那种粗野的匪笑,只牵动嘴角把笑脸展开给你看,甚至有点腼腆和厚道。在那一瞬间,在这种微笑里,水莲看到了牛老二的另一面,看到凶残背后掩盖着的朴实和老成,一个男人的善良。顿时瓦解了水莲的镇静,使她重新感到了慌乱。

"你也错了,看把你二哥当成啥人了。"

牛老二笑着把枪拿到手里,对着水莲说:"你看好,这里是装子弹的。"

牛老二把子弹重新装好,又对着水莲说:"这是上膛。看着这地方,这个东西叫勾命鬼儿,指头一钩就把人打死了。"

牛老二把枪握在手里,对着水莲时,水莲还是感到一种恐怖和紧张。

牛老二把枪口掉转,把枪递给水莲说:"你拿上。"

"我拿这个干啥?"

"我叫你拿上,你就拿上。"

水莲只好把枪握到手里,她感到一种沉重。她牢记着那勾命鬼儿,手指不敢去摸它,仿佛一动它就会把枪打响。

"不要紧,你不用力去钩它,就打不响。"

水莲受到牛老二的鼓励,好奇地用手指轻轻去摸住那勾命鬼儿,全身感到一种冰凉,她觉得自己的手在微微发抖。

"妹子,二哥现在对你说,我耐烦你。你要不愿意,就把二哥打死吧。记着,要打就打心口和脑袋,别往那不吃劲的地方乱打。"

水莲心里一震。她很快想明白,牛老二为什么要把枪拿出来,为什么要教她放枪,为什么要把枪让她拿上了。

牛老二站起身,向水莲走过来。

水莲惊恐得如羔羊看见扑过来的狼那样,把枪举起来,对准牛老二的胸口。

牛老二走过来,伸手把水莲抱住。水莲感到忽然如火烧身,全身焚热。

疼痛与抚摸

她把枪顶在牛老二的心口上，全身发软，只有两只手用力握着那支手枪不放。

牛老二把水莲放在床上，就像把水莲放在刀案上。先脱去水莲的鞋，又去脱水莲的衣裳。他扯下水莲的腰带，把水莲的裤子撕着扒下来，脱光了水莲的下身。他的这些动作一气呵成，使人想到一个屠夫站在刀案前的熟练和凶残。

水莲把手枪对准他的脑袋，全身发抖说不出话来。她咬着牙，用力去钩那勾命鬼儿，而指头却不听使唤，反而从那勾命鬼儿上挪开，不敢再去摸它。

牛老二从容地脱掉自己的衣裤，并把衣物扔在木椅子上。他爬上床，欺到她身上来，把水莲压在他身下边。当他进入她身体那一刻，水莲一下把枪举起来，把枪口抵住了他的后心，胳膊弯成了一张弓。她明白只要她一用力，就把这个凶神打死了。但是，她拿不定主意，她没有胆量杀人。牛老二掀起着疯狂，加快着动作。水莲开始感到胳膊发软，心里喊着我打死你我打死你，握着枪的手却一点点平放下来，融进了牛老二的激情里。

四

牛老二把手枪交给水莲，就把自己的生命抵押出去。他用这种方式将自己的爱情表白。这种突兀就陡峭出一个土匪的全部真诚，这种真诚打动了水莲。水莲把枪握在手里，她握着牛老二的生命。这生命是牛老二送给她的信物，她从来没有见过，也没有想过会有这样的爱情信物。这信物太珍贵太沉重了,压垮了水莲的意志。她向他摊开了一个女人的无奈,让他将她的柔情打劫。

在整个过程中,从前到后水莲都紧握着手枪不放。当胳膊软下来时,她把全身力量都凝聚在这只手上。好像握紧这只手,就摸牢了一个女人的贞操。她觉得很奇怪,那时刻除了这只手外,她感到整个身体都离开了她。她的全部意识都退却到这只手里,直到他们平息下来以后,仍然久久不能返回到全身心。

疯狂过后是平静,使人联想到雷雨过后留下的风景。牛老二躺在水莲怀里一动不动,水莲感到脖子发湿,推起牛老二的脑袋,她看到他满眼热泪。这使她感到惊奇,也让她受到感动。她伸手抚摸着他的头发,她忽然觉得这凶神很像一个乖孩子一样。

如果说牛老二的强悍打劫了水莲,那么他的眼泪又滋润了这种行劫。虽然只是一个瞬间,牛老二马上用理智收回了自己的泪水,但是水莲在这个瞬间里却逮住了这个男人的真实。这使水莲刚刚享受过这个男人的强悍,又品尝到了这个男人的真诚和温柔。

这时候,水莲握枪的手松开了。她伸开两只手,把牛老二搂抱住。这使她在先交出肉体之后,又伸手接下了牛老二的爱情。这一刻,水莲才把自己的感情从家庭和婚姻上切下来一块,送给了牛老二,认下了牛老二这个情人。

"好妹子,我耐烦你啊。"

"二哥,妹子也耐烦你。"

"真的?"

"真的。"

为了表达自己的真情,水莲开始亲吻牛老二。她用亲吻这种形式,将这个男人占有。她热烈地吻着他,像一口一口把他吞进肚里。牛老二从未被女人这么吻过,这种吻如火焰又点燃起他的野性,他们共同又走进了欢娱的高潮。

这一次,他们把那支左轮手枪忘了,它一直安静地躺在那里,观望着他们,融不进这种人间的幸福和欢乐。一直到他们又一次平息下来,双双把衣裳穿好,水莲才想到床上还放着左轮手枪。

水莲把它拿起来,小心地递给牛老二说:"别忘了,把枪带上。"

"放那儿吧,我送给你了。"

"我要这干吗?"

"你留着它,啥时候后悔,啥时候用它打死我。"

牛老二走时把枪留给了水莲,如同留下了一枚螺丝,紧固住他们之间刚刚发展起来的恋情。牛老二走后,水莲手握着枪开始回到现实,她在想如何对丈夫解释这支左轮手枪。她不想隐瞒,她不喜欢欺骗,同时,她忽然觉得理解了母亲的过去,感到了一个女人对另一个女人的理解。

整整一个下午,水莲都在对着这支枪发问,我后悔吗? 如果后悔,就用这支枪打死牛老二,或者将自己打死。后来她觉得宁愿将自己打死,也不想去打死她的情人。这使她弄明白了自己的感情,虽然牛老二打劫了她,但那时刻她没有打死他,就说明自己也情愿上当受骗。她已经明白告诉牛老二,她也耐烦他。如果用这支枪打他或者打自己,对自己都是一种侮辱。最后她决定,把一切都告诉丈夫,是啥就是啥,让丈夫去想怎么办吧。自己偷了人,丈夫爱怎么惩罚就怎么惩罚她,那是丈夫的权利。这就是水莲的个性,她不喜欢牺牲情人,也不喜欢侮辱自己,也不喜欢欺骗丈夫,她喜欢真实。

当丈夫夜里回家后,水莲就对他讲了一切。她讲完以后忽然觉得,丈夫可能会用这支手枪去打死牛老二,或用这支枪打死她水莲。她觉得丈夫怎么做都对,他有权利也应该这么做。如果他这么干,她决不阻拦他。

可惜李和平没有按水莲联想的那样去选择,飞来的横祸和难以忍受的痛苦,使他呆若木鸡。他久久说不出话来,他的沉默让水莲感到难受和内疚。

"和平,我知道我对不起你。"

李和平摇摇头。

"和平,你心里难受,就打我一顿出出气吧,别憋在心里憋出毛病。"

李和平摇摇头。

夫妻两个久久沉默地坐着,各人想着各人的心事。夜深时李和平才长长地叹出一口气:"唉,这事不怪你。"

又是一阵长长的沉默。他接着说:"走着说着,活一天算一天吧。"

李和平没有责备水莲,也没有准备去找牛老二拼命,这让水莲感到有些安慰,又有些惋惜。她彻底领教了丈夫的善良和胆小怕事,善良让人感动,胆小怕事让人感到窝囊。但是,李和平最后的话提醒了水莲,"活一天算一天吧",丈夫想到了牛老二为霸占水莲可能会打死他李和平呢。他想了那么久,就没有去想打死别人,却想到别人会打死他。这就是丈夫,他只知道帮助别人,从未想到去伤害别人。

疼痛与抚摸

第二天醒来，水莲才意识到问题的严重性。她仔细去推测牛老二，联想到牛老二的野性和凶残，她觉得牛老二如果为了她，完全有可能要李和平的命。这种猜测使她觉得责任重大，原来她只想到手里攥着牛老二的命，现在看来丈夫的命才真正攥在她手心里。

水莲觉得两只手握着两个男人的命，一个是情人，一个是丈夫。情人的生命是情人送给她的信物，丈夫的生命承担着水莲犯下的罪过。她不会用枪去打死情人，她也不愿让情人打死丈夫。

不仅是她觉得丈夫死了可怜，对不起丈夫，自己犯罪，而且打心眼儿里她离不开丈夫，她需要丈夫。她忽然感到，她迷恋情人的强悍和热烈，她依恋丈夫的善良和忠厚。她需要和情人疯狂欢娱，她更需要和丈夫安心过日月。水莲这种想法是在冒险，她在想到需要两个男人的同时，准备试探着将两个男人占有。就像一夫多妻那样，她在试探着实现一妻多夫的可能性。

无论如何，水莲这种想法都是一种大胆的探索。水莲是个敢于行动的女人，表现在具体处，她要先救丈夫的生命。只有牢牢站在丈夫的大地上，她才能实现理想的生活。这样，牛老二再来找她时，在床上欢娱，她试探着由被动变为主动。她在接受牛老二强悍的同时，也送给了牛老二一个女人的热烈和野性。她用付出感情的方式抛出去一根绳索，一点点牢牢把牛老二捆绑在自己身上，让他感到再也离不开她。一次，在他们两人做爱以后，水莲对着牛老二跪了下来。

水莲下跪使牛老二出乎意料，他觉得莫名其妙，心爱的女人跪得他心惊肉跳。他去扶她，她坚持着不起来，双手抱着牛老二的大腿，两眼巴巴地看着他,竟然热泪盈眶了。

"水莲,你这是怎么了?"

水莲只是哭,不回答他。

"谁欺负你了?"

水莲摇摇头。

"李和平知道了?"

水莲点点头。

"他是不是……"

水莲摇摇头,不让他说下去。

"那这是怎么了?"

"二哥,你一枪把我敲了吧。妹子我不想活了。"

"你这是为啥,好好的想死?"

"就是想死!"

"想死?"

"想死。反正不会有多少时间,我早晚也是死。晚死不如早死,妹子我死在二哥手里总也是有福,比我以后自己上吊自尽强。"

这一闹腾,还真把牛老二闹得糊涂了。他伸手把她整个抱起来,放到床上。他躺下去,把她搂抱在怀里,伸手给她擦泪,追问其中的原因。

躺在牛老二的怀里,水莲的泪珠成串成串仍在脸上滚。这不是作假,水莲通过思想进入了未来的痛苦,想象的悲痛使她泪流满面。她开始哭着说着,向她的情人诉说心里的不幸。

"二哥,我知道你耐烦我疼我,我也耐烦二哥疼二哥。说句没出息话,

疼痛与抚摸

一天不见二哥,就想得慌。好像你那天晌午拿走了我的魂儿。离了二哥,妹子我可是活不下去了。"

"我也是呀,我见天都想妹子,都把心想软了。我这不是好好地在待你嘛。"

"哼,我还不知道二哥的秉性?过几天一枪敲了和平,让妹子当寡妇。二哥再爱见妹子,总不是正经名分。当然,你打死和平,就可以娶我,我们见天就可以在一块儿。但是,不怕二哥你伤心,我只想和二哥好,不想和二哥过日月。我离不开和平,和平人好心善知热知冷,我和他过日月心里踏踏实实。你要打死和平,那我也就没法活;不光没法活,我还会恨你,往心里恨。横竖都是死,我再恨二哥,也不舍得放枪打二哥,只有自尽一条路在等着我。二哥你就先打死我,成全我,让我死在和平前头吧。"

牛老二听完这番话,才掂出了这个女人的分量。他说不出话来,他只是刚刚闪过打死李和平的念头,就被这女人猜到并说破了。让人说破了心事,他觉得有些难堪。这使他感到这女人心高得鬼巧,不但床上让人销魂离不开她,而且眼光也远,料事也精明,由不得更爱见她了。自己一个屠夫的儿子,干这杀人劫路土匪勾当,能和这女人好一场,这辈子也活值了。这样想着,他伸手把水莲搂紧,心也软下来。

"妹子,我的好妹子,我知道你心事。"

"知道了就好,我就是要让二哥知道。"

"我答应你,不难为和平。"

"你不骗我吧,二哥?"

"不骗你。我牛老二劫路杀人,我不骗人。只要李和平不来找我拼命送死,我决不难为他。"

"二哥,咱把话说在前头,你也知道妹子我的秉性,只要有人敲了和平,我就死给你看。咱两个就再也没有什么情义,到阴间变鬼我也不饶你。只要你留下和平一条命,你还不知道我心里只有二哥?妹子永远都是二哥的人。二哥想啥会儿来就啥会儿来,要妹子咋侍候就咋侍候。妹子我上一辈子欠你的债,我今生今世侍候二哥一辈子。"

这番话入情入理又情真意切,融化了牛老二的铁石心肠。牛老二就和水莲达成一项协议,决不杀害李和平。这就保住了李和平的性命。后来乡亲们感到惊奇,牛老二长期霸占水莲,为啥不杀害李和平,他们不了解这其中的隐情。

水莲和牛老二暗暗达成这项协议,使她在觉得对不住丈夫以后,心里多少又有了些安慰。站在水莲的角度上,很像是她把自己的生命抵押出去,用自己的生命作为武器,保护了丈夫的生命安全。

实际上像牛老二当初把自己的生命抵押给她取得了爱情一样,水莲把自己的生命抵押出去,使她同时将两个男人占有,结构出一妻多夫制的理想生活。

五

水莲逐渐喜欢上这支左轮手枪。平常用红布包严,放在箱底。丈夫不在家时,她就把手枪拿出来看。看久了,就学着玩。把子弹退出来,只玩空枪。她不让丈夫知道她玩枪,也不让情人知道。她需要有自己的秘密。尽管她把这支枪玩得很熟,却从来没想到过要用枪干什么,她把枪当成了宠物。

水莲把这枪当成宠物以后,就不仅是对情人的一种怀念,它在水莲的心里独立存在出来,成为一种象征。是这支枪陪她走出了婚姻,使她拥有了丈夫以后又得到了情人。她需要丈夫,又需要情人,二者无法统一,她就把这两种感情统一在这把枪身上。这样,这支左轮手枪就像丈夫和情人合起来的连体婴儿,水莲用宠爱营养着它,把它喂养成一个有灵性的象征物。

这就是恋物情结。人们在生活中,把无法得到或无处存放的情感转移到宠物身上,就给自己创造出来心理空间,把现实生活逃避,或把理想生活虚拟。这是一种普遍现象。

牛老二和水莲的这种恋情很快被村人发现并奔走相告,使这件风流案在山乡到处流传。山里人仿佛也见怪不怪,老年人还说村里没有这种事,还压不住风水。只是别出在自己家里,脏在自己头上。出在别人家里,不仅不同情,还说长道短,幸灾乐祸。这种自私意识和阴暗心理在山里,代代相传,发扬光大。

有人说,李和平是个活肉头,天生戴绿帽子,根本不是男人。有人甚至说这种男人活着不如死了好。有人还说,李和平从此应该蹲下身尿尿当女人,站着尿尿丢男人的脸。

这就是社会舆论,你一口,他一口,争着对别人吐唾沫,发现哪个受到伤害,再给他雪上加霜。

李和平无处逃遁。牛老二睡他老婆,他知道要装作不知道。发展到后来,牛老二开始对水莲明铺夜盖,他带着护兵到家里来,李和平还要借故躲出去让地方。牛老二和水莲寻欢作乐时，护兵在院门里边守护，李和平连自己家门也进不去。作为男人，这种滋味，当然心如刀扎般疼痛。但是难受也要受，就是这世道，弱肉强食，李和平没有能力反抗，也只好伸伸脖子把委屈往肚子里咽。好在从小家穷，受人欺侮，习惯忍气吞声，开始还坚持得住。

时间给了李和平严峻的考验和折磨，终于粉碎了他的忍耐。李和平熬不住日月，憋不住怨恨，血性逐渐涌上来，他开始动手报复。但是，他又害怕牛老二，不敢惹那尊凶神，就在家打自己的老婆，拿女人出气。在牛老二和水莲之间，李和平选择了弱者。看来，欺侮弱者，是人们的本能和习惯。

老实人不爱发火，发了火不得了。李和平打老婆，开始是轻打，觉得打的还是老婆。后来就发狠毒打起来，他就觉得通过毒打老婆的身体，也毒打了牛老二一样。这就使他找到了打人的快感。这种毒打别人的快感一旦煽动起来，就不能抑制，促使他发展到疯狂。

李和平经常揪住老婆的头发，一揪就揪下来一撮儿。他把老婆摁在地上，手打，脚也踢。有时候还用鞋底和棍子，不要命地打下去，把水莲打得死去活来。打过以后，他觉得把老婆打干净了，打扫掉牛老二沾在老婆身上的灰尘一样，他感到全身心轻松。发展到后来，几天不打老婆，他的手就发痒，难以忍受。他养成了打老婆的痛，像别人吸大烟那样，他再也控制不住自己的疯狂了。

不过他打老婆时，只是打，从来不骂，也不喊叫也不说话。他不知道怎么骂，他不知道说什么话，只有一声不吭地打下去。慢慢地，他感到了一种害怕。他觉得这只手再也管不住，成了不是自己的，一伸出去就收不回来。

这使他对自己这双手感到不安,他不能够理解自己,怎么能这么将女人毒打。于是,每每打过老婆以后,他就用棍子打这双手,用左手打右手,再用右手打左手,打得手上流血发肿,疼痛钻心,才肯罢休。有两次他拿起菜刀发呆,差点把自己的手剁下来。要不是水莲把刀夺下,使他从发呆中醒来,他真要丢掉一只手了。

水莲也怪,挨打时从来不反抗,也不叫喊,任凭丈夫打她,她只是忍住。从来一声不吭,让丈夫打个痛快打个够。开始她感到疼痛难忍,就咬着牙挺住。挺过去疼痛以后,她开始感到麻木。奇怪的感觉是麻木以后出现的,再挨下去,就产生了快感。每挨一下,身体就痛快一下,越挨越痛快。每每挨打过后,她却感到浑身轻快,身体格外有精神。

在心理上,她不怪丈夫打她。自己对不起他,欠下了债,他打她,也就还了债务。皮肉上受些苦,心理上找到了平衡和安慰。有时候丈夫打她时,她觉得她和丈夫一块儿在打自己,于是他往哪里打,她就把哪个部位送上去。后来她又觉得她还替情人在挨打,丈夫的手打在他们两个人身上,这样使她觉得在替自己偿还债务的同时,也替牛老二偿还着债务。到后来,她已经感激丈夫的这种毒打了。

特别是生理上发生奇怪感受以后,在挨打中找到了快感,使她逐渐迷恋上这种挨打的折磨。发展到最后,如果丈夫几天不打她,她就浑身发痒难受和沉闷,忍受不下去,一挨过打就轻松了。她不明白,她已经陷进了自虐的深渊不能自拔,把别人对她的毒打和虐待当成了一种特殊的享受,进入了病态。

李和平为了解气而毒打老婆,却染上了虐待人的恶习。水莲为了内疚而情愿挨打,却进入了迷恋自虐的病态。这就使他们之间的这种冲突,远远背离了本质和意义,把这种行为变成了一种体育运动一样,使人联想到中医的形体推拿和按摩。

好像他们进入了这种冲突之后,就进入了一种忘我境界,脱离了现实生活的真实。只有等到这种运动过后,他们才一起又回到生活的真实中来,恢复到正常人的意识和理智。

每次过后,只要水莲能站起来,她都要连忙去打热水,让丈夫洗手洗脸,好像丈夫刚刚给家里干过出力活那样。水莲把床铺开,让丈夫歇在床上,以消除毒打她的疲劳和辛苦。接着就去炒菜做饭,用酒壶热酒,一会儿就把酒菜端上来,把酒倒上,送到丈夫嘴边。

这时候,李和平的心就软了,眼泪噗嗒嗒又掉下来。他举起酒杯,带酒带泪,一起喝下去。他也明白这不能怪自己的女人,只能怪自己无能,怪牛老二太恶,怪这个世道太乱太黑,这么多路,没有自己放脚的地方。堂堂一个男子汉,连自己老婆也保护不住,还不如死了好。

几杯酒下肚,李和平心里就热辣辣着火,看着自己女人被打得遍体是伤,心里就难受。打在她身上,疼在他心里。他开始后悔,每每这时候他都要后悔一阵子,后悔起来,他就要说:"好妹子,我明明知道这不怪你呀。"

"别说了。我也知道这也不怪你。"

"我心里明镜一样透亮,你受这么多罪,是为了我。可心里火一上来,我就管不住自己的手。我从小腼腆,啥会儿打过人?现在我怎么变成这了?"

"和平哥,我知道你,你不用后悔。你打我,你恨我,这才是你心里有我疼我哩。我从来没有埋怨过你，做男人的谁不要脸面？这事放在谁头上，谁也咽不下这口气。你别为打了我心里难受，你有气不往我身上出，你还往哪儿去出气？"

"我……我心里难受。"

"只要你心里不好受，你就打我吧。你不打我，我心里也难受。只要你别憋在心里就好，气是杀人刀，别憋在心里长了憋出毛病。万一有个三长两短，我指靠谁呀？只要你别在外边惹事，别招惹牛老二，保住哥你这条命，咱家啥都安生了。"

听着这些话，李和平只有唉声叹气，再也说不出话来。

水莲的慢言细语如一条小溪缓缓流进他心里，一点点洗去他心里的烦恼和浮躁。

"和平哥，你想那牛老二劫路杀人，一身枪眼儿，那么多仇家，他能活多长日月？你熬也能把他熬过去。再说女人算什么？有出息的男人，别把女人往心上放。你养我就当养一条狗，别心疼我。再说，一个大男人，忍不丢人，俗话说忍字心头一把刀，以后的路长，你可不要心眼儿太死，要往远处看哪！"

这女人的话如刮风，轻轻地吹拂着李和平心里的天空，扫干净积聚的一片片阴云，重新闪出蓝天和光亮，心里的郁闷慢慢地消逝了。

观望水莲守着李和平，边侍候他喝酒边给他说开心话，那样子使人联想到一个母亲在劝说和抚爱儿子。也许在妻子心里，丈夫许多时候就是不太懂事的毛孩子，非常需要妻子展开母爱的胸怀去温暖，将丈夫当成一个倔强的大孩子那样，去抚爱和娇惯。

这也许就是夫妻和情人之间的区别。情人生活在偶然里，随时都有可能分别和消失。而夫妻生活在必然里，需要相互付出责任。责任感是夫妻之间的金丝带。

"和平哥，妹子我虽然是女流之辈，心里却有山有水看开了。你要实在觉得委屈，就出去找个相好的女人开心玩玩，泄泄火气。那样你心里就透亮了，你就会明白，和人睡觉不是过日月，这是两回事儿。"

水莲这几句话又一次强调，她把做爱和做夫妻分成两码事。她对牛老二也讲过类似的话，这次又讲给李和平听，就形成一种观点。这就是做爱就是做爱，并不能做夫妻。而做夫妻不仅仅是做爱，甚至可以不做爱，是在过日月。她悄悄在感觉里把这两种生活分开甚至对立起来，和情人做性伙伴，和丈夫做生活伙伴。并劝丈夫出去风流，品尝和经验她的生活新感觉。就如同劝待在家里太久的人出外旅游一样，她想引诱丈夫越出婚姻，走进对她的理解之中。

"我不干那种事！"

李和平死死守住婚姻，不肯接受妻子的邀请。李和平是那种心地善良又狭隘的男人，或者讲他是专一婚姻的男人？好像他心里地方太小，只能放下一个女人，容不下更多的女性走进来。他情愿做婚姻的奴隶，老死在自己的婚姻里，也决不迈出家门半步。于是他只好老老实实戴着绿亮亮的帽子，做他们婚姻的守护人。

六

　　我觉得水莲那几年像货郎挑着一根扁担,一头挑着丈夫,一头挑着情人,摇摇摆摆行走在生活的风雨里。她已经基本上把握住这种平衡,把自己的情感分配给两个男人,如两只奶子养两个孩子,将两个男人占有。水莲真诚地对待这两个男人,好像手心手背都是肉,这里没有欺骗和虚伪。如果日本鬼子不打过来,社会不发生动乱,她能把这种生活维持多久呢?真是让人难以相信。

　　水莲的这种感情冒险,给男人的狭隘和自私带来一种考验,使我们看到一幅三人行的生活图画。这种一妻多夫的生活实践说明,人需要婚姻更需要婚外的恋情。婚姻虽然使人感到安全和稳定,而婚外的恋情却使人产生活力和激情。这就使人产生一种猜想,同时拥有这两种生活,是否就一种未来理想生活的模式? 人的天性渴望自由,如果沿着这天性去大胆地妄想,也许在将来的文明社会里,会把婚姻挤出道德的门外。这使我又一次感到迷茫,一张开联想的翅膀,就丢失了飞翔的目标。

　　让我们重新返回往事的时空,捡起我们的叙述。日本鬼子打过来,战乱粉碎了水莲三人行的生活平衡。山里组成了抗日远征军,牛老二和李和平要离开家乡,渡过黄河奔赴抗日前线。战争的风暴席卷了水莲的丈夫和情人,把她赶进守活寡的空虚和寂寞。

　　其实日本鬼子早就入侵,只因战事距离这山里太遥远,使封闭的山里人迟迟把战争当传说来感受,没有抗日救国的紧迫感。另外,国民党在这里组织"剿"共联合军打共产党,掩盖了远方战争的真实和危险。一直到日本人打到了黄河北岸,距这伏牛山才几百里远,山里人才忽然觉得打到了家门口,开始慌乱和不安。危及家门,山里人才感到民族的危亡和灾难。

封闭的山里人,通过家庭安危来感受国家的命运。

日本人打到黄河北岸这个事实,使牛老二感到深受欺骗。他觉得国民党拿他当猴儿玩,日本人打到了家门口,不让去打日本人,让他们打共产党,使他觉得上当受骗。他把国民党特派员捆起来,扇着耳光骂娘,我日你妈,"剿"共、"剿"共,老子今天敲了你,去操你娘! 如果不是曲书仙及时赶到,把特派员接走,牛老二就把特派员杀了。

封闭的山里大王没有见过外面的世界,这就使牛老二自高自大,盲目地觉得他可以独步天下。他骂国共两党无能,又不把日本人放在眼里。他拉起人马,组织抗日远征军,要亲自把日本人赶出中国。他要让日本人尝尝他的厉害,他要让国共两党看看他的能耐。这种想象使他自我膨胀,人还没有出发,就把自己当成了抗日英雄。好像这自我膨胀,也可以把人生推向壮丽和辉煌。

曲书仙给牛老二书写了队伍番号,"抗日远征军"几个字悲愤苍劲,喷发了他的才华和豪情。水草和水莲姐妹两人飞针走线,把这几个字绣上军旗,也绣进了她们绵绵的温柔和火热的感情。军旗竖在月亮河,呼啦啦迎风飘扬,如同燃烧在空中的火焰,点亮了古老山乡的精神。

曲书仙活跃得如一只织梭,到处游走和劝说,使几股土匪投奔了牛老二,再加上踊跃参加的农家子弟,使抗日远征军发展到几百人。牛老二自任军长,下边封了一大堆师长和旅长。李和平手下没有一个兵,也变成了李连长。队伍拉在麦场里训练,黑压压一片脑袋,倒也壮观和威风。

因为要打日本人,是保家卫国,老百姓把往日对这些土匪的怨恨丢在脑后,纷纷给他们送衣裳送干粮。队伍出发那天上万人前来送行,轰动了几十里山乡。当头的国难成了凝聚力,把一盘散沙的老百姓团结了起来,使人想到中国人能够共患难的传统。也许在共患难时容易团结,是人类的一种本能。

我甚至认为,能够不断地共患灾难,是激发一个民族活力的主要来源,是维系和凝聚一个民族的动力和情结。

队伍出发那天,这么多人来送行,感动了牛老二。我想在他一生里,这一幕一定对他产生了深刻的影响,将永远让他难忘。站在月亮河大街上,被人们拥戴欢呼那一刻,把一个屠夫变成人们心目中的英雄,肯定改变了他对人生的看法,那时刻使他看到了人生价值的亮光。三声炮响后,牛老二举起酒碗,从人生的底层出发,忽然跳跃到人生的高峰,他激动地向乡亲们立下誓言:"父老乡亲们,我们远征军就要出发了。父老乡亲们能来给我们送行,这是看得起和抬举我们。我牛老二不把日本鬼子赶出中国,就不活着回来见你们! 我们远征军要砍下日本人的脑袋,给你们送回来,发给咱山里人,挖空了当尿壶!"欢声雷动。乡亲们放鞭炮,敲锣打鼓送他们出征。山里的十盘鼓乐全来了,唢呐王不顾七十岁高龄对他们举起了喇叭,吹着送着到三里开外,到后来吹出了血,血花从喇叭里喷出去,开放在远征军战士后背上。到后来老人抱着唢呐,昏倒在人群里。

牛老二从高头大马上跳下来,流着热泪双膝下跪,给唢呐王磕了三个响头。又从腰里抽出刀来,在额头上一划,横着割出条血口子,流着满脸热血,告别了山里父老乡亲。

曲书仙虽然跑前跑后,给远征军做了不少事情,但他没有随军出征。他积极支持牛老二抗日,但在这支持里似乎也掺杂着阴暗心理,也有送瘟神的幸灾乐祸。牛老二走后,他听从国民党特派员的劝说,把"剿"共联合军残部捡起来,继续当他的司令。但是特派员一出来,就追查地方上的共产党。曲书仙虽然口口声声爱护乡亲,特派员却指挥人悄悄活动,破坏农会的组织,甚至杀害农会的会员。这使曲书仙在多少年的八面玲珑之后,开始难于把握局势。中国人就这样,你要和我好,就不能和他好,两边只能站一边,不能当两面派。随着国共两党矛盾的激化,曲书仙陷进了困境,开始玩不转了。他有时候想想,觉得还不如和牛老二一块儿去抗日痛快。

那一年远征军渡过黄河,牛老二就摆开队伍和日本人打了一仗。这一仗下来,使双方都吓了一跳。那日本人有些轻敌,没把这支杂牌队伍往眼里放。一交锋才知道这队伍不要命,而且枪法也准。日本人伤亡很重,吃了大亏。牛老二是山大王自高自大,也没把日本人放在心上。原来想一下子就活喝了人家,赶羊一样容易。没料到小日本鬼子仗口非常硬,死打死拼不后退,也和他们一样不怕死不要命。特别是那机枪厉害,压得人抬不起头。为夺那机枪,倒下去十几个人才把它背了回来。这样,双方就对峙着住下来,相距十几里路,不再硬拼。

牛老二和日本鬼子对峙着住下来以后,才进入了真正的战争。他们渡过黄河就找人拼命,冲上去和日本鬼子打这一仗,准确说这不叫战争,叫打劫。就如同他们在山里打劫老百姓一样,打劫了日本鬼子。这一仗只是他们一种习惯性的打劫,或者叫对打劫的重复表演。当他们住下来,开始研

疼痛与抚摸

究敌情,思考战略和战术,进入了理智,他们才真正进入了战争。

我一直觉得战争这个过程可以分为两个部分。发动战争和停战以后对战争的评判合起来算是一个部分,这一部分集中着战争的道德和本质,这是一种道德和本质上的侵略和厮杀,这是战争的抽象部分;人们在这一抽象部分里玩弄阴谋和思想,把正义和非正义争夺或抛弃。我们可以把战争进行时算第二部分,这是战争的行为部分。人们通常把第二部分当成第一部分的证明,容易忽略它的丰富的内涵和特殊的意义。研究和玩味战争进行时,也许会得到意外的发现和收获。

如果把战争进行时赤裸出来,一层层解下缠绕在双方身上的道德的缆绳,洗干净道德落在他们身上的灰尘,就成了一种运动和游戏。就如同我们观看蚂蚁之战那样,就如同外星人观看我们的战争,远远地站立在人类的道德之外,我们会有何感想呢?

我想我们会看到生命的秩序和活力,我们会发现自然的规律和神秘。

有时候我突发奇想,把战争当成蜜蜂采蜜去观望,忽然想到各种民族文化碰撞混合在一起,如同花朵被蜜蜂采蜜时传授花粉一样。那么战争就不再单单是一种灾难,人类通过战争互补文化营养,通过战争运动自己和发展自己,优化组合和保持进化着人类的生命力量。

当然,人类不可能生活在道德之外,这只是一种思维的梦幻的意识流动,没有任何意义和价值。

七

牛老二在那天中午饭后忽然产生了灵感,他想到应该派人抓个日本兵来问问。日本鬼子到底有多少人多少枪?摸清对方底细,再做打算。他开始放弃鲁莽,学习战争。有趣的是他没有想到他们不懂日语,这个细节将使他发现行为世界以外,还有一个话语世界。

乡亲们在一块儿吃饭,军营里也不分什么官兵,李和平放下碗走过来,闯进了牛老二的视线。牛老二心里一动,就把这个任务派给了李和平。让他夜里出发,摸进日本鬼子住的村庄,抓个鬼子哨兵回来。

我总怀疑牛老二派李和平去,还有另一层意思,也就是让李和平去送死。第一仗打下来后,牛老二的出征和战斗的昂扬激情落下来,相对来说进入了一种平静。这种平静使他把家乡的情人思念。不知为什么,他一见水莲就浑身冒火想发疯,水莲见他就散了骨头架子化成了一河水。而她要野起来又如一团火能把男人烧成一把灰。怎么能让他不将她思念?这时候李和平闯进了他的视线,他正要派人去摸哨,就心里一动让他的情敌去冒险。

牛老二一直就觉得自己委屈。自从他相中水莲以后,他就把水莲当成了自己的女人。自己的女人就不准别人乱动乱摸,自己发疯般喜欢的女人,还要去给别人睡觉,还要给她的丈夫睡觉,就使牛老二心里难受。每每想到那如花似玉的身子还有别人的一半,这口气实在让人咽不下去,不仅是委屈,有时候牛老二甚至感到是一种侮辱。要不是水莲拦着他,他早就一枪敲了李和平,和水莲做永久夫妻。特别是出征前水莲悄悄对他说,她已经有了身孕,怀的是他的孩子,让他放心去打日本鬼子,她在家里给他生孩子。那时候他就想,这孩子生下来管谁叫爹?现在好了,正好有机会让李和平去送死,就心里一动派了李和平。

我这么猜测,牛老二派李和平去摸哨,摸回来了,自然算立功;摸不回来,就把命送给了日本鬼子。而且他心里明白李和平的能耐,此去必然死在日本人手上。然后再派别人去。这样李和平死得又光荣,水莲又没有话说。等到他把日本鬼子赶出了中国,再回到山里,就可以和水莲做夫妻了。牛老二的这个打算一箭双雕,显示了他的智慧和阴险。

似乎李和平也猜测到了牛老二的深意,这使他感到进入了陷阱。他心里明白,知道今晚上是蒸馍打狗,一去不复返。可是又不敢不去,军令如山,他亲眼看见战场上牛老二一枪敲了后退的乡亲。去是死,不去也是一死,还不如去走一趟,碰碰运气。这样天黑以后,李和平硬着头皮出发去冒险,摸进了夜雾里。

阴暗的天空给了李和平无限的怜悯和同情,张开无边的夜雾将弱者掩护。李和平在腰里缠了根绳子,准备万一得手就用这根绳子捆日本鬼子的哨兵。虽然悲观,他还是对前景怀着侥幸和希望。

还算顺利,一路上没有发生意外。就要进村时,他感到了一种悲壮,面对黄河南岸跪下来,磕了三个响头,像是告别,也像是让乡亲们保佑他大难不死,把日本人的哨兵摸回去。

爬寨墙不难,他从小就上山砍柴,最善于爬高摸崖。李和平像鬼一样把身子贴在寨墙上,先用刀子在墙上挖出几个脚窝,上着挖着,没费多少力气,就爬上了寨墙。

爬上寨墙一看,他发现和山里的寨墙差不多,也就两步宽,长满了草,还长了几棵小树。过去修这玩意儿为防土匪来打劫,如今让日本人利用它,成了掩体和工事,变成了中国人爬上来将日本人打劫。

李和平没敢急着去摸哨,先躺在那儿一动不动定了定神,也给自己壮了壮胆。他忽然觉得没有什么好怕的,反正是来抗日的,战场上枪子没长眼,弄不好早晚都是死,早死反而早托生。弄回去一个日本人有功,死在这里也是抗日英雄。这么一想,果然添了不少勇气。看淡了死,使他获得了生的力量。

他开始观察地形,看了看动静,没有被日本人发现。就从暗处一点点地往日本哨兵跟前摸着爬,爬几下停下来等等再爬,他明白万一被发现那就完蛋了。于是,那日本哨兵面对他时,他就一动不动装死狗,等日本哨兵转过身去,他再向前进。虽然他很胆小,但是他很细心。终于一点点接近了日本哨兵,也就五六步远,又在日本哨兵背面,李和平心里一横,不再多想,一个箭步冲上去,从后边抱住了日本鬼子。

李和平原来设想,从后边把日本兵抱住,用脚一绊把他放倒,再骑在他身上,打昏他的头,再把他捆起来。由于他从小没和别人打过架,没有实战的经验,事先设计这一套就成了纸上谈兵用不上。他用脚一绊没有绊动,这哨兵又粗又壮,力气要比他大很多。别说没绊动人家,让人家转过身子,就势抱住了他。这使他的设想全部流产,两个人进入了平等的竞争和搏杀。

在最初的慌乱中,李和平神奇地把鬼子哨兵的三八式长枪踢下了城

　　　　　　　疼痛与抚摸

墙。其实连李和平也不知道是怎么踢下去的,实际是李和平的脚把那长枪碰下了城墙,好像他脚上长了眼睛一样。日本兵手里没有了武器,这给了他很大的鼓舞。两个人互相抱着扭打在一起,他真想瞅机会捅鬼子一刀,可是又抽不出手。况且也不敢捅,牛老二要的活口,捅死了就没有用。这就增加了他的难度,鬼子可以把他弄死,他却不能把鬼子弄死,实在不公平。这就只给他剩下一条路,把吃奶的力气都努出来,和鬼子纠缠。他感到这鬼子的力气真大,鬼子一用力气就把他抱起来,往空中一抢,差点把他扔下城墙。由于他死抱着鬼子,才没有掉下去。那时候他像个小孩儿一样吊在鬼子身上,用力把前额顶向鬼子的鼻子。一着得手,鬼子后退了一下身子,又扳成了平局。

奇怪的是鬼子哨兵在搏斗中一直没有叫唤。如果他一叫唤,一切都完了。全因为这鬼子哨兵太自负,没有把他李和平放在心上,才留给了李和平活命的机会。黑暗中鬼子哨兵还对他咧咧嘴,表示看不起他,同时也给了他一种威胁。看到鬼子哨兵那自负的模样,看到那满嘴的白牙,李和平心里凉了半截,确实有点怯场。在行为搏杀的同时,双方也展开了心理上的对峙和较量。在那两步宽的寨墙上,两个民族的心理素质也摆在了战场上。

李和平清楚这关键时刻不能松劲和泄气,谁心里胆怯谁就落了下风,就死命搂住鬼子哨兵不松手,脚开始在下边又踢又绊,梦想把人家放倒。那一刻他没有别的办法,只有这么先挺住。后来他急中生智,也为了掩盖自己的胆怯,对准鬼子哨兵的脸啐了一口唾沫。李和平这口唾沫啐出去,扰乱了鬼子哨兵的心志,给了日本人一种污辱。这种污辱性的出击给李和平带来了快感,使他那一刻忘掉了胆怯,从心理上凌驾于鬼子哨兵之上。显然,这种污辱使日本哨兵气恼,他伸出脚用力踢了一下李和平,就势把李和平绊倒了。这就使两个人搂着倒在了寨墙上。他们开始在寨墙上翻滚,一会儿你在下边,一会儿他在下边,一时谁也治不住谁。李和平这时候感到了这个鬼子哨兵虽然有力却有点笨拙,这给了他许多自信。他死搂着他翻,他想最终翻上去骑到他身上。他明白到了最后的时刻,他们一起挣扎在死亡线上。

结果是不能预见的,好像上帝伸出了手,给了他们一个戏剧性的结局。寨墙太窄,只有两步宽,他们滚着滚着就滚到了寨墙边上,一不小心,两个人搂着掉下了寨墙。如果掉在寨墙里边,那就糟了。偏偏就掉在寨墙外边,又偏偏在掉下来时,李和平在鬼子哨兵上边。这就使李和平碰上了好运气,鬼子哨兵先砸在地上,李和平又砸在他身上,就把鬼子哨兵砸晕了头,两手一摊放开了李和平。这就是命运,永远没法把握和预料。

李和平连忙解开绳子,先把鬼子哨兵捆个结实。再用手巾塞住了他的嘴,防止他醒来乱叫唤,把目标暴露。等把这一切弄完,鬼子哨兵才醒了过来,但已经被捆住双手,又不能叫唤,又不能动弹,失去了反抗的能力。这使李和平得意忘形,他尝到了一个人对另一个人残忍的快感。他忽然感到这种感觉很熟悉,却来不及往深处想。李和平这种感觉沟通了他经常毒打水莲的病态体验,只是他没有发现,是这种重复感受使他产生快感,愉悦着他的潜意识。

夜晚静悄悄,夜雾中弥漫着湿润润的潮气。李和平牵着鬼子哨兵往回走,像牵着一头牲口。他原想这样就能牵回去,没想到鬼子哨兵不听话,不但不走,还用脚踢他,这又使他犯了愁。他亮出刀子来对准他,比画着要杀他,威胁他屈服。鬼子哨兵根本不买账,身子往刀尖上撞。这坏蛋不怕死。李和平没法只好打他,拳打脚踢忙活了一阵,打得李和平发累,鬼子哨兵还是不屈服。李和平这才想起这家伙连死都不怕,当然不怕挨打。就觉得白白忙活了一阵很冤枉。这里距鬼子兵营太近,李和平不敢久停,他有点着急。实在没有办法,只好用绳子把那家伙的两条腿也捆起来,捆成一布袋粮食那样,背起来往回扛。这使李和平觉得打仗和做农活儿一样,没有什么要紧,只要肯出力就行。到这时候,李和平再也不感到害怕,反而觉得这打仗很有意思。反正没有了危险,他开始把自己的劳动果实玩味和品尝。从行为过程超越出来,进入了审美。

被李和平捆住手脚,鬼子哨兵失去了反抗能力,身子却还灵活,横在李和平肩上时,就乱摇乱摆,并用双脚踢打李和平的身体。鬼子哨兵把双脚当鼓槌,不停地敲打着李和平的脊梁。没走多远,就累得李和平气喘吁吁双腿发软。李和平咬牙坚持着背了一里远近,自觉离开了危险地带,就把鬼子哨兵扔在地上,一边休息着擦汗水,一边想办法。他没有泄气,既然把鬼子哨兵摸回来,就要把他弄回去。就像地里的庄稼,既然种下长成了,就要把它收割回来。

夜风拂面,传过来一丝丝凉爽。李和平忽然心里一动,想到了一个绝妙主意,只是有点太玩闹,没有动手他自己先笑了。他想到有的人不怕硬碰硬挨打,却怕挠痒和胳肢。他想用这一招试试鬼子哨兵,看看能不能将他降伏。反正是杀猪杀屁股,一个人一个杀法,只要能把猪杀死就行。他换了一副脸,笑眯眯走向鬼子,弯腰伸手在鬼子哨兵的胳肢窝和大腿根儿使劲钻着挠。那时候他觉得自己像个笑面虎一样,笑里藏刀把人杀。

这一招很灵,李和平这手段超出了常规战争的战略和战术,走进了无技巧的境界。鬼子哨兵什么都想到了,连死都不怕,却没有想到中国人会用这种办法进行战争。他不怕死,但他怕挠痒痒,李和平挠得他在地上打滚儿,一直痒到他拼命点头表示投降。鬼子哨兵不怕强暴,却害怕软弱,李和平用软弱征服了他。

李和平虽然用这一招征服了鬼子哨兵,但他自己也觉得不光彩,他觉得用这种办法打仗有点无赖和丢人。从此后不对人说起,永远藏在心里成了他自己的秘密。

鬼子哨兵老实下来后,李和平解除了他脚上的绳子,又开始牵着他走。牵着走一段路,他不走了,李和平就再胳肢他。就这么走走停停,一直到夜半三更,他终于把这个鬼子哨兵弄了回来。

李和平的归来轰动了乡亲们,这使乡亲们又惊又喜。一个平时不吭不哈的腼腆人,弄回来一个活日本鬼子,让大家喜出望外。有人把牛老二叫起来,让牛老二来审问。牛老二一看也惊了,高兴得手舞足蹈,先不忙审问,要给李和平庆功。他笑着骂李和平:"李和平,我日你祖宗,看不出你还有两下子。好样儿的,算一条好汉。"

自从他把李和平派出去,就没有打算他能活着回来。如今见他果然把鬼子哨兵摸了回来,又为他立了战功高兴,马上让人拿酒来。牛老二亲自把酒碗端给了李和平,敬他 碗得胜酒,开口就任命,把他的连长升成了营长。

乡亲们也来夸耀李和平能耐和勇敢,拥他为抗日的英雄。李和平从来没这么在人前直起过腰,也兴奋得很。接过酒碗一口气喝下,把酒碗一摔,也拍拍胸脯说咱李和平抗日打鬼子,从来不含糊。一下子觉得做人做到了大处和高处。

夸够了李和平,大家才摆开阵势来审问鬼子哨兵。鬼子哨兵哇哇啦啦一叫唤,大家傻了眼,才想起来没有人能听得懂日本话。一群山大王,才想到这世界上还有人不说中国话,他们第一次感到了语言的存在,像发现新大陆一样,发现行为世界以外还有一个话语世界。

牛老二最早从失望的情绪中走出来,他觉得无论如何总是弄了一个活日本人,了解不到军情不要紧,这日本人总还是一个宝贝。他开始高兴,他对大家说把这个日本人当狗养起来,战争胜利以后,把这宝贝弄回去,让乡亲们开开眼,当个玩物玩儿。这才又把大家的情绪调动起来,你去摸摸脸,他来拧拧屁股,玩日本人开心。人们这才发现,人把人当玩物来玩儿,有这么多的乐趣,一直玩到深夜才散。

因为抓了个鬼子哨兵,李和平正兴奋着,第二天,牛老二忽然把他叫去,让他离开战场回家乡去。李和平怔着不知为什么,牛老二也不看他,诚恳地对他说:"你回去吧。咱两个都在前线,枪子不长眼,万一咱两个都死了,水莲一个人老可怜。"

八

牛老二是在李和平回家两个月后死在战场上的。抗日远征军在这两个月里已经打了大小六场战役,他们离开土地以后在很短时间内就适应了战争,从硬打硬拼转入了捡便宜打法,书面语言应该叫避实击虚。每一次出击总能多多少少消灭几个日本鬼子,这使他们在黄河北岸打出了威风。这种战术来自他们当土匪的生活经验,习惯从暗处出发往明处偷袭和抢劫。牛老二把这一招发扬光大,重创了日本鬼子。人在这个世界上走再远,总是很难走出出发时的人生体验。

但是,抗日远征军毕竟是土法上马没有章法,当他们正陶醉在偶然和经验创造的胜利中时,日本鬼子伏击了他们。几乎全军覆没,几百人的队伍只逃出来几十个人。牛老二为了掩护乡亲们突围,拼死在战场上。我想那时刻他原本可以逃命,只要有一个人能冲出来,我坚信这个人就是牛老二。但他是军长,在生死关头他不能丢下乡亲们自己逃命,虽然是自封的军长,他却要尽这个军长的神圣使命和职责。尽管没有人承认他,国民党和共产党甚至老百姓和日本鬼子都没有把他当成军长,都明白他是土匪头子,但他自己却把自己当成了抗日将军。

这就够了,在这个世界上混,也许自己承认自己才是最要紧的。

在那生死关头,牛老二手握双枪,掩护乡亲们突围,一种男人的真诚和悲壮感在胸间激荡。他给乡亲们和水连许过诺言要把日本鬼子赶出中国,他是血性汉子,他没脸丢下大家逃命,更没脸逃回去见自己心爱的女人和父老乡亲。我想他甚至想到,没脸在将来对自己的孩子回忆历史。周围都是日本鬼子,他更不能让鬼子笑话他,笑话中国的将军怕死逃命。于是他放弃了生命,迎接了死亡。他手握双枪拼到最后一刻,冲向了敌群,融进了生命的辉煌和死亡的永恒……

就在牛老二倒下去的时候,远在家乡的李和平举起拳头,站在了共产党血染的红旗下宣誓,正式参加革命成为共产党员。人的命运像魔术师手里的纸牌一样,发生着不同的变化。

由于李和平出身贫穷,是共产党的发展对象,抓鬼子哨兵又使他得到很大的名望,被乡亲们誉为抗日英雄,共产党很快将他培养成干部。日本鬼子投降后,共产党打国民党时,他已经当了区长。他人好,山里人都信他。不论你是这党那党,山里人看重人品。李和平虽然老实没什么能耐,却很有号召力。他动员大批大批的乡亲参加了农会,壮大了革命队伍。李洪恩就是在他的影响下参加了革命,很快就当了月亮河村的农会主席。从那时候起,开始了他们两人长达几十年的友谊。

和李和平一起参加革命的人,大部分后来都当了共产党的大官儿。从县里到省里甚至到北京,都有李和平的战友。李和平由于没有文化,人也太老实憨厚,就发不粗长不大,没有开拓出多大前程。但是在山里人眼中,区长也是个不小的官儿,人前人后说话算数,仍然是一个大人物。但是人物再大,他也是山里的乡党,由于太摸他的根底,表面上尊敬他,心里也没有拿他太当回事,背后照样议论和讥笑他。由于他戴过牛老二的绿帽子,水莲的名声不好,就有人叫他"绿区长"。这就是山里人的毛病,看不起没有本事的人,也嫉妒和讥笑比自己能耐的人。俗话叫笑人贫恨人富,形容得很准确很形象。我曾把这毛病批判成民族意识的劣根性,现在看也可以理解为从个人生存意识出发,对于心理平衡的一种维护和调剂。好像觉得没有必要把许多罪名往老百姓头上安,欺侮老百姓也弄不出来多少闪光的批判精神把自己涂抹。

山里人把李和平叫"绿区长",这闲话传来传去自然传到了李和平家里。李和平知道装作不知道,水莲却受不了这污辱。宣传婚姻法时,掀起了离婚热潮,许多干部换老婆,水莲就打主意离婚,她不想让李和平为自己背一辈子黑锅。

"孩子他爹,咱也离了吧。"

"少放屁话,你把我李和平看成啥人了?"

"我咋想这日月没法过。你如今是干部,人前人后是人物,要站在人群面前讲话,别让人家背后说三道四。"

李和平官大脾气长,一开口就骂:"少你妈的说那混账话,安心给我带孩子过日月。"

"你不去,我去找区政府。"

"我是区长,我不同意,我看哪个敢给你办!"

"还是离了好,早晚都是离,晚离不如早离。"

"再你妈的嘴贱,看我不打你的脸!"

李和平骂得这女人心里热乎乎又苦凄凄,她知道这骂声里的感情。她心里非常明白,李和平心眼儿善良,不会扔下她另寻新欢。但那"绿区长"三个字,如一把刀在她心里搅着疼。她这么想,决不能因为自己的坏名声,让丈夫一辈子在人前边抬不起头。

水莲是个烈女子,要头要脸争强好胜,忍受不了污辱。她这么去想一个女人的命运,有男人疼爱,活一天半晌也值得,比别的女人活一辈子两辈子都强。自己要缠住他一辈子,使他一辈子不快活,那还算什么女人?那就太对不起他。他如果不快活,自己也就不快活,也就对不起自己。什么叫好女人?好女人就应该为心上人活,为心上人死。

这就显出水莲的悲剧个性,她心里有自己作为一个女人的价值标准,她把这价值看得比生命都重要,宁肯放弃生命也不肯放弃自己的人生态度。这是一个高傲的女人,她可以把生命抵押给牛老二,换取李和平的安全,但不愿傍着李和平忍辱偷生。她能为别人牺牲一切,却不能接受别人的同情和怜悯。就这么一横心,为了丈夫和孩子们以后的日月,也为了自己的名声,她取出了牛老二送给她的手枪,结束了自己的生命。

我很看重她使用手枪这个细节,这说明牛老二死后,一直活在她心里。情人死了,她用情人留给她的手枪杀死了自己,追上了情人的亡灵,到另一个世界去会自己的情人。她用自己的生命一直保护着自己的丈夫,现在丈夫不用她保护了,她杀死自己,把自己的生命作为礼物送给了丈夫,还给了丈夫清白名声。

水莲的这种自杀,实际上仍然接受和重复了她母亲水秀的思维传统。相比之下不同的是,她比她母亲活得要幸福,死得更纯粹。她母亲生前忍受的是痛苦,为了解脱而自杀。她生前挚爱丈夫和情人,享尽了美好的情感,把热血酿成了一杯殉情的酒。同是自杀,同一个形式里却生长着不同的内容,像共同栽在一个花盆里的苦草和鲜花,开放出两种不同的命运。

这女人一死,惊动了山里。再没有人小看她,反而从此都夸她是个好女人,是个真正的女人。什么是好女人,什么是真正的女人,并没有统一的标准和尺度,仅仅是发自个人内心的一种体验和感悟。山里人这么评说水莲,我想一定是她的死亡唤起了人们对她生前的思考和醒悟,她对爱情的勇敢和光明正大惊世骇俗,震撼和感动了山里人的回忆,人们由不得对她从心里发出赞叹,用理解和尊敬,真诚地追悼她。

从此,再没有人管李和平叫"绿区长"。但是水莲不会想到,山里人也没有料到,忠厚老实的李和平也是个死心眼子痴情的种。水莲一死,他再也相不中别的女人,他觉得哪个女人都没有他那女人好。水莲一死,就永远活在了他心里。

李和平心里仿佛地方特别小,再也放不下别的女人。一个人拉扯两个孩子过日月,清心寡欲。这就使水莲一枪杀死自己的同时,也永远杀死了李和平的婚姻和爱情。从此他开始了对于水莲永无尽头的回想,生活在对于水莲的回忆里。

水莲给他留下这两个男孩子两个模样,大的像牛老二,小的像他李和平。两个孩子两个人的种。谁一看都明白这是怎么回事,只不过没有人去说破它。李和平把两个孩子都当成亲生的养,像也装作不知道。

以后这几十年,李和平虽然不那么能耐,做不出什么惊天动地的成绩,但是老实人却不犯大错误,啥时候都是个好干部。把区长熬成了局长,又把局长熬成了副县长。由于参加革命早,资格老,人品好,主要的是不多吃多占,这一条很重要,这使他在县里慢慢熬出来很高的威望。年纪大了不当副县长后,又安排他当政协主席。终于在老年时当上了正县级干部。从一个农民到县团级干部,也算从地上升到了天上,他感到很知足。

共产党论出身讲成分时,一直把牛老二当成地主恶霸对待,牛家后人自然也抬不起头。明知道李和平那大孩子是牛家的骨血,因为李和平是副县长,也不敢去认。同时想到认下了也怕孩子受他生父的连累,在人面前抬不起头,委屈和难过,没有前程。后来共产党的政策放宽不再讲成分和出身了,李和平出面让人调查了解,恢复了牛老二的真面目,不再把他当成恶霸对待,当成了绿林抗日志士,还写进了县里志书。李和平这才对大孩子说明,他的生父是牛老二。这是所有人都没有想到的。

好像把牛老二说成土匪和刀客就听着像坏人,一说成绿林人物就不再像坏人反而传奇成名人,其实还是一个人。改变了不同的词语,就像改变了人的真实一样。其实改来改去对死去的人毫无意义,只对活着的人产生影响。有时候让人感到,活着的人生活在死人的阴影里,甚至寄生在死人身上那样。

所以李和平这么做是很不容易的。他回家来看李洪恩时,李洪恩就对他说:"和平哥我服你,人能活成这样,也算活成了菩萨。"

好像李和平觉得这件事没有什么特别,他淡淡地说:"是啥就是啥吧,活人总不能跟死人计较。"

这使牛老二生前对李和平的伤害和李和平的善良,形成了鲜明的对比。时间抚平了人们心灵的疼痛,生长出善良和博爱,将这个世界温暖。

但是,李和平却没有想到,他这次回来看李洪恩,让李洪恩带着他又去看水月却看出了麻烦,他无意中把李洪恩带进了水月的生活。他来看望水月,给他们提供了机遇。他们在他的看望里相识,萌生和燃起了爱情的火焰。

第五章

一

到处都是存在的阳光。

水月赤条条在街上走,前后左右围满了人。这情景活像乡村里往常的耍猴儿。李洪恩的儿子李永生手执柳条儿,不让水月走快,也不让水月走慢。走快了也打,走慢了也打,不断抽打着这雪白的裸体。每抽打一下,水月就叫一声,紧跑几步又停下来,等着那柳条儿。她不知道走快好,还是走慢好,还是不快不慢好。看那模样,她已经像机器人一样自己不会走路了。李永生手里这根柳条儿这时候成了启动和控制水月的机关,成了水月的主人,水月成了这根柳条儿指挥的畜生一样。在这根春柳条儿的抽打之下,仿佛水月的意识没有了,思想没有了,只有疼痛。如果没有了这疼痛,恐怕连感觉也没有了。她成了安装在这柳条儿上的一个零件，和柳条儿成了一种机械和机械的操作关系。这情景使人想到水月走在这柳条儿下，水月走在这村街上，还不如黄牛走在鞭子下，还不如黄牛走在犁沟里。

到处都是存在的阳光，水月却走在恐怖里。

街上生意铺子里的顾客全拥出来，小摊贩也停止了买卖，只用一只手盖着钱盒子，人们都来观看热闹。这么多人，没有人上前阻拦，好像只顾着看，别的全顾不得了。青天白日村街上出现了一个光屁股女人，好像比什么都好看。男人们的眼睛被水月的裸体照得发亮发绿，有的人还张大着嘴，像在观看中不知不觉地悄悄地吞下了什么。女人们好像很讲究体面，不怎么往前挤，只是三三两两结伴跟着，一边观看一边说笑，显得那么幸灾乐祸，无比兴高采烈。水月雪白的裸体，动乱了人们的生活秩序，煽动起月亮河古老村街的激情。

这个场面生动而残忍，使人想到老实憨厚的乡下人，祖祖辈辈那么喜欢看耍猴子，原来一直是在看耍活人的影子。猴子是人的替身演员。看起来人们真正喜欢的还是这耍活人，特别喜欢观看和玩耍这脱光了衣裳的活女人。如果对这一点有怀疑的话，当妇联主任刘香娥抓了两件衣裳要给水月穿上时，就真相大白进一步得到了证实，不但李家的人阻拦，围观者更纷纷呵斥，不让刘香娥多事，害怕她把这幕布拉上，从而结束这场活剧。反而把刘香娥呵斥得呆在那里，不敢再坚持，她东张西望，不知自己做错了什么事情。

水月失望地看了刘香娥一眼，只好继续往前走。看到刘香娥站的位置，水月一定会想到那遥远的一天，李书记就是从刘香娥身后不远的村办公室拐回来,返回她家去拿钥匙,干了她水月。后来水月就知道李书记常在那办公室午休,他们好了以后,李书记就常从这办公室出发去找她。办公室就像一个车站,李书记从家里出发,经过办公室周转,去和她约会。如今李书记死了,再不用到这办公室里去午休,这办公室就像李书记脱掉的蛋壳那样,空空洞洞地摆在那里,像一副棺材那样没有一点点生气和灵性。

初次以后,他们从没有间断过偷情做爱。李书记非常精明,为了报答,也为了自己的心理平衡,更多的恐怕是为了给自己提供方便,他把郭满德安排到村办工厂当采购员,经常往各地出差采购东西,一次就是十天半月。也不管他是否有能力把东西买到,只管把他派出去采购,好像买到买不到都不要紧,只要把他支到外边乱跑着不回家就好。这样,郭满德在外时间长,在家时间短,李书记就成了他们家的常客。李书记充分利用手中的权力,把郭满德任意调度,给他们的偷情做爱调度出时间和空间。

说实话,李洪恩干了一辈子革命,当了一辈子干部,还从来没有利用手中的权力为自己谋过私利。这一次为了爱情,他动用了手中的权力假公济私,为他们的相会刨造出了时间和空间。

时间和空间是盛放爱情的容器,在这里钱财不重要,时间和空间才是真正的财富。李书记通过调度时间和空间,侵略和掠夺了郭满德的婚姻和情感。

不过对郭满德来说,他因为不知详情,并没有这种感觉,他一开始就从心里格外着重这份工作。他这样想,一个平平常常的农民,被村里党支部书记安排到村办工厂去上班,而且还是当采购员,并不出力干活儿,这是很不容易的,实在是难得得很。经郭满德记事,长这么大,他还没有被党组织这么信任过,还没有被领导这么重用过。所以,郭满德非常感动,对李书记感恩戴德。于是,他一上班就对工作认真负责,总害怕辜负了这党组织的信任和领导的培养。只要领导叫他上哪儿,他就上哪儿,从来不讲价钱,满世界跑,很少在家待。他觉得革命工作就是一切,就把全身心扑在集体事业上。

再说,一个山里的青年农民,手里没钱,平时很少出远门,到县城去就是看大世界,坐火车就是旅游和享福。如今公家给他路费,让他成天坐火车,天天住着旅社,经常在街上饭铺里吃饭,有时候还能陪着客人喝酒,衣袋里老装着香烟,这对他来说,和天天让他过年过节一样,他不仅感到满足,而且感到自豪和骄傲。他从心眼儿里把这日月当成了幸福生活,戴着绿帽子走南闯北,得意极了。

他不明白人在最得意的时候,往往处在凶险之中。

这就使这种生活出现了有趣的结构,郭满德变成了李书记和水月挂在外边的羊头,他们在这羊头下边出卖狗肉。也许这话说得粗俗,也不太善意和好听,还可以换一种说法,郭满德成了他们的招牌,他们在郭满德的掩护下进行"地下工作"。试想如果不说透亮,郭满德在外边兴高采烈地走南闯北,李书记和水月在家里从从容容偷情做爱,也没有什么不好。这样三个人各得其所,都很满意,应该说三个人过的都是幸福生活。

其实幸福不幸福全凭个人的感受,个人感受到幸福就是幸福。不应该有什么统一的标准,也不存在什么统一的标准。生活复杂得如一团乱麻永远理不出头绪,从某种角度说还是不要太明白不要太清楚的好,多知道一点就多一点烦恼,少知道一点就多一点幸福。什么也不知道,就最幸福。

当然,李书记和水月也不总是偷情做爱,欢娱是瞬间,高潮过后,他们两个就并排躺着谈天说地。这个谈天说地,就完全切入了精神。如果我们把他们的做爱界定为物质文明的话,那么就可以把这种谈天说地叫作精神文明也不要紧。不过李书记经常和别人谈心做思想政治工作,他习惯把躺在一块儿的这种谈话叫谈心。

　　李书记喜欢这种谈心活动。他一辈子当干部,几十年来他不知和多少干部、群众谈心过,现在他才觉得和水月躺在一块儿这种谈心才真正是谈心。相比之下,和别人谈心,那要按照报纸和上头文件精神说话,大多说的是官话套话假话和废话,说白了那不叫谈心,只是谈嘴。几十年来,他总想对人说说自己的心里话,如今他终于找到了诉说的对象,这个对象就是水月。现在和水月躺在一起,想说什么就说什么,说的都是心里话,这才是谈心。再说这谈心也很讲究环境,他从来没有像如今和水月一起躺在床上这么谈心过,让人感到谈得舒服。

　　有时候李洪恩突发奇想,为什么个人和集体之间,群众和干部之间,党员和党组织之间,不能像他和水月之间这么有啥说啥,这么透明,这么亲密无间呢?我们的干群关系和上下级关系,能像他和水月之间的这种关系就好了。回首往事,他觉得他刚入党那时候多好,个人和组织之间亲,干部和群众之间亲,确实亲得就像他如今和水月之间一模一样。但是后来呢?后来就慢慢地凉下来了,想到这后来的后来,李洪恩心里苦涩涩地难受。

　　我很看重李洪恩的这种感受。这种感受向我们透露,李洪恩虽然是一个数十年工作在基层的乡村干部,却经常产生浪漫的想象。他在和水月的谈心中不仅把水月当成情人,完全进入了不设防状态,而且竟然把水月和

　　　　　　　　疼痛与抚摸

他心目中的革命同志和组织的形象幻化嫁接在一起。这就把情人革命化，把革命情人化。把一种理想的生活图画虚构出来，再悄悄地否定他的过去。

他们躺在床上谈心的时候，李洪恩可以把手搭在水月头上，抚摸猫一样抚摸她的头发。当然也可以抚摸别的地方，全身上下，李书记想摸哪儿就摸哪儿。不过一般来说，他经常把手停留在她的胸脯上，他的手喜欢抓着水月的奶子，慢慢地抓在手里玩。这时候他就觉得这奶里有汁液从手上流进了他的血脉，滋润和浇灌着他干裂土地般的心灵，使他变得年轻和精神。这样他就觉得不只是嘴在谈，而且手也在谈，甚至全身上下都在谈一样。

和李洪恩不同，他们躺在一起说话的时候，水月则喜欢拉过他的一只胳膊枕上去，使这只胳膊弯儿成了她爱情的船只停泊的港湾。好像这样枕着就枕住了靠山，精神就有了依靠一样。然后不时用手去摆弄他的胡楂子，让这些钢针般的胡楂子刷着，就好像刷干净了她往日的许多委屈和孤独。有时候她也玩弄他的耳朵，把耳朵当门鼻儿一样抓在手里，就像把他整个人抓在手里似的，有一种安全感。当然也玩弄别的地方。这时候她就觉得李书记全身上下都是她水月的，就像是她的自留地那样，她可以在这里任意耕耘和灌溉。

他们就这么躺在床上谈心，在肉体结合以后，让灵魂慢慢地亲吻。

李洪恩发现，这床上真正是开展谈心活动和做思想工作的好地方。于是我们的党支部书记李洪恩就这样躺着，向水月敞开了他的心灵之门，从此开始了他永远的诉说。他只要躺在这张床上，就说呀说呀，一直诉说到他离开这个世界。好像水月在充当他情人的基础上,又成了他的组织,成了他的领导,成了他的神父一样,收割着他的过去、现在和未来。

二

虽然职位不高,但是李洪恩和许多革命老干部一样,牢牢记着他辉煌的过去。过去一直是老年人的财富。老年人凭过去生活,年轻人凭现在做人。老年人拥抱过去,年轻人拥抱将来。这大概也算老年人和年轻人的区别。于是,老年人喜欢生活在回忆里,年轻人永远生活在现在进行时。

和别的老年人一样,李洪恩也是进入老年后才开始不断地回忆过去的生活。有意思的是他常常产生这样的感慨,他经常对他的过去感到陌生,特别是童年,他简直不能够相信他李洪恩还那样生活过。有时候他也觉得奇怪,自己这一辈子不像是一个人,像两个人,像三十人,甚至像好多人一样。但是有一点是坚定的,那就是他对革命事业是忠诚的。

应该承认,李洪恩入党以后确实把生命交给了革命事业,抱定了全心全意为人民服务的决心,实在是党叫干啥就干啥,从不挑肥拣瘦讲价钱。虽然曲书仙曾对他有过恩惠,解放时公审曲书仙,党组织考验他专门叫他枪毙他,虽然那杆枪有千斤重,他还是咬着牙一枪毙了曲书仙。李洪恩永远忘不了那一枪,那一枪打出去,他就永远和地主阶级划清了界限,和曲书仙再也没有了牵连。那一枪打出去,他觉得他和这世上任何人都没有了个人恩怨,全身心透明,把一切交给了党。

但是,后来呢? 后来呢?

李洪恩原来想,他就这么听毛主席的话,跟共产党走,一直就能走进共产主义社会的,没想到人民公社化后他的思想就出现了问题。他永远不会忘记那年麦收后的田野,久旱无雨种不上秋庄稼,公社干部却命令老百姓深翻土地细犁细种,愁得他头疼。平地还好说,存住了点墒水,细犁细种没有问题,秋庄稼苗能够长出来。而那么多坡上的旱地存不住墒水,地下边本来还残留点湿土,按老经验就这么不犁不耕毛着耧种下去,豆苗还能够拱出来。如果细犁细种,把下边的湿土再翻上来晒干,豆苗就长不出来,几百亩坡地就白种了,秋后就会没有一点收成。一下子把几百亩地扔出去让老天爷晒干,秋后的公余粮拿什么缴?村子里老百姓的口粮怎么分配?牲口料从哪儿来?他不敢这么干。但是,公社干部的命令怎么执行?作为月亮河生产大队的党支部书记,李洪恩陷入了困境。

　　怎么办?

　　是听公社干部的?还是为群众着想,还是为土地着想?

　　在李洪恩心里,上级干部的命令和下边的群众利益第一次出现了矛盾。他无力解决这种矛盾,也无力判断这种是非。走投无路,他忽然想到了抓蛋儿。他撕下十张小纸片,五张上写领导,五张上写群众,然后团成蛋蛋儿,放在一起摇。他把立场交给了这些纸蛋蛋儿,他准备听天由命,抓住哪个就是哪个。他在这种老百姓常用的形式选择游戏里,把上级领导和群众利益对立了起来。我把这看成一个信号,李洪恩的思想从这里开始出现了分裂。

　　这抓蛋蛋儿没有规律,全凭手气,他一连抓出来三个,两个是群众,一个是领导,他终于选择了群众利益。我想如果两个是领导一个是群众,他也会选择上级领导的意见,从而牺牲群众利益的。他会这么干。

最后,李洪恩狠了狠心,为了土地和群众,他一声令下,没有细犁细耕,把坡上的旱地抢着耱种了豆子。为此,他在公社的三级干部会议上做了检查。他哪敢说实话?只好说没有记清楚公社干部的指示,糊糊涂涂地按老经验毛种上了豆子。并保证以后一定改正错误,好好听上级的话,做一个听话的好党员和做一个听话的好干部。在那么大的会议上,在那么多党的干部面前,李洪恩低下脑袋,丢人败兴,向上级党组织低头认错。

李洪恩永远忘不了那年秋天的田野,上下远近周围村子的坡上旱地全部红光光一片,由于细犁细耕没有长出豆苗来,只有月亮河的坡上旱地绿油油地旺长着秋庄稼,形成了鲜明的对比。丰收以后,老百姓高兴,李洪恩发愁。虽然他为月亮河保住了收成,多收了粮食,但是他觉得再不会当干部再不会工作了。以后的路还长,往后还怎么听上级领导的话?按照什么标准去干革命工作?总不能每次都抓纸蛋儿来指导工作。他有了苦恼。特别是新调来的公社党委书记不了解情况,让他准备发言材料,到公社三级干部大会上去介绍宝贵经验时,他感到了进退两难。他一连躺在家里三天不出门,害病一样卧床不起。老干部遇到了新问题,他李洪恩忽然间不会干革命了。

他是在万般无奈的情况下去找李和平的。李和平是他的入党介绍人,又是一个村里的老大哥,有什么想不开时,他常去找李和平请教。那时候李和平正在城关公社当党委书记,李洪恩和他感情好,又相信他的政策水平,他是李洪恩的精神靠山。但是,没有想到李和平听了他的诉说以后也是唉声叹气,要么就苦笑,久久说不出话。

疼痛与抚摸

"先吃饭,先吃饭。"李和平说。

"我心里满当当吃不下去。"李洪恩说。

"别没出息,人是铁,饭是钢,一顿不吃心发慌。吃了饭咱们兄弟两个好好谈谈。"李和平说,"不只是你,我心里有时候也糊涂。"

谈话是在吃过饭后开始的。李和平想了很久,才笑笑说:"这么说吧,洪恩,我们的共产党是人民群众的先进代表。"

"这个我知道。"

"是先锋队组织。"

"这个我知道。"

"我们共产党是为人民群众谋利益的。"

"这个我知道。"

"离开人民群众利益,我们共产党没有自己的利益。"

"这些话书上都有,我都学过哩。"

"问题就在这儿,我想着如果有的干部说话办事不代表群众利益,我看那就不代表咱共产党。"

李洪恩心里一震,感到这句话这时候说出来,有了针对性。看着是轻飘飘的大官话,听进心里却感到沉甸甸的有分量。只是这句话拐得太远,不怎么具体,解决不了他的实际问题。

"洪恩,我明白你心里想啥。这么说吧,你和平哥也是公社党委书记,但我可不敢一言一行都代表咱共产党。我也有缺点。"

"只能说说对了才能代表组织,说错了只能代表我李和平。"

"我有点想明白了。"

"咱农民有句话,干什么事情都是师傅领进门,修行靠个人。我看这干革命和这个道理差不多,也不能太死板。"

"我明白了。"

"只要咱坚定地站在人民群众一边,我想应该算站在了咱党的立场上。"

李和平一番话说得李洪恩心里轻松起来。李和平庄稼人出身,他不会讲那么多大道理,他能把很多复杂问题说得简简单单,听着入耳又亲切,他信他。

离别时,李和平送给他两本书。

李和平笑着说:"这一本是《共产党宣言》,是咱共产党的祖师爷马克思写的;这一本是咱伟大领袖毛主席写的。想不通了就看这两本书,这才是根本。各级领导说那话虽然都对,但都是支脉,想不通了就依这根本为准,大约不会错到哪里去。"

这次谈话对李洪恩发生了深刻的影响,甚至影响了他的一生。从此,他把这两本书当成了宝贝,没事就看就读,而且是悄悄地学,偷偷地想。学来学去他发现越学越简单,甚至他觉得这两本书合到一起也就说了一句话,那就是:我们共产党永远是为人民服务的。

他这么理解到具体处,在月亮河,我李洪恩就是共产党,月亮河的老百姓就是人民群众,我就是为他们服务的。

他这样想明白了他和上级的关系,为人民服务是目的,怎么服务是学问,上级的事咱管不了,只要管住月亮河就行了。

这就使李洪恩后来的工作出现了有趣的现象,他不管上级有千条计,他抱定一个老主意，为月亮河的老百姓着想，为月亮河的老百姓服务。那是他一生中最愉快的几年，他干出了成绩，老百姓拥护他，上级领导也表扬他。

有天躺在水月的床上，他就这么对水月说："'文化大革命'前，咱月亮河治山治河，粮食丰收，人们肚子吃得饱，公余粮缴得多。省里报纸宣传我，中央电台广播我，省委书记来看我，把我说成走社会主义道路的带头人。先当公社党委书记，又当县委副书记，又当省委委员，又进北京见毛主席，激动得我自己都不知道自己姓什么叫什么吃几个馍喝几碗汤，晕了。"

"我想起来了。"水月说，"你讲这些我知道，我上学时读过一篇课文，那篇课文就是写你的呢。你说吧，你想说什么就说什么，你说什么我都爱听。我知道你想说许多话，说吧，别闷在心里。"

"我是想说说，这多少年我都想好好说一说。现在想起来，我是当公社书记以后头脑开始发晕的。我不再悄悄地偷偷地学那两本书了，我想着也不用学了，也害怕别人知道了笑话我。再说上级文件雪片一样，我光学文件都学不过来，也就没时间学那两本书。我开始按照上级文件精神和报纸上说的办事，自己不用想，人家叫你干什么就干什么，也怪省心。也不是我一个人。我看那么多当干部的都这么当。不料想这一下坏了。"

"这一下怎么坏了？"水月说，"什么叫坏了？"

"错了，站队站错了。咱是一条心跟着毛主席革命路线走，'文化大革命'又当了革命委员会副主任。只想着这是一条红色路线，谁知道错了呢？上边形势一变，原来对的成错的了，原来错的成对的了，像变戏法一样。这一下我可是垮台了，上得快下得也快，爬得高摔得也重。'文化大革命'后，把我划成'四人帮'线上的人了,我就糊糊涂涂成了坏人。虽然职务撤了,不叫当县委书记,成了一般干部,但人家说我犯的错误是共性没有个性,没有叫我住监狱。水月你知道啥叫共性和个性吗?"

水月说:"我不知道。"

李洪恩说:"这共性就是咱跟着上级领导犯的错误,这个性就是咱自己犯的错误。这一想明白我也心亮堂了。回忆那些年上级指示精神,一会儿说这样,一会儿说那样,前后不一样,一会儿一个样。你不跟着是犯错误,你跟得紧也是犯错误。跑都没处跑,躲都没得躲,反正你前后左右都是错误,不犯错误是不可能的。于是我下台后这前后比较着这么一想,上来也不知道咋上来,下来也不知道咋下来,就和做梦一样,我自己想想也笑了。"

"你就这么下来了?"

"我就这么下来了。不叫当官就不当,可是我不能白白地吃闲饭。我正发愁哩,咱月亮河的乡亲们开着拖拉机去把我接回来,他们说我们还信你跟着你走,你还回咱月亮河吧。我就回咱月亮河又当了党支部书记,人老了脸皮厚,我也不怕丢人败兴,又干了起来。工资在县里开,工作在村里,和农民没什么两样。"

"你就这么回来了?"

"对,我就这么回来了。别人嫌弃我,月亮河人不嫌弃我。我在村里的表现就不用说了。我当县委书记以后,没少给月亮河人办事,经我手送出去当干部和工人的年轻人近百个。他们都记着我,没有忘记我。这也说明我心眼儿小,心里只有月亮河,装不下一个公社和一个县。我也承认,我生来就没有当大干部的胸怀和水平。回来了也好。可我也不能让月亮河人养我，我也不想就这么软下来。我是个争强好胜的人，于是我又打起精神，学着别处的模样，给月亮河办厂搞企业。才五六年时间，月亮河就富起来，现在谁家里不存万把块钱呢？村里老少爷儿们感激我，上边领导表扬我，我又成了典型，还成了改革家，又成了走社会主义道路的带头人。别人说我这人有能耐打不倒，又站起来了。"

"是这样，这些我都看到了。别村哪有咱月亮河这样的？光这小二层楼，只怕就有上百座。"

但是，当李洪恩正说到高兴处，突然他把话锋一转，嘲笑起自己来，竟然意外地说："可是，这一切全是假的。水月，假的，你明白吗？"

"假的？"水月一时摸不着头脑，没有听出来这句话的深意。

"假的。现在这一切，除了我给咱月亮河挣了两个钱之外，还有什么呢？"李洪恩说，"可是为什么这么干？我不知道。以前咱村里虽然穷是穷点，但是人心红红火火。现在咱村富是富了，但是人心却散了，再也聚不住了。那么以前干那对，还是现在干这对，我不知道。别人都说我是走社会主义道路的带头人，但是我心里没数儿。到现在我也不知道啥叫社会主义，往哪儿走是社会主义道路。别人都说我思想觉悟高，过去我也这么认为，现在我老了，才发现自己根本就没有思想。从来就没有思想。那些思想全都是上边发下来的，我自己什么也没有。"

水月吃惊地把手从他的耳朵上拿下来，她的手却被李洪恩抓在手里，像抓住一条新鲜的思想，紧紧地不放。

三

对于李洪恩这种不停的诉说,水月非常地理解。每当李洪恩开始诉说时,水月就默默地倾听,那时候水月就变成了一只耳朵。我一直觉得在男女之间,诉说如果是一种表白的真诚,那么倾听也是一种叙述的温柔。

水月听着李洪恩的诉说,就像被他牵着手,拐回头一处一处参观游览了他走过来的路和他过去的风景。通过诉说,李洪恩把他过去的历史和感受,不知不觉之中当礼物送给了水月。这样做的好处,使他们共同拥有了双方的时间和空间,就如同把时空当财物一样合在了一起。如果说夫妻生活拥有共同的财物的话,那么情人之间以拥有共同的精神为表现形式。通过诉说和倾听,水月感到不仅拥有了李洪恩的现在,而且也占有了他的过去。这使她感到一种信任。她在这种信任的压迫之下,就对李洪恩产生了责任感,常常使她替李洪恩着想,像接过一种邀请,自觉地分担李洪恩的苦恼,走进了李洪恩的困惑。

一天,水月忽然对李洪恩说:"和平姨夫当年送你的那两本书还有吗?"

"有,我还保存着。"

"能拿来我看看吗?"

"当然可以。"

第二天夜里,李洪恩把这两本书拿来了。水月珍贵地捧在手中,在灯光下看着已经发黄破旧的两本书,像凝望着历史和岁月留下的两块尸骨。无边的联想潮水一样从心里泛上来,热乎乎地温暖着她的思绪,她慢慢感到一种从没有过的激动。水月看着李洪恩,灯光下的李洪恩脸膛通红,纹路纵横,像一尊雕像。水月感到这男人的凝重和力量,她对他充满了信心,就认真地说:"你重学这两本书呀。"

李洪恩笑了,他笑得很苦涩。他一下就品出了这句话的深意。他虽然为这种来自情人的信任而打动,却感到再也无力承受起这种信任的分量。

"你笑什么,你怎么不说话?"

李洪恩开始抽烟。他沉默下来,大口大口地抽烟。烟雾就从他的嘴里吐出来,思绪一样缠绕和弥漫在屋子的空间。他似乎在烟雾的掩护下寻找着话语形式,准备把自己的痛苦表述。

他终于放下烟卷,抬起头说:"水月,我试过。我重新学习过。我也想着我当年丢开这两本书后跌倒了,我也想从哪儿跌倒就从哪儿爬起来。从县里回来后,我开始重新学习这两本书。"

"好呀,这就对了。"

"但是,很快我发现我错了。水月,不瞒你说,我再也学不进去了。早年间我很单纯,心里边干干净净,学什么都能学进去。现在我心里是又杂又乱,这本书从心里拿出来就再也放不进去了。"

"我听不懂。"

"后来我才想到,一个人丢掉的东西,就像泼出去的水,想再收回来难。一个人已经在那里走过来,就不再可能返回去了。就像人老了,就不可能再返老还童一样的道理。"

"你这么说,我有点明白了。"

"所以我说,我现在是什么都没有了,只有苦恼。"

水月这时候才体会到他心里的酸楚和痛苦，虽然有一点失望，仍不由得同情和可怜。什么话也不说了，她觉得再说什么话都多余。把两本书重新递给他，就像还给他往日的梦境。

李洪恩伸手挡住，并不接这两本书，却说道："就送给你吧。我干了一辈子，啥主贵东西也没有，只有这两本书不是俗物。也只有你知道它们在我心里的分量，你要不嫌弃，就当个念物送给你吧。"

水月被感动了，她被他这两本书感动，也被他这一辈子感动。就收下了这两本书，她觉得这两本书比什么都要珍贵。

"那……老李，我送你点什么呢？"

"你不用送，你什么都送给我了。"

一句话，把水月的脸说红了。水月的脸红像火苗点燃了李洪恩的感觉，李洪恩把水月抱起来，放在了床上。他们躺下来，李洪恩搂着水月悄悄地说："我现在什么都没有了，只有水月。"

"还有月亮河的群众，我敢说谁心里都有你。"

"我给群众办事，男女老少们自然不会忘我。但这有啥用？别人心里有我没用，问题是我心里没有我了。"

"唉，你这一辈子活得真是太苦太累了。"

李洪恩忽然坐起来说："水月，你说，这人活世上，怎么活才算有意思？"

李洪恩在这个静夜里，在情人的床上，突然对人生的价值发出了质问。好像他活了一辈子，从来就没有想到过这个问题，如今已经走到人生的尽头，才想到了追问人生的意义。他这句话问出来，像问水月，也像问他自己。好像这句话有千斤之重，他自己回答不出，水月也回答不出。他们两个在这种质问下默默无言,沉默得能听到夜晚在院门外的呼吸声。

虽然李洪恩只是想到了这种质问,并不能回答这种质问,我仍然觉得这是很不容易的,甚至难得。他活了一辈子,毕竟想到了质问人生的价值,这质问本身就说明他进入了思考,这质问本身就是对他过去的一种否定。

如果说否定别人是一种选择,那么否定自己就是一种超越。

"老李,"好久好久水月才说,"你这一辈子最想干啥? 最喜欢啥?"

"我这一辈子最想干的、最喜欢的就两条。"

"哪两条?"

"这第一条,就是想让咱月亮河人过上好生活。"

"这一条你不是实现了吗?"

"没有。只能说咱月亮河人如今不再愁吃愁穿,手里有了钱。我原来想这就是好生活了,但是现在一看还差得很远。你也看见了,现在人们手里有钱了,人心却乱了。我才知道这好生活不能只有钱,只有钱还不能叫好生活。但什么叫好生活? 不瞒你说,我自己也糊涂了。"

"那么第二条呢?"

"这第二条没法说,说出来我都不要脸了。"

"你对我还有什么不能说的?"

"能说能说,也只有对你能说。"

李洪恩停了一会儿说:"我年轻时候就喜欢好女人,老想和好女人睡觉。一直想,想了几十年,想了一辈子,不敢,一直都不敢。别说找好女人睡觉,连多看一眼都不敢,好像多看一眼就犯了错误。但是怕犯错误,还是成天犯错误,没有办法,你不找错误,错误来找你,逃都没处逃。现在我老了,再不怕犯错误了。想想人一死还有什么呢? 就特别想犯错误。那天晌午我看着你心里就冒火,心里一横啥脸也不要了。我要好好活几天,再不怕他娘的犯错误了。唉,只是,委屈你了。"

李洪恩的诚实又一次感动了水月,她被他的话语感动。回忆遥远的那天中午,她好像也被自己的行为所感动。他苦了一辈子,是她给了他新的情感,给了他新的生活,帮他办到了他一辈子都想办到的事,圆了他的梦。

但是,水月并不要他来感激她,甚至也没有了一点点委屈。因为她心里也苦,他也给了她新的情感和新的生活。在遥远的那天中午,她虽然给了他身子,用自己的身子把他温暖成了一个生动的新鲜的男人,同样,他也把她变成了一个生动的丰富的女人。

她终于认准,这就是她心目中的太阳花。不仅没有了委屈,甚至她心里一下子就溢满了幸福。

"老李,我不委屈。你对我好,水月心里好幸福好幸福。"

"别说胡话了,我心里明白。我知道你心好,可怜我。"

"不,我就喜欢你,我要和你好一辈子。"

李洪恩长长叹一口气,苦笑笑说:"唉,一辈子,你知道这一辈子是啥? 水月,你还年轻,不知道这做人的艰难呀,俗话说人皮难披。"

"水月知道。"

"你可不要像我这样活。你们年轻人要活得有滋有味,不受管制,不是别人叫你怎么活你才怎么活,而是你要怎么活就怎么活。好好地想,好好地活人,自由自在,该多么的好呀。"

李洪恩说完这句话一下子感到心里空了,放下了几十年的思想包袱,

疼痛与抚摸

解开了几十年的精神锁链似的,全身心觉得轻快起来。他想起年轻时候就想女人,转了几十年,绕了一个大圆圈,这才走到了女人身边,不,终于回到了女人身边一样。细想想像做梦,走了这么远的路,如同出门远行,又回来了一样。

他当然不会理解,他的回到女人身边,实质上是他回到了他自己的身边。就像是他的灵魂离开他去远方服役,经过漫长的苦行之后,刑满释放,又飘回来,回到了他的心间。这有点像精神漫游,既然是出游,总有回来的时候。

在情人之间,开始时的性生活像是情感的基础,双方的话语像是在这基础上的一种建筑。这种从肉体到精神,又从精神到肉体,这种不断的反复,才建设起牢固的情感大厦。看起来情人之间,肉体和精神缺一不可。

那晚上李洪恩说出了心里话后,就激动起来,他搂过水月的身子,盖上去,迫切需要做爱。水月拦住他,说:"老李你等等,我带你去个地方。"

那晚上有月亮,水月拖着李洪恩来到院里的树下边,指给他看树下开满的月亮花。李洪恩呆了,他从没有注意和想到过这种风景,天下还有这么好看的花朵,就痴痴地看去,如同看一处梦境。

水月在树下铺开席子和被褥,做成了床。让李洪恩躺下来,她一件一件剥去他身上衣物,打来热水给他抹澡,把他洗得干干净净。水月那种精细,像侍弄一个孩子。然后,她自己也脱光了,跪在了李洪恩身边。

"水月你要干啥?"

"我要吻你,吻遍你全身。"

月亮花就开在他们周围,团团把他们围起来,做成一簇簇的花丛。月亮花又开在他们身上,这儿一朵,那儿一朵,把有情人芬芳。好像有花香从月亮上洒下来,淹埋着他们的感觉。他们醉卧在花香里。

四

一般来说,人的心理机能主导和调动着人的生理机能,俗话说人活一口气,也就是说人是活精神的,精神至上。从这一点出发,我一直认为在医学上,西医没有中医科学。西医治表中医治本这句话很精辟。我这样理解中西医的区别,西医是一种具体的行为科学,而中医却切入了哲学和精神。

李洪恩本来已经是老年人,自从和水月相爱以后,整个人变得越来越精神。他活了一辈子,从没有注意过仪表,甚至认为那是资产阶级的作风。现在如梦方醒,竟变本加厉,开始打扮自己。他认真对付胡子,几乎每天早晨都把它们剃光。并严格地摆弄头发,按时理发,每天早晨也用梳子拢一拢。不再把白衬衣披在身上,或穿在身上时两只袖子总是挽得一长一短,开始把衬衣装进裤子里,把两只袖子挽成一般高低。把黑皮鞋也弄亮。悄悄地对着镜子照照,年轻多了。

这就是变化。这种变化来源于精神。准确地说,来源于爱情。爱情使人变得年轻,这是一种普遍的生命现象。特别不同的是,由于水月太年轻,才二十多岁,她旺盛的生命力量和她青春的朝气,滋润和营养了李洪恩,使他焕发出生机。这是一种特别的从肉体到精神的再生般的生命现象。

我仔细观察过植物通过嫁接发生的变化,一棵百年老石榴树由于精力枯竭,再也无力结出果实时,可以把小石榴树苗嫁接在老石榴树枝上,它很快就焕发生机结出累累硕果来。我想人和植物一样的道理,李洪恩的变化就是如此,他和水月的结合,使他的生命出现了新生和奇迹。

第一次和水月私通时,他曾经鼓起了多大的勇气,甚至可以说那是冒风险的。当坐在那天中午燃起的躁动不安里,面对水月的诱惑,他一次又一次地劝自己别冒这风流的危险,活了一辈子已经功成名就,跳这一脚不是往自己脸上抹黑吗? 但他还是受不了这诱惑,水月端着水送过来时他的心就乱起来。水月走到跟前时,一闻到那年轻女人的气息,就再也收不住心猿意马,手抢出去,就握住了水月的手。几十年岁月筑起来的堤岸,一下子就倒塌了。

另外,那些天他总思考他这一辈子的生活。李和平的到来曾经给他带来希望,他梦想李和平能解决他的思想问题。但是没有。几十年过来,虽然他们之间友谊还在,思想和观点却已经出现了区别,他甚至觉得这是一种秉性不可更改,李和平生性沉稳,老年后简直平静如水一样,对什么事情都能一笑了之。李洪恩不行,他这一辈子喜欢把什么事情都弄得明明白白。于是这就更加剧了他的这种思考,他觉得自己这一辈子都害怕犯错误,却总是犯错误。就胡思乱想,自己主动专门去犯一次错误,那该是什么滋味? 改造了一辈子思想,斗私批修了一生,到老年了特别想错误错误。就像拉板车上坡,上了一辈子慢坡,腿上的筋都蹬得僵直要断了一样,特别想把车掉回头,走走下坡路,享受享受走下坡路的快感。

等到他迈入了世俗生活,终于躺到水月的床上,征服了年轻的女人之后,才想到人生永远是进攻,只有进攻,才有成功的可能。那天中午的行为使他一下转变了原有的生活观念,他发现一切都取决于行动。思考和等待永远是消极的,只有行动才是积极的。他不仅不后悔,反而为自己自豪。因为他忽然在那天中午发现,自己并不老,甚至还很年轻。这个发现,使他欣喜若狂。他重新对自己充满了信心。

我觉得这才是李洪恩征服水月的真正实质。一方面,他在自觉地跨向自己的反面,叛逆自己一辈子枯燥的精神生活。更进一层,他把这次性行为看成是对自己的一次检验。在这个程度上,他把这次性行为看成了一种象征。他要通过这次性行为的体验,他要通过和年轻女人的性行为表现,来看看自己到底老不老,是否还存在着生命力量。甚至可以说,看看自己距离死亡到底还有多远。

如果越过爱情的层面,揭开盖在爱情花篮上的彩云般的织巾,像揭开一个人的面纱一样,我们就会发现一个赤裸裸的事实,李洪恩的这种性行为实际上原是一种性挣扎,也可以说就是生对死的最后的挣扎运动。这样说虽然残酷了一点,但这才是实质。

老年人有一种典型的反常心理,我们在生活中常看到这种现象,他们往往越是接近晚年,越感到一种性的饥渴,常常越出常规追逐女性。这实际上是对生命的一种饥渴,或者说是对生命的一种挽留和恳求,甚至可以说是对延长生命的一种梦想和虚构,其实说白了是一种对死亡的恐惧。在李洪恩的潜意识里,就如同奔流着一条地下河水,不停地翻卷着这些一串又一串的浮躁和恐惧的浪花。

在和水月的初次欢娱之后,李洪恩心里立刻风平浪静,因为他发现了自己健在的生命力量,就像听到了一种召唤,生命对他的召唤。于是,他忽然觉得自己还很年轻,马上就对今后的日月充满了希望。可能是出于感

疼痛与抚摸

激,也可能是为了表达一种歉意,或者说是为了表白一种心意,他把一百块钱取出来,放在了桌子上。水月把钱抓起来扔在他脸上时,他才觉得不妥,连忙把钱收起来,对水月歉意地笑笑。

意外的是,他一笑,水月也笑了。

没有出声,是一种微笑。

他马上感到,这个难得的微笑是一个信号。

李洪恩及时地抓住了水月的这个微笑,紧紧不放。他在这个微笑里一下就读出了丰富多彩的内容。这个微笑说明,水月并没怪罪他干了她,只是对他放这一百块钱不高兴。本来,李洪恩总觉得自己来找水月,由于身份年龄等因素,有一种强奸的犯罪感,这个微笑的大笔轻轻一抹,就如同改判一样,减轻了李洪恩的心理负担。这个微笑说明,不仅是他对水月有意思,而且水月对他也有这种意思。尽管他明白水月对他的这种意思很少,但是他觉得总比没有要好。水月对他只有这很少的一点意思,已经足够使他联想到作为一个男人的魅力,于是他看到了新生活和希望。实际上,这一笑,才真正把李洪恩笑得年轻起来。

水月院里大树上的叶子一片片落下,也落下了树叶上挂着的阳光和时间。他们来来往往,一晃就是几年过去。李洪恩在这几年里,逐渐换了一个人似的。水月说你要少喝酒,李洪恩再不贪杯。水月说你不要抽那么多烟,抽烟有害,要抽就抽些好烟,李洪恩的烟瘾明显小下来,由一天两包,改为两天一包,香烟的档次却高起来,不再抽那些劣质烟。他特别爱惜起身体来,他似乎觉得这身体不再是他一个人的,他不但要养好自己这一部分,更重要的还要替别人照顾好另一部分。

看起来,身体只有全部属于自己一个人时,才不爱惜,才不负责任。

从李洪恩的这个变化看,好像男人并不讨厌女人的管束。问题在于他爱不爱这个女人。让自己不爱的女人来约束自己,恐怕是一种痛苦;让被自己非常热爱的女人来约束自己,这恐怕就是一种幸福。这就是说,如果一个男人讨厌这个女人约束他了,那就是他不再爱这个女人了。

那么是否可以这么说,我们寻找爱情,是在寻找一种约束?

如果比较一下,就发现情人之间和夫妻之间虽然都发生性行为,但在本质上相去甚远。夫妻之间有婚姻关系,有家庭环境,有经济生活,有孩子如同锁链把两个人捆在一起,你轻易跑不掉。好像因为是捆在一起,好像就因为跑不掉,就常常想往外跑。打个比方说,这夫妻生活如同住进社会为你建造的牢房,这牢房里放满了道德责任和法则,因为放的东西太多,就没有地方存放自由和爱情了。

而情人就不同了。情人之间是一种婚姻之外的恋情,这种感情没有约束自己的客观上的栏杆和锁链,全凭自己的主观努力和自觉。这样,非常容易使自己把对方的约束和劝告,当作栏杆当作丝带甚至当作救命稻草一样抓住不放。抓住这些,好像就紧固住了两个人之间的恋情。好像通过抓住这些,就达到了抓住对方也抓住自己的目的。

而且有意思的是,在这一层面上,李洪恩更看重的,不是抓住水月,而是抓住他自己。

这么一比较,情人生活就和夫妻生活区别开来了。是否可以这么说,和夫妻生活相比,好像情人生活如同画地为牢,自己给自己建造了一个牢房一样。由于这牢房是自己建造的,好像想放什么就放什么,自然就不情

疼痛与抚摸

愿放那些道德责任和法则,专门存放自由和爱情。于是,住这种牢房,自己感到就是一种幸福了。

现在,李洪恩就陶醉在这种幸福里。他的变化越来越大,不只是对他自己,而且对月亮河都有了重新认识。他觉得自己过去只注意让月亮河人有饭吃有衣穿有钱花有房住,曾经错误地认为这就是好生活了,如今才后悔,他从来就没想到造一个人们放思想放精神的地方。他开始组织人们办图书馆,让年轻人有书看,给眼睛找个地方放;又造一个农民俱乐部,里边摆上扑克、麻将和象棋,让人们有地方玩儿。以前他都认为这是资产阶级的玩意儿,现在想咱无产阶级也是人,也应该玩玩儿。他甚至认为,本来为搞经济拓宽的道路太枯燥,也应该栽些树木花草,弄得美一点。从个人到集体,追求美,忽然成为李洪恩的情结。

对于李洪恩的这些变化,村里人谁见他都说好,李洪恩才想到人们早就想这样生活,只不过几十年来人们被约束着不敢。人们不会知道,连李洪恩自己也没有清楚地意识到,这都是受了水月的影响。特别是村街上栽的花草,活活是水月给他看了太阳花和月亮花的结果。他只是把太阳花和月亮花从那小院里请出来,开放在了大街上,香了月亮河。

李洪恩的精神现象向我们提供了一个新鲜的思索路线,他是相遇了水月以后才有了改头换面的变化的。水月把他放在情感的小河里洗得干干净净,他在这情感的河流里受了洗礼,于不知不觉中旧我顺水漂走,新我跃出河流,走向了新岸。从这个角度上说,我们可以偏颇地认为,新鲜的情感哺育了李洪恩的成长,把李洪恩变化成了一个新人。那么就可以演绎出一个道理,实际上,男人是由女人来冶炼的,不同的女人冶炼出不同质量的男人。男人就像一块块生铁,由女人来把他们锻炼成钢。

这可有点抬举女性了。

五

人都不能免俗。我一直觉得这句话讲得很深刻。我理解这句话有两层含义:一层讲外部环境的世俗,也就是别人的世俗;一层讲自己的世俗,也就是自己内心的世俗。人们都喜欢讲别人的世俗,不习惯讲自己的世俗。而实际上,最大的世俗,最可恶的世俗,来源于自己的内心。来源于自己内心的世俗才真正是俗不可耐,它们像病毒一样时时刻刻包围和纠缠着我们,使我们无处逃遁。

李洪恩和水月就是这样,他们两人真诚地相爱以后,还没有等到别人发现,还没有听到别人的指责呢,自己先觉得干了不要脸的事情,见不得人。这就总害怕见到郭满德,总害怕被别人知道,像做贼一样偷偷摸摸,心里有鬼似的不敢面对别人的目光。这种阴暗的心理,经常干扰和威胁着他们自己的感觉,整日提心吊胆自己吓唬自己。

为了对得起郭满德,哪怕对得起一点点也好,李洪恩就给郭满德安排了好差事。事实上在效果上是给他们的约会创造了条件,但在李洪恩这里,更愿意承认这是对郭满德好。这就是李洪恩的虚伪和俗气。为了逃避别人的耳目,他不得不对别人偷偷摸摸,为了掩盖自己内心的虚伪,自己对自己的感觉也偷偷摸摸。

不过,这种偷偷摸摸的感受,也给了他刺激和冲动。堂堂党支部书记,

疼痛与抚摸

县里和省里的名人,情愿委屈自己,溜墙根儿,骑墙头儿,装哑巴。每次去幽会,连叫院门也不敢,总是捡个石子往院里扔,通知水月来接应他。有时候他觉得自己这么干还挺有意思,更多的时候他就觉得自己这么干,太下作,太卑鄙,孩子都要娶妻生子了,还干这丢人败兴的事情。他明明知道,事情总有败露的时候,将来万一要让别人发现了,这算什么呢?自己的老脸往哪儿放?这时候,他就觉得自己在犯罪,在欺骗,自己是骗子,上当受骗的是水月和别人。

甚至有时候他恨不得公开站在月亮河街道上向人们大喊大叫,别再相信我了,我李洪恩不是个好人。

自从和水月相好以后,李洪恩心里就常常打架,自己和自己打架。有一天他忽然想到这是对自己的一种惩罚,做了几十年假好人,到头来变成了这样的鬼,这就是自己对自己过去的一种惩罚。你不是好人吗?你不是劳动模范吗?你不是走社会主义道路的带头人吗?我偏要给你头上拉屎撒尿。有一天他忽然又想到这是对许多人的一种惩罚,谁叫你几十年把我弄成那样,我偏要真相大白拆穿你们的鬼把戏。于是,这就使李洪恩的偷情又有了报复心理,对自己几十年生活,对自己的形象,对许多培养这个形象的人,进行报复。

这种报复心理,向我们摊开了一对典型的矛盾,这就是人们内心深处的自然属性和社会属性的矛盾。自然属性如果代表人性和自由,那么社会属性就代表法则和道德,这是一种永远不可调和不可统一的矛盾,也许这就是人们自身存在的困惑。李洪恩现在就陷在这种矛盾的泥坑里挣扎,找不到出路。

不过,由于他如今正热恋着水月,正昂扬着他的自然属性的蓬勃朝气,想来想去,他最终总能自己战胜自己,果断地走进通往水月的小巷,一次又一次在这个小巷里勇往直前,死不回头。

人们战胜别人,战胜环境,都不是最艰难的,最艰难的还是怎么样战胜自己。如果换句话说,战胜自己,也就是自己和自己过不去。人,永远是不会闲着的,不是和别人过不去,就是和自己过不去。总要想方设法折腾,不是折腾别人,就是折腾自己。没完没了。古人说,没事别找事,安然就是福,这是一句谎言,或者是他们在痛苦的体验里不能自拔,就发出了这种无奈的感叹。

水月虽然年轻,也不能超越。最初的激情宣泄出来以后,她就进入了漫长的自责和内疚。她毕竟在传统的文化和道德的盐水缸里,腌萝卜般泡着长大的。虽然她依旧迷恋和李洪恩超凡脱俗的爱情,但是不能够心安理得,总觉得对不起郭满德。他毕竟是她的丈夫,她看他,什么也看不清楚,只看清楚他头上那顶绿帽子,那顶由她亲自给他戴上的绿帽子。

如果把这顶绿帽子看作一个象征,那么这个象征就是世俗和道德给她编织的一个情结。她有勇气在行为上冲出婚姻,追求美好的爱情,却无力在内心深处打开这个"绿帽子"情结,久久地在这个"绿帽子"情结里矛盾和苦恼。

所以,她只和李洪恩做爱,却不愿收他的钱财和东西。开始她对李洪恩老要给她钱感到厌恶,好像她是见钱眼开的人。好像李洪恩没什么给她,只能够给钱。后来她明白了,男人们就这样,生性喜欢用钱财表达心意。水月想明白了这层意思,为了不使李洪恩心里难受,她后来也接下一些李洪恩给她的零花钱。但是，接下是接下，却坚持不花掉它们，而是把它们全部存起来。又不知把它们存起来做什么。好像她花掉这些钱，她和李洪恩的感情就不纯洁了。也可能不是这样。她这么做，好像是她害怕动用了这些钱，就出卖了什么一样。

在生活中，水月坚持只花家里的钱，只动用他们夫妻的钱。好像这样做，就给她丈夫留下了一点感情，就像是给她的丈夫留下了一碗剩饭，就像是给他们的婚姻留下了一点脸面，好像这就守住和保留住了什么。

这一点很有意思，钱财在这里不仅仅是物质了，水月把它们抽象起来，就成了婚内婚外的分水岭和分界线，如同用钱财扎成了一道篱笆，如同用钱财围成了一道城墙，把情人生活和夫妻生活分割开来。这当然只是一种虚设，说穿了这是水月为了自己欺骗自己玩弄的一个鬼把戏。而实际上，她在这里只是给她自己虚设出了一个借口，或者说在这里给自己挤出了一个位置，甚至可以说她在这里给自己做了一副面具，戴上这副面具，在生活中把妻子的角色表演。

这就是水月。她表演妻子的角色，也表演她的内疚。在平庸的婚姻里，她向往热烈的情感；在热烈的情感里，她又对平庸的婚姻感到内疚。

但是，这种内疚虽然起起伏伏生生灭灭，却一直没有掀起激烈的风浪，而是拖延着发展着，一直到郭满德当场逮住了她和李洪恩睡觉以后，水月这种来自内心深处的内疚才达到了高潮。

那晚上有西北风，还飘着零星的雪花。郭满德出差回来刚刚三天，李洪恩就等不得了。在他的意识里，自从他和水月相好以后，他就把水月看成了他的女人。他并不是急于要去和水月睡觉，而是不想让水月和她的丈夫睡觉。一想到郭满德趴在水月身上,他就觉得自己受了污辱一般,实在忍受不了这种痛苦。想到极限,像郭满德要骑在他头上撒尿拉屎似的,李洪恩受不了这种委屈,作为男人,他再也承受不了这种折磨。心里一动,就想了个鬼点子。借口有重要事情,安排郭满德睡在村办公室等电话。这就把郭满德从家里调出来,他自己去和水月幽会。

郭满德老实,李书记叫他干啥他就干啥。不仅没有拒绝,反而感到了一种从来没有过的自豪。往常自己混得低人一头,别说住到办公室替李书记办事,就是去给李书记家里干点出力活儿,都巴结不上。李书记家里又不缺人手,又没有很多事情要办,多少有点事情,村里这么多人,怎么也轮不到他郭满德享这个福。有时候他想,啥会儿李书记家里忙成一团糟就好了,那样自己就能去给李书记家干活儿了。但是总也没有这个机会,轮到他郭满德去巴结李书记。现在想起来,真真是往事不堪回首,三十年河东,三十年河西,他如今终于成了李书记的红人。

像郭满德这样,一个村里普普通通的青年农民,能让党支部书记看在眼里,并不是一件太容易的事情。所以,当李书记通知郭满德到村办企业去上班时,郭满德真的不敢相信这是事实。他上班去了,而且一下就当了采购员,他当时高兴得脑袋都大起来。从那时候起,他就觉得自己成了李书记的人,而且还是李书记的红人。从那时候起,郭满德就在心里发下誓言,爹亲娘亲没有李书记亲,永远跟着李书记干革命,做李书记革命事业的红色接班人。

于是,这几年来,郭满德在外跑时,总觉得自己是李书记放出去的风筝。回到村里时,给家里什么也不买,也要给李书记买盒好烟,或者给李书记买包外地的高级点心。有这种感情做基础，当那天下午李书记对他说，让他晚上睡到村办公室里听电话，他觉得像高看他和提拔他一样。天不黑就早早从家里出来，住进了村办公室。

那天下午李洪恩交代郭满德，今夜黑县里可能给我打长途电话，你守着，电话来了你就记录一下。我有事，不能在这儿等。而那天晚上，其实没有长途电话，只是一句谎话，一句谎话就把郭满德拴在了村办公室的电话上，一刻也不敢离开。李洪恩吃罢晚饭，就放心大胆地来约会水月。

水月听李洪恩讲过来龙去脉，一边骂李洪恩缺德，一边又夸他精明。两人又是几天没见，一日没见如隔三秋，几句话说完，就双双躺了下来。那晚上天冷，事后李洪恩干脆不走了，就在这儿过夜。水月枕着他的胳膊，两人进入了同一个梦乡。

大凡这种事情，才干起来时胆小，怕狼怕虎，总害怕别人发现。干着干着就胆大起来，开始相信自己的能耐，色胆包天，总觉得没有人知道，什么也不在乎，如入无人之境一样。而这时候，在当事人丧失了警惕而执迷不悟时，危险才真正悄悄地逼近。

也活该那晚上出事，恰恰那天夜里地质队来了两个技术员，他们在这一片勘探矿产，和村里人很熟，由于天冷，吃过饭夜深就不走了。很自然的，就来村办公室里借宿。办公室里就一张木床，两个人还可以挤着睡，而三个人就不行了。一个长途电话，就不用郭满德再等。技术员就说我们给你守电话，电话来了我们给你记录下来就是了，你回家去睡吧。郭满德虽然还有点不大情愿，却想着人家技术员也是国家干部，也不敢得罪，只好穿衣起床，在夜深时摸黑回到了家。

郭满德虽然老实,却也知热知冷,很心疼媳妇,天这么冷,夜又这么深,就不想叫水月钻出热被窝给他开门。悄悄翻墙过去,又用刀轻轻拨开了屋门闩儿。慢慢地走进屋里,回身关门时,才拉亮了电灯。这就形成了三对面,他的媳妇竟然躺在李书记怀里。

事情终于败露了。

在那个冬天的夜晚。

六

现在我们看到一个生动的场面,郭满德拉亮电灯以后,屋里的三个人同时一下呆住。当然这只是一个瞬间。明亮的灯光,很快就启动了屋里的愤怒、难堪和惊慌。三个人很快都忙了起来。先是李洪恩和水月在床上一跃而起,连忙抢着穿衣裳,用衣裳掩盖和包装起赤裸裸的淫荡,那敏捷的反应和熟练的动作令人吃惊。相比之下郭满德稍显得反应迟钝,但也就只迟钝了一下,立刻就醒悟过来,弄明白发生了什么事情。一把火烧上他的脑门,二话不说,他顺手抓起一条板凳,就要往李洪恩头上砸。他把愤怒都灌注进这条板凳上,这条板凳寄托着他的希望,好像这一板凳砸下去就粉碎了一切,就消灭了他家里发生的故事。

郭满德长这么大,没敢对别人发过这么大的脾气。今晚面对李洪恩,他把板凳抓起来这个动作,大概要算他一生中的壮举。丧失理智,使一个胆小怕事的人如虎狼般勇猛。所以,人有没有胆量是否勇敢,并不在他有无力气,而在于他是否头脑发热。如今他把板凳当凶器高举着,一扫往日

疼痛与抚摸

的猥琐和窝囊,竟然怒目圆睁出满腔仇恨。这一派突然爆发出的男子汉气概,吓得李洪恩从床上逃下来,提着裤子躲在一边。这一刻,郭满德显得非常威武。

水月从来没有见过郭满德这副英雄相,这副英雄相如一道闪电给他们黯淡的婚姻和家庭投下一道亮光,她为这副英雄相着迷差点拍手叫好,竟然忘记了此刻的危险,呆在那里欣赏起来。这一个细节的闪现,无遗地暴露出了水月追求浪漫生活的情结。还是李洪恩摆弄狐狸尾巴似的摆弄裤腰带的狼狈相提醒了她,她才想到了自己的身份、处境和责任,一步跨上去,挡在了李洪恩面前。

这是一种选择。在这种危急时刻,水月面前,一边是丈夫,一边是情人。水月想都没想,就挺身而出,坚定地站在自己的情人一边。用自己的身体挡住了危险,把自己的情人掩护,这说明在水月心里情感永远是最重要的。在理性和感情面前,她选择了感情;在形式和内容面前,她选择了内容。

水月的行为使屋里的格局发生了变化,一下就形成了二比一的局面,把郭满德孤立起来。郭满德面对着这个刚刚组合起来的团体,孤独地把板凳高高举在空中。水月的行为出乎他的意料,他感到一种被瓦解被抛弃的痛苦,一时间没有了主意,不知道是砸下去好,还是不砸下去好。就停在那里,呆成一尊失神的雕像。

这时候门外的西北风呼呼地叫着,推响着门扇。一股风细细地挤过门缝儿,窜进屋子里,在屋子里游丝一样地旋转着,丝丝缕缕地缠绕着他们的感觉。门外的院子里有雪花如同沙粒,在风中飞舞。漫天的风雪寒冷着月亮河人的梦境,没有人知道这里发生的事情。

激烈的行为中止以后,话语便成为武器。郭满德破口就骂:"李书记,我日你妈!"

这句骂语很重要。它的关键是,郭满德正在宣泄自己仇恨的时候,忽然把李洪恩骂成了李书记,而没有把李书记骂成李洪恩。这说明他刚才举起板凳时,只把李洪恩当成了水月的情人,只把李洪恩当成了一个孤立的男人,早忘记了他党支部书记的身份。对于一个陌生的孤立的男人,郭满德是敢于仇恨的。现在这句话骂出来,说明他开始醒悟,想到了这个他正仇恨的男人的身份,想起了这就是他们敬爱的李书记。对于一个党支部书记和他的领导,他是不敢仇恨的。我觉得郭满德从这时起,实际上就开始动摇了。

郭满德的动摇意识,给这个本来危机的时刻挤出了回旋的余地。水月看到事情发展到这一步,就开始冷静下来。

她劝郭满德:"满德你疯了? 不要胡来,打人是犯法的。"

水月顺口说出的这一句话,提醒了两个人。郭满德举着板凳再也不敢砸下去,他终于明白他面前是李书记,打李书记是要犯法的。于是他的手开始发抖,他怕犯法。

李洪恩在穿好衣裳的同时,让水月这句话提醒了,就抓住犯法这条理由来武装自己,一下子从狼狈里走出来,站直腰板,竟然开始教训郭满德:"水月你不要管,叫他砸吧。"

"老李,"水月弄不明白,"你这是咋了?"

"李书记,"郭满德的骂声低下来,"我日你妈。"

"郭满德你砸吧,只要你不怕犯法住公安局。"李洪恩先对他进行了威胁,用威胁先把他镇住。

然后李洪恩才和风细雨和他说话,那样子很温和,像做深入细致的思想工作:"满德,就说我对不住你吧,都怪我人老了糊涂。可这事吵出去,对你也不光彩。另外,我对你啥样? 一直培养和提拔你。看问题不能看一时一事,还要看全面。你好好想想,别冒冒失失犯错误。"

李书记一开口说话,郭满德立刻就落了下风。他马上就自觉摆正了位置,自己是老百姓,人家是领导。一回到世俗的社会环境意识里,郭满德就可怜地恢复了理性。看起来,真正最具理性的还是平民百姓。理性使那个辉煌的瞬间流逝了,郭满德举着板凳的胳膊软了下来。水月及时走过去,把板凳接过来,放在了地上,顷刻之间,就流产了郭满德的壮举。

水月看准时机,给李洪恩丢个眼色,佯装生气的样子对李洪恩说:"老李,往后再不许你来了!"

"可以可以,"李洪恩意会,也连忙说,"我往后再也不来了。"

"李书记,你老实说,"郭满德问,"你是不是就来了这一回?"

"就这一回,就这一回。"

"你说,你以后还来不来了?"

"不来了。"

李洪恩说罢,就往外走。门开处,有风雪卷进来。

李洪恩刚刚走出门外,郭满德忽然叫道:"回来!"

这又把李洪恩吓了一跳。他转过身,回头看着郭满德,想不出他又要干什么。这时候水月突然认为是郭满德反悔了,他又要打人。她虽然希望李洪恩赶快走掉,离开这是非之地,使这幕丑剧赶快收场;同时她又多么希望郭满德真的反悔,能冲上去,扇李洪恩一个耳光呀!

水月心里这时候矛盾重重,她不希望李洪恩这么轻易走掉,她甚至非常希望在这个风雪之夜,两个男人在她面前打一架,谁打过谁都可以,为着她水月打一架,最好打得头破血流。

可惜,郭满德叫住李洪恩却说道:"别急别急,让我先出去看看门外边有人没人。"

李洪恩长出一口气,把刚刚悬起来的心又放下来。水月也长出一口气,她对郭满德彻底绝望了。水月干脆在板凳上坐下来,垂头丧气地看着李洪恩在郭满德的掩护下,安全地走进了夜幕里。

在这里,郭满德由于他的思维习惯决定,又一次选择了形式,放弃了内容。就像他当初相亲时搂住水月拼命用力一样,只是用力搂住了婚姻,却把那情感挤流出来,终于在另一个地方汇成了湖泊。

好像不仅仅是婚姻,许多事情都一样,有人追求形式,有人追求内容。

不过,郭满德的行为还是给了水月极大的刺激。李洪恩走后,她开始思前想后,觉得郭满德虽然表现得那么窝囊,让她那么失望,但也正是这种窝囊唤起了她的怜悯和自责。一进入这种意识,水月感到无论如何,总是自己对不起丈夫,良心上的痛苦和内疚开始折磨她。不管怎样,郭满德总是她的丈夫,自己的丈夫就那么让她不能忍受吗?郭满德老实忠厚,和他生活下去有什么不好?别人都这么生活,自己为什么就做不到?说到底是自己不正经,是自己偷汉子,偷汉子的女人说到天边都是坏女人哪。

水月这么把自己想成坏女人,使她又一次想逃脱自己的生活。当初她为了逃脱平庸的婚姻，走进了婚外的恋情。如今她想逃脱这婚外的恋情，也就是想逃脱自己的逃脱。她如今心情很坏，按照她现在的恶劣情绪，她不仅仅是要离开李洪恩，而且是要离开那个坏女人的自我，重新返回平庸的婚姻，重新回到丈夫身边，安安静静做贤妻良母。她甚至想马上中止悄悄的避孕，给郭家生孩子续香火。于是，李洪恩走后，她故意发火，伸手就打丈夫的脸。她想激怒他，让他打她一个耳光，她就扑向他的怀抱，永远不再逃脱。她渴望丈夫揍她，只要一个耳光，一个耳光就会把她扇拐回来的。可惜郭满德永远也不会扇响那漂亮的耳光……

这就使水月死灰复燃，丈夫出差后，李洪恩又来找她时，尽管犹豫了一会儿，还是打开了院门。

她忽然想到，她如果不把这扇门打开，就什么也没有了。她天生的，不能什么也没有。

七

水月一直觉得郭满德猥琐和窝囊，软弱可欺得不像个男人。她虽然同情和怜悯他，但是并不理解他。甚至她从来就没有尝试着去理解，郭满德为什么这么猥琐和软弱。好像人们都习惯让别人理解自己，而不习惯去理解别人。让别人理解自己如同收入，去理解别人如同付出。这大概也算人性的弱点。

和别人不同，郭满德过的是另一种生活。生存决定着他的意识，他很少希望得到别人的理解。实际上理解也需要交换，让人家理解你，你得有什么给人家;没什么给人家,人家就不愿理解你。其实无论什么样的社会,无论在生活的哪个角落,都是有权人和有钱人,容易得到别人的理解。

这么说吧,精神永远建立在物质的基础上,这就使精神世界和物质世界一样的不平和虚伪,说白了理解只是强者们玩弄的词语,拿到软弱者手里就成税务一样,只有往上缴的份儿,没有往回收的份儿。如果在理解这个层面上看郭满德,他就一直是个纳税者。这个不平等就在于越是别人不愿理解他,他就越要去理解别人。因为别人不理解他,仍然生活得很好,他如果不理解别人,一刻也无法生活。

生为农民,在我们这个存在城乡差别的社会里,郭满德本来就比城里人先低了一等。城里人可以选择就业机会,他就只能够种庄稼。这一点郭满德非常理解,农民又不是他一个,全国也是城里人少农村人多,他觉得这世上生来就是享福人少受罪人多,他从来不和城里人争这个理。

初中毕业后,郭满德就回家务农。爹说不识字不好,识字太多了也不好;不识字可怜,识字太多了心奸。他也看不出再上高中有什么前途,又考不上大学,上完高中多花些钱,到头来还是回家种地。在村里由于家族小人少,无权无势,他又比别人矮了一头。有好处有便宜都是别人家占,他们家总是吃亏受气。这生活开始时受不了,后来经过长期锻炼,终于也养成了习惯。这要感激爹娘在世时的教育,得罪一个人一堵墙,维下一个人一条路,吃亏人常在。就从老实巴交的爹娘那里得到了言传身教。

爹娘的下世给了郭满德严峻的考验,他觉得这世上从此他成了孤单一人,更不去想和别人家攀比,只要别人不欺侮他,能给他让条路容他安心种庄稼,就算幸福生活。所以村里办企业时,那么多人进了工厂,一直没有安排他,他就没想过要有意见和觉得不公平。他这样理解别人,领导让别人进厂,总有道理,不论啥时候这庄稼总要有人来种。没有人和他争来争去,能平平安安种庄稼也不容易。

年纪大起来,到找媳妇成家时,好几个媒汉和媒婆都来哄郭满德,以给他找媳妇为名,骗他的钱花,骗他的点心吃。他们都觉得郭满德老实好哄,其实郭满德心里明明白白,装糊涂,不说破这一层。他这样去想人家,不论真假,人家总是好心给咱办事。咱就是给人家一点钱,送两包点心也应该,总不能让人家白说嘴白跑腿。人都是无利不起早,人家给咱说嘴跑腿也总得有好处。况且说媒这种事,谁也吃不准,都是碰运气哩,媒人领进门,运气凭自己。喂个鸡还得搭把米,更何况办这么大的事儿,怎么能去怪媒人呢?特别是和水月订婚以后,他不但不怪媒人哄弄他,还感激媒人哩。要不是媒人介绍,他能找这样的好媳妇吗?

别说是对媒人,就是对李洪恩的儿子李永生,他也没有埋怨过。当初他去相亲时不会相,让李永生教他,李永生骗他让他对水月玩横的。他虽然上了当,但过后一想,也没有了怨气。要不是他玩横的,怎么知道水月的心好?这都是命,他相信一句老话,弄事儿在人,成事儿在天。他相信命运。

所以,虽然捉住李书记和他老婆睡觉,当时气恼发了愣劲儿要打人,但那只是当时。因为这种事,放在哪个男人头上都受不了。第二天他就清醒了,开始往明白处去想。他先觉得这种事已经发生了,就不能再抹干净,认真往死里去追究,也追不出什么名堂,弄得大家都知道了,于自己于水月都不好看,也就没有什么意义。人家李书记是领导干部,咱是个老实百姓,和人家闹只有坏处没有好处。人家如果承认下来，顶多也只是个生活问题，好事坏事说三天，一阵风刮过去啥都吹干净了，但是自己老婆坏了名声，那就再也没法做人。人家如果不承认呢？那就把事情闹到了大处，轻则是诬陷，重则就成反对领导成了反革命。

这么一想，郭满德就决定多一事不如少一事，吃个哑巴亏算完。反正这种事，李书记不说，他们两口子不说，就没有人知道。于是，过了那天晚上，郭满德再没有对水月有何表示。别说兴师问罪，连提也不提。水月由于内疚，对郭满德空前好起来。这就使郭满德认为坏事反而成了好事，水月以前总看不起他，总嫌他做人太窝囊，从来就不给他好脸看和好话听，如今心里有了短处，再也不嫌弃他，他想搞得好这是个转折，郭满德以后要过好日月哩。

郭满德是这种人，凡事总爱替别人想，总爱往好处想。水月是冷不丁犯了个错误，做了对不起他的事情，他不能以此来欺侮她。自己的女人，自己不心疼，让谁去心疼呢？看到水月忽然对他温顺起来，可怜巴巴的，就心里难受。他生性善良，看不了别人对他这种模样。

"水月，"有一天他忽然说，"事情过去就算了，还能怎么样？"

"你这话什么意思？"

"人吃五谷杂粮，谁能不犯个小错儿呢？别老往心里放。"

"你把话说明白。"

"我怕你心里难受，这几天我看你都瘦了。"

水月被郭满德这几句话说得眼眶里溢满了泪水。郭满德心软见不得水月掉泪，就深受感动。他伸手把水月搂住，水月也伸手搂住了他。这就使郭满德很激动,他觉得他们夫妻感情从来没有现在这么好,这么亲密。

替水月想过了,郭满德又开始替李书记着想。别的不说,经他记事,月亮河还是穷山恶水。是李书记带领人们战天斗地,改变了月亮河的面貌,使月亮河由贫穷走向了富裕。特别是李书记从县里回来以后,领导人们大办乡镇企业,使人们不仅有了粮吃而且又有了钱花,真正过上了社会主义的幸福生活。谁都知道李书记是月亮河的带头人,也是月亮河老百姓的恩人。他为月亮河做了这么大的贡献,没见他多吃多占过。村里几次要给他买个小汽车,他都拒绝了。那么大年纪,上县里上乡里开会办事,都是骑自行车。这几年跑采购他走了不少地方,说实话像李书记这样的好干部现在是不多了。从没听说过李书记和哪个女人犯过作风问题,全村人谁也不知道李书记好跟女人睡觉。说句不中听话,村里的女人们要知道李书记好弄这,只怕后边得排长队,能让李书记弄一下也不是很容易的事儿,李书记想和村里哪个女人睡觉,还不是由他挑?如果不是年轻漂亮政治可靠,想让李书记和你睡觉,做梦吧你!

他忽然明白过来,李书记为什么和他的女人睡觉。主要是他的女人太好,李书记看上了水月,李书记抬举他们两口子哩。

郭满德又想,自己这么老实忠厚,从来就没有去给李书记送过礼,也没有托人说过情,李书记照样培养和提拔他,让他进工厂,还让他当了采购员。就凭李书记对自己的好处,李书记和水月睡一觉也是应该的。想到这里,郭满德对李书记再也没有了怨言,反而后悔自己的冒失,一时头脑发热,差点给李书记一板凳。要不是水月拦住,自己那一板凳砸下去,就闯了大祸。你说,李书记会不会为这个事和我计较?他自问自答,不会,李书记是我的领导又是我的长辈,他不会和我郭满德一般见识。虽然这么想,郭满德心里也不是老踏实。于是,过了几天,李书记没来找他,他反而沉不住气,主动去找李书记承认错误。

"李书记,我想了又想,想给你说几句话。"

"说什么?"李洪恩还有点紧张,"有什么尽管说,只要我能办到的事情,我都会尽力给你办。"

"你是我领导,也是我长辈。我们年轻人不懂事,你老可不要和我们一般见识。你说是不是这个理?"

"我听着哩,你说吧。"

"那天晚上的事儿,都怪我心眼儿小。我怕你生气。事情过去就算了,你这么大年纪,别老往心上放。"

"没啥没啥。"李洪恩才知道他不是惹是生非来的,就顺口说,"事情过去就算了。人老了糊涂,你也不要生我的气。"

"李书记,那……那我还去上班不去了?"

"你不去上班干啥? 你干得很好嘛,好好干,不要有别的不正确想法。"

"那好,那好。"

见过李洪恩,郭满德才彻底放心了。李书记并没有跟他计较,也没有给他小鞋穿。他把家里安排一下,就准备出差。他把"领导交代"的工作看得比什么都重。几天后,当他又坐上火车时,重新对生活充满了信心。好像郭满德从来就没有对生活失望过。不同的是人家都是充满信心往高处走,他的经验是人要充满信心往低处走。他觉得人要往高处走,就出路少绝路多;只要人一直往低处走,就没有绝路都是出路,没有失望永远是希望。

疼痛与抚摸

第六章

一

到处都是存在的阳光。

水月赤条条继续往前走,她不知道还要走多远。但是她已经摸到了走多快的规律,这是从她身后不断抽打她的那根柳条上受到启发的。李家的人还在后边跟着,其实他们也没有计划要走多远,大概是啥时候解恨啥时候就算结束,这才是完全跟着感觉走。

现在还不解恨,李家的人兴致正高,大街上围观的人们兴趣正浓,这时候结束好像有点对不起观众。李永生手里还在挥动着那根春柳条,不断地抽打着水月白亮亮的身子。这根柳条刚发起来,正向着阳光舞着春风摇摆着温柔,忽然被人家从树上扯下来,当作抽打人的刑具,就改变了性质和命运。这根春柳条身上本有一串娇嫩的绿油油的柳叶，随着抽打，叶子一片片落下，被看热闹的人们踩在脚下，再一踹，就没有了踪影。好像只要一脚脚去践踏，就能把春天一块块地踩碎。不过，也有零星几片碎叶子，粘在水月后背上。她身上渗出的血很黏糊，粘得很牢靠，这几片零星的碎叶子就吮吸着那鲜血，飘荡出一缕缕春魂。

李永生觉得这女人害死了他爹，就好像对她有了刻骨仇恨。挥舞着这根春柳条，就像挥舞着为父报仇的旗帜那样鲜明。其实这仇恨里也许还有很多成分，我猜测一定有这种下意识，他觉得这么漂亮的女人，为啥糊涂到去给郭满德当老婆而没有给他当老婆，为啥糊涂到给他爹睡而没有给他李永生睡。他仇恨这女人的糊涂，就拼命抽打着这女人的糊涂。另外，李永生紧跟着这女人的裸体，女性裸体散发出来的香味不断地刺激着他的性感，他觉得这就是邪气。这邪气直冲着他，让他难以忍受，他就用这根春柳条狠狠地抽打着这邪气。也就是说，他抽打着这裸体对他的诱惑，用抽打行动来坚定自己的一身正气，来抗拒这裸体的诱惑。也就是说，李永生在抽打着水月肉体的同时，也在抽打着李永生自己的感觉。这就赋予了这根春柳条更丰富的内容。

和李永生并排走的是秀花，这是李永生的爱人。她是正式国家干部，称呼人家是李永生的老婆就显得有点粗野。她特地从县里赶回来，积极策划和发动这场裸体游行，并且一马当先，和丈夫肩并肩站在第一线。和丈夫不同的是，丈夫手里拿着根春柳条，她手里拿着一棵枣树枝。这样，这棵枣树枝和春柳条就配成了一对雌雄双剑，把水月侍候。

仔细看，这棵枣树枝已经长老，泛出了淡淡的木红色，显得木质很坚

　　　　　　　　疼痛与抚摸

硬。枝枝权权上长满了枣刺,这些刺已经干透了,如同钢针一样无比锐利。这些枣刺,一部分是直的,长得很长,好像凶恶得光明正大;还有一部分长得像鱼钩,短粗结实的倒钩刺,就恶得很城府和阴险。它们一直摇晃在水月的后背上,秀花一直用它在水月的后背上蹭着玩耍,如同仙女手里玩弄的拂尘。也像用刷子不断地刷着水月的脊梁,就用它不断地给水月挠痒痒。远处看,就像在水月的脊梁上,生长出了一棵小枣树。

这当然不是真正的目的,其实秀花举着它一直没有认真使用,游到中街时才真正派上了用场。那时候水月昏倒了,秀花就来了精神,举着这棵枣树枝开始抽打水月的裸体,用这种办法喊叫她醒来。

这就看出女人们的心细,凡事比男人想得周到。

秀花对着水月的裸体,一下一下将这棵枣树枝抽打下去。打下去后,那直的长枣刺就刺进水月的身子,角度直一些的又被秀花举起来时拔了出来,那斜的歪的角度不大正的就断进了水月的皮肉里,从枣树枝上断下来长在了人身上,变成了水月身体的一部分。而打下时那些短粗结实的倒钩刺,就斜着钉进皮肉里,却浅浅的,深入不到内部,提起来时那倒钩刺上就挂满了麦粒大小的血珠儿,有的倒钩刺上还挂着一些肉花花。这些血珠儿和肉花花被金灿灿的阳光照着,生动得晶亮晶亮。

说实话,长这么大,秀花并没有真打过人。她举起这枣树枝打第一下时,她的手还有一点哆嗦,打了几下,就打顺手了。她很快就学会了打人,而且妙不可言的是,她第一次品尝到了打人的快感。她从来没有尝到过毒打别人的滋味,现在她明白了,原来人摧残人竟然这么刺激和痛快。就越打越来劲儿,一直把水月毒打得醒过来,才停住了手。那时候秀花脸上也累出来了一些细细的香汗,在阳光下闪闪发光,使整个人显得精神焕发。

水月就这样被叫醒过来,用力站起身子,披挂着满身的血花;像披挂着无数颗珍珠玛瑙,继续往前走。秀花又和丈夫肩并肩跟着,她手里还兴奋地举着那枣树枝,枝枝杈杈上挂满着血珠珠和肉花花,也挂满着秀花得意的微笑。

刚才在昏倒时,水月觉得于恍惚之中,听到有人在叫她站起来:起来,起来,别怎没有出息,站起来!是妈妈的声音,她听到这是妈妈在呼叫她,只有妈妈才会这么呼叫她。于是她站起身来,继续往前走。她觉得她是先站起身来,继续往前走时,才真正醒过来。这时候她一边走一边到处找着看,她希望能看到妈妈的身影。街上仍然是围观的人群,乱哄哄如同一群苍蝇围着她飞。身边还是李家的人,他们像押解犯人一样仍然押解着她往前走。没有,找不到妈妈的身影,水月一醒过来,再也听不到妈妈的呼叫声。

实际上那天妈妈并没有来看她,更没有在她昏倒后呼叫她。刚才倒下去后,是她自己在呼叫她自己,是她自己的灵魂在呼叫她自己的肉体。这种呼叫只能说明,她自己并不愿倒下去,只是因为实在没有了力量,才昏倒的。也就是说,她的意识并没有主动倒下去,只是她的肉体丧失了支撑她的力量,不能使她行走或者站着。

她昏倒了。再也没有力量站起来继续游行。但是她却渴望重新站起来,这时候她就想到了外援,感到特别需要有人来帮助她。那时候她的丈夫郭满德到外地出差没有回来,就是在家,在水月的心目中,郭满德也没有这个力量。水月总觉得郭满德许多地方酷像她爹,女婿和他的岳父一样软

疼痛与抚摸

弱可欺,没有一点点出息。那么现在能够帮助她的,只有妈妈,妈妈才有这个力量。于是,她自己在恍惚中就虚构出妈妈的呼唤声,来把她自己叫醒。

当然也不排除另一种可能性,水月昏倒在地那时刻,想到了妈妈并渴望得到妈妈的帮助。昏倒以后,秀花用枣树枝抽打她,一边抽打一边骂着喊叫她起来,使水月在恍惚中把秀花的喊叫声当成素材,从而创作出了妈妈的呼叫声。这样就产生了戏剧性的现象,由于对妈妈的信任和思念,水月在恍惚中从自己的需要出发,把秀花对她的凶恶的呵斥声,幻化为妈妈对她的亲切的呼叫声,把丑和恶虚构成了温柔和善良。

在水月的心目中,好像妈妈的力量可以战胜一切。她热爱妈妈,热爱到崇拜的程度。不过准确地说,她并不崇拜妈妈的现在,她崇拜妈妈的过去。小时候她不懂事,看不出妈妈有什么特别,只是觉得妈妈比爹爹要漂亮很多也精明很多。她曾奇怪妈妈为什么会嫁给爹这种老实人。长大以后她才听人风言风语说,妈妈原是大地主曲书仙的小婆,土改时作为浮财由农会分给爹爹的。后来就不断听到有关妈妈的传说,最终由李洪恩详细给她讲了妈妈的往事,她才知道妈妈原是个了不起的女人。于是,妈妈的形象在她心中高大起来,她开始将妈妈迷恋和崇拜。也就是说,她开始迷恋她妈妈的传说,崇拜传说中的妈妈。

其实,不只是水月迷恋她的妈妈水草,如果能重现几十年前的时光,解放初期这山里的男人们,差不多都被水草震撼过。不少男人都对水草产生过仰慕和迷恋。这种男人们共同对一个女人的关注,才使水草由平凡走进了传说。

二

那是一九四八年的春天,解放军大部队开过来,打垮了国民党军队和消灭了土匪武装,解放了这山里。农会的人抓住了曲书仙,开大会公审他。三里五村的人们都来了,曲阳村热闹得像赶庙会,人山人海。这就改变了水草的生活,把她从书房里赶出来,终于走出阅读世界,切入了社会生活。

曲书仙的大太太没有料到会是这样的下场,吓得瘫软在床上如一只死猫。水草却对公审曲书仙不感到意外,也不怎么难过。她在把生活当书本看。觉得各村农会死那么多人,曲书仙是土匪司令,欠债自然要还。枪毙了他,把那些债还了,这是他自己的事。水草只把这看成一种因果关系,她觉得就如同种地,种的是罪恶,自然就要把仇恨收获。

令她感动的是丁三,能逃不逃,死保主子曲书仙。到后来曲书仙认为天数已尽不让抵抗,他不忍看主子被擒,竟开枪自杀。不管他是好人还是坏人,单是这份忠勇和壮烈,水草就觉得算一条好汉,简直就是书上写的那些舍生取义的志士。看不出一个粗人,竟能够视死如归,让人永远难忘。

和丁三相比,令水草羞愧难当的倒是她的丈夫曲书仙,被捉住以后整个人软下来,站在台上面对台下几千双眼睛,曲书仙吓得软成一摊泥,一副挨枪等死的熊样儿。这说明水草对死并不看重,看重的是如何去死。她觉得好歹这是和自己过了那么多日月的男人,他就这样去死,她受不了,念起夫妻情分,也觉得对不起他。她想帮助他,让他好好地去死,死得有模有样。

疼痛与抚摸

几百年传下来的老风俗帮助了水草，杀人前要给犯人吃顿饱饭，枪不打饿死的鬼，这就给水草提供了挽救曲书仙的机会。农会干部就通知曲家给曲书仙送饭，吃饭前开斗争会，吃过饭才能枪毙人。这时候吃饭就显得很重要，成了一个重要环节似的。就像活人和死人的分界线。好像从开会到吃饭到枪毙人，这是一个完美的形式，如果不吃饭就把人枪毙了，这个完美的形式就残缺不全。杀人本来很残酷，好像加进这碗饭的人性，就血肉丰满生动了很多。在这里，如果杀人还裸露着原始的野蛮，那么吃饭就有了文化感。又要杀你，又要让你吃饭，就在残酷里放进了一些温柔。我想这样做，主要是人们表达了在死亡面前的一种态度，要走的人和留下的人，最后一次彼此心灵沟通。

水草就提着小竹篮去杀人场送饭。曲家的人没别人敢去，也没有人想去。他们只注重和曲书仙一起生活，不关心他的死亡。平时那么多族人和朋友，这时候都不见踪影。那么大的曲家大院，只有水草一个人来为他送死。只有水草不大关心曲书仙平时的生活，除看书和睡觉之外，水草什么也记不住他。到如今这时候，却只有她关心他的死亡，她要帮助他好好地去死。他活着时活得人模人样，也应该死得光光彩彩。水草觉得好像不只是为了对得起曲书仙，那么多人来观看，她感到也应该对得起乡亲们。

看杀人，看快死的人吃最后一顿饭，看犯人的家属送什么饭，怎么样喂犯人吃下去，历来是山里人最有兴趣观看的场面。从古到今，一代一代，百看不厌。每次看过之后，往往要议论好久好久，有的细节就进入了人们永久的回忆。我曾经怀疑，是否在人们的潜意识里，有这样一种意识，通过观看别人的死亡，来瞻望自己的死亡前途，来构思和不断地润色自己未来的最后一幕。

水草一走进会场,人群就自觉给她闪开一条通道。她本来是要绕过去的,现在就索性走进了这条通道。那时候水草就如同走进戏场,观众们主动给她让路,欢迎她像戏角一样登台表演。她走得不慌不忙,就像平时走亲戚,或者像给地里干活儿的男人送饭,从从容容,大大方方。并不是不慌张,而是内心非常慌张,心都快跳到嗓子尖上了。是这么多人看着她,不能够慌张,就自己把自己镇定下来。

那时候水草一边走,一边把台上看得清清楚楚。主席台上端坐着区长李和平,他今天来主持公审大会,枪毙他的姐夫曲书仙。本来是一家人,由于分别站在国共两党两只船上,私下里亲热热的恁好,在场面上却成了冤家对头。李洪恩背着枪站在台子上,那样子很威武,再不像小要饭花子。水草明白,要论私情,曲书仙养过李洪恩,临走还送他手枪,李洪恩绝不会难为曲书仙的。但是现在是众人面前,按农会的话说,就是不一个阶级。这都是命,谁也不能够怨谁。曲书仙一被五花大绑,再也没有了平时做人的潇洒,脸色苍白地跪在台角处,真让人看着可怜。水草知道,从现在开始,她能看见他们,他们也就能看见她,她心里说决不能让他们看见我慌里慌张。

闪在两边的观众忽然静下来,默默地看着水草走路。水草目不斜视,不紧不慢地认真地向着台子走过去。她觉得一定要认真地走,台上台下这么多人看着她,她一定要走好,对得起别人,也对得起自己。

不知为什么,她忽然觉得面前这条通道对她非常重要,这几步路虽然不远却不同寻常,她怎么感到好像走完这条路,她也就走到了人生的尽头。

好像不仅仅是来给曲书仙送死,也有给自己送行的味道。

这就说明,在水草的意识里,她已经感到走过这条通道,过了今天以后,曲书仙一死,她就要告别过去的生活重新做人。于是,她才感到给曲书仙送死的同时,也在和自己过去的生活挥手告别。

她走到台子上,先把小竹篮放在曲书仙旁边的地上。然后转身去给李洪恩说能不能把绳子松开,李洪恩小声对她说绑人绳子不能松,要喂犯人吃饭。她点点头,表示明白。这时候李和平给李洪恩使了个眼色,李洪恩就给水草拉过来一条板凳,水草就把板凳接过来放在曲书仙身边,自己稳稳地先坐在了板凳上。

台上台下都静下来,看水草怎么喂饭。

水草打开小竹篮,从里边端出一碗饺子。把筷子夹在指缝里,用另一只手拉住曲书仙,就这么一拉,把曲书仙拉起来。她对他说:"来坐我腿上。今天你走哩,我喂你吃顿饭。"

只这一句话,台下的人们便哄了一下。但马上又静下来,往前边挤,害怕漏掉任何一个细节。在人们的观望之下,曲书仙像孩子一样被水草搂着坐在她腿上,搂得人们心里酸酸的又辣辣的不是滋味。人们眼看着曲书仙的身子哆嗦着哆嗦着不再哆嗦了,水草又伸手用手掌碾碎了曲书仙的泪珠儿。那样子就像一个母亲在哄着自己的孩子,弄出来恁多抚爱和温柔。

这时候好像吃已经不显得怎么重要,重要的是怎么来喂。

人们全都一声不吭,认真地看水草给曲书仙喂饭。仿佛送曲书仙去死的已经不再是他们,而单单只是这一个女人。仿佛曲书仙死不死人们已经不再关心,人们关心的只是水草怎么样给曲书仙喂饭。这就是水草的喂饭行为从具体转化为一种抽象,使喂饭的行为真实转化为一种表演活动。

由于水草出奇和超常的行为,牵动了每一个人的心,于是人们看水草喂饭在某种程度上,已经转化成了一种观赏。甚至可以说,这种观赏从具体生活情节里超越出来,不知不觉地进入了审美。

人们看到,曲书仙吞下第一个饺子后,情绪很快稳定下来。眼皮翻了几翻,这一翻眼皮好像又返回了他刚刚逝去的生活,回到了他的家里一样。水草的温柔抚摸掉他对死亡的恐惧,女性的似水柔情使他走出了面对死亡的孤独,返回到家庭的温暖之中。

水草一边喂饭一边说着送别的话,声音不高不低,竟然像拉家常。那模样像是坐在家里,妻子和丈夫在谈论今年的收成和天气,像夫妻两个无事,在一起闲话着乡邻的家长里短。在死亡面前,从从容容竟叙述出一抹闲适和平静。

"书仙,你好好想想,你这一辈子啥福没享?好吃的吃,好看的看,说句不中听的话,你也好睡的睡。人前人后谁不敬你?不愁吃不愁穿,想干啥就干啥,咱这山里,三里五村比比,谁有你活得这么如意和潇洒?人生在世谁无死,你曲书仙还有啥不舍得?"

曲书仙吃着饺子,不断地翻着眼皮。给人感到曲书仙的两双眼皮成了耳朵,他是用眼皮在听水草说话似的。

"书仙,不论咋说,农会的乡亲们死了那么多人,这债总要有人来还。你虽然没动手杀过人,但自古不怨杀人,只怨递刀。你也主动认了罪,好男人敢作敢当,有什么害怕的?"

曲书仙点点头,表示他听懂了水草的话。看样子,从他吞吃第一个饺

　　　　　　疼痛与抚摸

子,也可能从他看见水草开始,就已经从恍惚中走出来,恢复了理智。他吃着饺子,听着水草的话,不断地翻着眼皮,不断地皱着眉头,好像忘记了什么,又想起了什么。

曲书仙本来并不在乎农会给他定的罪过,最初在接受审问时还谈笑风生,对李和平说祝贺共产党得了天下。那样子根本没把生死放在眼里,一副大丈夫气派。甚至也没有把区长李和平和李洪恩放在眼里,只是觉得改朝换代了,生生死死这是很自然的事情。不过,这只是一种理论表现,等到绳子捆住他真要枪毙他时,他却瘫软下来。好像他虽然不怕死亡,却害怕这根绳子,不害怕结局,却对过程感到恐怖。精神突然就垮下来,竟陷入恍惚不能自拔。

现在好了,水草帮助他恢复了理智。他开始慢慢地回忆,在水草的提示下,把一个个饺子当成他一生中一串串场景和情节,狼吞虎咽般地拼命咀嚼,在这简短的时间内吃透他一生的全部内容。慢慢地他像明白了什么,眼里最终闪出了亮光。他死死盯着水草看,一言不发。这目光由暗淡转为明亮,逐渐燃烧出让人们又惊奇又陌生的火焰……

看到曲书仙这个样子,水草就明白他已经醒转过来,心里暗暗地高兴。她像看到一块烧红的生钢,顺手就把他丢进淬火的盐水里一样,忽然把他放下来对他说:"书仙,一个大男人别像个娘儿们。今天你走哩,这么多人来送你,你要是我的男人,就别恁没有出息!"

这无疑对他发出了最后的召唤。

曲书仙一下子抬起头,挺起了胸膛,对着台下数千双眼睛,对着远处起伏的群山,哈哈大笑起来。

曲书仙在这最后的一串笑声中战胜了死亡,走完了他的一生。

这送死的一幕,也永远进入了山乡人们的回忆。过后好久好久,男人们还议论纷纷,一个男人一辈子要找到水草这样的女人睡觉过日月,哪怕过三天两后晌,在一张床上打个滚,甚至把两根裤腰带在一块儿放放,死了也心甘。

我这么猜测男人们的这种心理,其实人们向往的并不是和水草这样的女人过日月,日月永远是平庸和枯燥的,在心灵深处,人们是希望那样去告别人间,那样去死。那种死亡的美,震撼了人的心灵,成为一种人们向往的死亡境界。

生,就意味着死。人一生下来,就注定要死亡,于是死亡的阴影就笼罩在整个人生长河的上空。于是,活着的人们每时每刻都在面临着死亡,极不情愿地思念着死亡的到来。这就使我们的生活意义发生了变化,好像我们不是为了如何去生活,而是为了如何去死亡。在某种程度上,特别是按传统的观念,也可以这么说,死亡的价值就是生命的全部价值。

于是,水草由于创造过那种死亡的美,一瞬间完成过一个男人,也在一瞬间完成了自己。她就拥有了这一个瞬间。这就与别的女人区别开来,而活在人们心里。我觉得甚至也遗传在她女儿的生命意识里,永不消逝,使水月一遇到灾难,就想到她的妈妈水草。因为每一次灾难,也就是排练的死亡。于是才发生了这样的事情,在水月晕倒以后,马上就幻听到了妈妈的呼唤……

疼痛与抚摸

三

妈妈的这种不寻常身世,对水月产生了深刻影响,曾经使她胡思乱想。有一次水月甚至忽然想到,她一定是曲书仙和妈妈把她生出来的,与现在这个爹爹没有任何关系,她的爹爹只能是曲书仙,现在的这个爹爹只是她们母女的一位老乡或者是同志。这个想法曾经让水月整整激动了一天,到后来才想到推算时间,一推算让她大失所望。于是她仇恨时间,觉得时间欺骗了她。

一天下午,水月把这种想法告诉了李洪恩,逗得李洪恩发笑。先是笑,后来就再也说不出话来。水月久久地看着李洪恩,不明白这是为什么。她没有想到是关于曲书仙的话题,触动了李洪恩内心深处的隐痛,击毙曲书仙的那一声枪响,忽然穿过几十年岁月,重新在李洪恩的耳鼓上轰然炸响。

本来,枪毙曲书仙并不需要李洪恩亲自动手,事先已经安排了行刑人员。作为区小队副小队长,李洪恩参加公审大会就可以。是区长李和平忽然点名,由李洪恩来执行枪决曲书仙的任务。他当时不明白李区长为什么会这么做,当着那么多队员的脸面,他二话没说先接受了任务。但是他想不通,这么多人,为什么一定要他来枪毙曲书仙呢?

"李区长,"李洪恩单独来找李和平,"我有话对你说。"

"不要叫区长,又没有外人,咱还是兄弟。"

"和平哥,我心里别扭。"

"我知道。咱山里人,谁都知道你在曲书仙家吃过几年白饭。"

"不是吃白饭,曲书仙养过李洪恩。"

"人不能没有良心。"

"对,我要枪毙曲书仙,别人会怎么看我?"

"说得好。让你行刑,这正是组织上对你的考验。人情要讲,革命立场也要站稳。我觉得这一枪也是你自己对自己的考验。"

"我下不了手。"

"你这么想不对。下不了手也得下。你应该这样想,不管谁打,反正都要把曲书仙打死。是不是这个道理?"

李洪恩沉默了。

"我比你想得多,我比你年纪大。以后你就明白了。我这是为你好。"

李洪恩也明白,李和平这么做肯定有他的道理,他也坚信和平哥这是为他好。他就是跟着和平哥参加革命的,他信任他。只是在当时,说什么他心里也转不过这个弯。无论如何曲书仙是他的恩人,曾经在最困难的时候接济过他和他的母亲,他不能恩将仇报。

一边是恩人,一边是革命立场,李洪恩好像两只脚踩住了两只船,整整一夜没有合眼。到天亮时才坚定下来,他觉得曲书仙虽然是他的恩人,却是人民大众的敌人,他不能为了自己的个人感情而牺牲人民大众的革命立场。道理是想通了,情感上却不坚实。一进入会场,一看到曲书仙那可怜样子,他的心一下就碎了。

李洪恩永远忘不了那当时的情景,会后押着曲书仙上刑场时,他的胳膊和腿先软了,那杆枪仿佛有千斤重,他再也没有力气掾起来。他忽然在曲书仙背后小声说,曲先生,我对不起你。说完这句话,他的精神整个垮了下来。李洪恩永远不能相信的是,这时候曲书仙突然小声对他说,我不怪你,你也不要怪你自己。曲书仙也不回头,最后诚恳地说,打利索,一枪把我送走。

枪响了。

李洪恩回头就走。

他觉得他对曲书仙打了一枪。

他觉得他对自己也打了一枪。

这一枪打出去,李洪恩觉得彻底打消了自己的私心杂念和思想包袱。这一枪,使他感到把个人感情和革命立场分得清清楚楚,心里再也没有了什么牵挂。往回走时他觉得整个人,从里到外玻璃一样透明,轻松了。

果然,这一枪对他以后几十年生活作用很大,解放后那么多政治运动的风风雨雨,没有人追查过他和曲书仙的关系,这全是因为那一枪保护了他。什么时候想起来,李洪恩都觉得李和平心细如丝,绵里藏针,比他想得透看得远。为此,他一直很感激他。但是,老来他却对这些往事发生了动摇,人一上了年纪,对许多往事的看法产生了变化。一想到曲书仙,那一声枪响就在他耳边轰鸣,使他内心深处重新感到不安。多少次睡到深夜,忽然一声枪响就粉碎了他的梦境,经常惊醒过来,发现自己出了一身冷汗。

"水月,"李洪恩正讲着这些往事,忽然对水月说,"你说说,我这样子是怎么了?"

"不懂。"水月摇摇头说,"我真的不懂。"

"你是不是觉得我这种人很无情?"

"不,我真的想不明白。"

"我这么大年纪了,水月,我再也不听别人说啥就是啥了。好多事情,我自己想把它想明白,但是一想,却越想越不明白了。有时候我都觉得我这一辈子白活,当了一辈子糊涂人。"

"别这么为难自己。"水月劝他,"也许这世上许多事情,原来就是想不明白的呢。"

李洪恩不再说话,他开始抽烟,他一苦恼就喜欢抽烟,水月知道他这个毛病,想找个话题打断他的思绪,就问他:"你后来见过我妈吗?"

"见过。"

"在哪儿见的?"

"在曲书仙的灵堂上。"

"我妈妈给曲书仙守灵坐草?"

李洪恩点点头。

"你去给曲书仙吊孝了?"

李洪恩点点头。

"我姨和姨夫去了没有?"

"去了,我们在灵堂碰在了一起。"

"你们都烧纸了?"

"烧了。"

"哭了没有?"

"哭了。"

"你们可真行,把人打死了,又去吊孝。"

"这是咱这儿风俗,现在不怎么讲了,那时候刚解放,还兴这些古礼。

人一死啥账都不算了。走哩,说什么也应该去送送。"

"就在那儿见我妈了?"

李洪恩点点头。

"我妈恨你们不恨?"

李洪恩摇摇头。

"我明白了。"水月忽然说,"是你们把我妈当浮财分给了我爹。"

"不是。"李洪恩说,"我们不会那么干,说句不中听话,我们也舍不得。是你们曲阳村农会介绍的,也不是什么分浮财。"

"肯定是强迫的。"

"不是。当时你妈说嫁给谁都一样。"

现在水月明白了,妈妈当时肯定是心灰意冷,万念俱灰,让爹爹乘人之危,捡了个便宜。想到这里,水月一下就把妈妈几十年的生活想透了,妈妈苦呀。

如今水月想起来了,怪不得爹爹总说妈妈对他不好,妈妈心里就没有他,妈妈心里就只有曲书仙。她还记得有一天下雨,父母两个人说闲话,爹爹就说:"反正你对我不好。"

"我怎么对你不好?"妈妈说,"我做你吃,我缝你穿,你还要我水草怎么对你好?"

"我还要。"

"你要啥?"

"我要你像对曲书仙那样对我好。"

"哼,亏你也能说出口。"

"怎么？我怎么了？"

"你,不配!"

"他地主配,我贫农就不配?"

"这和家庭成分没有关系。"

"怎么没有关系？他是坏人,俺是好人。"

"我不给你们男人分好坏,我只把你们男人当男人。"

那时候妈妈的脸色特别难看,水月很少见妈妈生这么大气。爹爹见妈妈真正生了气,才连忙软下来,给妈妈说小话赔不是。虽然年幼,那时候水月就觉得爹爹特别窝囊,活活是个受气包。她不能理解都是男人,爹爹为什么就那么窝囊和可怜,让人瞧不起。一直等到自己结婚以后,水月才理解了妈妈心里的苦涩。她猜测那时候妈妈根本就反感什么赔不是,她肯定渴望爹爹站起身来,伸长胳膊,给妈妈一个耳光。爹爹如果敢伸手打妈妈的耳光,就会把腰杆直起来做男人,妈妈就会给他机会,妈妈就会对他好了,就像她水月对郭满德一样的道理。

不知道为什么,水月一直牢记着父母的这段对话,从妈妈那里,她最早明白了男人并不是分好坏的,而是要看他是不是真正的男人。但到底什么样的男人才是真正的男人,她也不知道,但是她觉得曲书仙是,和姨妈相好的牛老二也是,姨夫李和平是,李洪恩也是,爹爹不是,郭满德也不是。现在她觉得男人们可以有各种各样,但一定要像个男人模样。因此,水月觉得李洪恩虽然老了一点,男人的味却很正。于是,她一次又一次打开院门,迎接了他,直到他死去的那一刻。

四

李洪恩是在和水月做爱时,于性高潮后突然死去的。他死在他心爱女人的胸膛上,再没有男人比他李洪恩死得更辉煌更幸福了。

其实他在死前,就有了预感,只是他没有注意。在死前的整整十天里,也不为什么原因,也没有发生什么事情,他忽然感到莫名其妙地心情烦躁。其实在这时候他的生物钟已经错乱,死神已经对他发出了邀请,就像他平时接到预约的开会通知一样。奇怪的是这十天里,他没有去找过水月。郭满德又不在家,这是一个相当长的时间。而且,这十天里,他也没有回家去睡过。都是一个人睡在村部办公室里,这就是一种反常现象。

白天里他还办公,表面上看不出有什么特别情况,还能够打起精神处理村里的公务。每天从吃过晚饭开始,李洪恩就开始在村外转悠,一遍又一遍观看地里的庄稼和工厂里的灯光,竟然百看不厌。他没有意识到这是一种强烈的留恋情绪,悄悄地在他的心底泛了上来。然后再到村部办公室抽烟喝茶,直到夜幕徐徐漫过来,掩盖住白天的全部内容。

他能在村部办公室待到夜黑,入夜以后他又坐不住了。然后他就出门去,好像他也不知道上哪儿好,总是无目的地走来走去。不过,总要先走进通往水月家的胡同,走着走着,走到一半路程的时候,就忽然停住脚步。在他停住脚步的地方,有一棵大槐树,树枝上吊一口铜钟,这是他往日里当生产队长和当党支部书记时敲过的铜钟。每次都是走到这里,就往回拐。好像铜钟拦住了他。他一定到这里,铜钟就被他的脚步敲响了,他一听到钟声,马上就往回拐。然后他又回到村部办公室门口,稍一迟疑,又走进另一条胡同。这是回家的胡同,也是回到老伴身边的路。走着走着,快走到一半时,又忽然停住脚步。在他这次停住脚步的地方,有一盘老石碾,往日村子里贫穷时他常常抱住碾杆推碾谷物的老石碾,现在有了机器没有人再来用它,也舍不得拆它,就成了村里的文物。在这里,他好像一粒谷物,看到并回忆起了过去的那么多岁月的压迫,害怕似的,拐回头就走,像从那石碾下边逃了出来。这么一反复,又回到了村部办公室里,就再也不出来了。

这么往返,那十天里几乎每天如此。这说明他心里极乱,一刻也没有安静下来。如果我们把他回家和去找水月这两条胡同抽象成象征意义,就会看出他不情愿回到旧生活的老路上,又看不到新生活的前途和找不到新生活的出路。没路可走。这就是他把人生的路走到头了。

这就是预感,死亡的预感。

这种预感明白无误地告诉我们,李洪恩已经背叛了自己的过去,再也不想回到老路上,就如同一粒谷物逃出来后不愿再回到老石碾上。虽然找到了情人,只是一个客店一样,只能寄放自己的情感,却不能凝聚住自己的全部精神,就如同他不能把希望的钟声重新敲响一样,并没有找到人生的出路。这就使他陷入困惑。这样,前后左右都没有出路,李洪恩开始感到自己无处可放,走投无路。那么就可以说明,他从这时候就开始消失和走向灭亡了。

十天后的夜里,为什么他又越过了那棵大槐树和那口铜钟,走到了水月门前,这实在是一个奇迹。我在这里想了许久许久,后来我觉得这可能是李洪恩的灵魂和肉体,最后的抗争和分裂结出的一枚果实。是否可以这么说,这十天里,他的肉体一直在和他的灵魂抗争,灵魂早就要远行了,肉体因为对水月的留恋,却拖着灵魂不放,死死拖着不放。拖了这整整十天,它好像一定坚持着要去和水月告别,就一直到把灵魂拖疲倦了,于这天夜里拖到了水月的门前,终于最后一次推开了水月家的门扇。

人,通常有这种情况,一般看去都是灵魂支配肉体,其实肉体在许多时候也支配灵魂。如果撕破这一层虚伪,我们就会发现这是一种自己哄着自己玩的现象,把疲倦的灵魂交给肉体去支配,这种现象是人们逃避痛苦思索的惯用伎俩,是自己欺骗自己的一种鬼把戏。这时候人就成了没有思想的机器,人就成了能够到处活动的一堆走肉。

说句玩笑话,如果人生有绝对幸福的话,那么只能是失去思想之后才能进入绝对幸福境界。

我猜想那天晚上,李洪恩肉体的兴奋整个统率了灵魂,他一走进水月家里,就再也没有了痛苦。他先坐进那只他熟悉的木椅子里,水月就和往常那样搬来一只低凳放上他的脚,让他消乏。接着就去给他倒水,冲茶让他喝。长时间没来,他没有想到水月仍然对他这么好,使他觉得有些意外,这些意外的感受在重复的细节里马上就激荡出新鲜的情欲。

这就是情人。我们在前边已经说过,情人之间没有那么多解释,来不及解释。因为彼此都明白最终总要分别,每一次相会都散发着最后一次的香味,这就使分别的意识永远在他们相爱的过程中燃烧,每一次都能燃烧出新鲜的情感。这就是情人与婚姻之间的本质区别,婚姻里因为缺少分别意识,情感便在一次次的情节和细节的重复中陈旧下来,由最初的一种情感境界到最后转化成为一种通俗的活动,就像把一种经典音乐转化成为一种流行歌曲一样。相比之下,只有在情人的生活里,情感才一次次焕发出激情和燃烧出疯狂来。

这也是李洪恩最后的直接死因。他不知道他已经年老,走到了人生的尽头,再也经不起这种燃烧的疯狂了。那晚上在做爱时,他太冲动了,把过程拉得太长太长,比他的一生还长似的。一次又一次把水月推向高潮,把水月搞得死去活来。到最后水月已经承受不了这种幸福,忍不住张口咬他,咬伤了他的肩膀时,他才结束了这个过程,平静下来。

完事以后,李洪恩还那样地躺着。也就是说,他还躺在水月的身子上,一动不动,整个身体放松下来休息。他有这个习惯。每次过后他都要躺在水月身上休息一会儿。他觉得这个姿势非常舒服,好像这样躺一会儿,女人的肉体就像老母鸡孵蛋那样能把他的精神养出来。这时候他开始与水月小声说话,东一句西一句的,和往常一样。水月就搂着他,一声不吭,像过去那样,就让他这么休息。她不知道,他开始凝固下来,朝着永远凝固下来,再不需要休息了。

那天李洪恩说了许多话,但是这些话来回颠倒,不断重复,总是那么几句。一会儿说水月你对我好呀;一会儿说我对不起你们,也对不起党;一会儿说我这一辈子没有白活,上上下下都对我这么好;一会儿又说我这一辈子白活了,连我是谁都不知道,上上下下都哄我,我自己也哄自己。唉,人哪,人哪……

如果把这一些话连接起来,就会像连接住一串串山脉和河流一样,就会结构出李洪恩的人生风景,推理出他的精神历程。也可以理解为,这几句话是李洪恩的精神的太阳在落下西山之后,放射出的最后光芒。无论怎

疼痛与抚摸

么说,这几句话是李洪恩的肉体死亡之后,一颗灵魂的孤独话语,或者说是这颗灵魂留给这个世界的遗嘱。这说明他的肉体把灵魂拖到了这儿,以做爱为仪式和水月告别以后,自己却先走了一步。也就是说,灵魂是在肉体之后,才开始慢慢走向永恒。在最后一刻,李洪恩的肉体和灵魂仍然在分裂。这种分裂,使他死亡的品格上升,进入为一种抽象的形而上的死亡境界。

如果水月注意,她就会发现李洪恩说这些话时并没有张开嘴巴,他的嘴巴早已经合上,这时候灵魂已经不再借用这个道具传达自己的声音,她听到的那些话语仅仅是灵魂的声音。如果仔细听,最后的这些话语都说得很富有音乐感,像一种音乐轻轻地在屋里飘扬。在这种飘扬的音乐中,甚至还荡漾着几缕清香。如游丝般的清香,这清香里有月亮河土地和庄稼的泥土气息,也有油菜花和苹果花的味道。这其实是李洪恩灵魂的香味。

可惜水月没有注意,只把这几句话当成了他性高潮后的胡言乱语。他常在性高潮后胡言乱语,说一些不连贯的话,水月已经习惯了,就没有多心。后来她发现他把嘴巴抵在她的脖子上,而脖子上却没有他说话时的呼吸的热感,她开始心惊。马上她又发现,她搂着的身子逐渐凉下来,在他说话中慢慢地凉下来。又觉得他的身子越来越重,发僵发硬,几乎压得她喘不过气来。她往常没有这样的感觉,这便使水月感到奇怪。水月就打断他的话问他,你这是怎么了?她一问,他再也不和她说话了。水月心里一慌,就推他起来,推不动。一用力气,把他掀翻了,差点掀下床去。水月连忙拉亮电灯,在灯光下看他,这时候才发现他早已经不再呼吸,不知道在什么时候已经死去了。

五

现在我们看到了灯光下李洪恩赤条条躺在床上,水月赤条条跪在他身边,她看着他,呆了。水月先是呆了,呆呆地跪在床上,望着李洪恩,像看着一团梦境那样失神。她一动不动。他自然也一动不动。死后的李洪恩不再说话,却还大睁着眼睛望着他的情人,像有什么话没有说完,闭不上眼睛。

初春的夜晚静悄悄的,白天里喧闹的月亮河入夜以后疲倦了,现在已经进入了梦乡。只有吃夜草的牲口偶尔叫一声,呼唤主人去给它添草,或者把春耕的疲劳宣泄。远处的村办工厂里没有了机器的轰鸣声,农民没有上夜班的习惯,人休息了,只留下电灯给工厂睁着眼睛在那里守夜。没有人知道这里发生的事情,月亮河的带头人李洪恩死了,月亮河人们心里的这盏指路明灯熄灭了。

不知道为什么,水月并不感到害怕。等她回过神来清醒以后,一点也不恐怖,甚至也不惊慌,只是明白他早死了,刚才那些胡言乱语是在他死后说的。她从来没有听说过,也没有见过,人在死后还能说话,还说了那么多。这才回忆起来,他说话时似乎嘴并没有动,那话音似乎在屋空飘扬,而这些,在当时她并没有注意。

水月跪着回头看一眼屋外,又细听听外边的动静。已经是深更半夜,屋外边没有声响。月亮早已经升起来,刚才还透窗伸过来几束光芒,现在被灯光推出屋外。水月觉得满世界就她和李洪恩两个人,就放下心来。

她开始从容地穿衣裳,要先把自己穿整齐。好像这是一种本能,觉得只要把衣裳穿上,就掩盖了事实真相,藏起了经历和往事。事情发生得太突然,水月还没有来得及想,怎么去对待李洪恩的尸体。自己穿好衣裳以后,先什么也不干,只是看着李洪恩睁着的双眼,她在想他为什么闭不上眼睛。他老这么看着她,她受不了,心里就十分难过。她不能让他这么睁着眼去死,要让他闭上眼,放心地走。他活着时为了月亮河也为了她水月操碎了心,现在他已经死了,就不要再让他操心,不要再想什么事情了。

她心里一动,伸手去轻轻地抚摸他的眼帘,像平时那样温柔,她想先把他的眼皮合上。她没有成功。

她想了想,又低下头去,轻轻地吻他。用舌尖慢慢地去舔他的眼帘,她想用这种办法把他的眼皮吻上。那样子就像平时他们做爱时一样,她常用舌尖去吻他的眼睛和耳朵,甚至也经常吻他的下巴和那东西。但是,她把两只眼睛吻呀吻呀,已经把舌尖吻酸了,仍然没有成功。

她停下来,又想了想,这才去把箱子打开,把那些他往日送她的钱拿出来,数了数一共是五百元,塞进他手里,让他握紧。她想着得让他在去远方的路上有钱花,不忍饥受饿,男子汉不可一日没钱。但是,他仍然睁着眼看着她。并且握钱的手已经松开,钱从手里滑落下来。她觉得她把钱还给他,他生气了,只好把钱又拿起来收好,重新放进箱子里。

水月再也想不出办法来,就跪下来,抱着他跟他说话,求他。她听人说过,人死后许多心事放不下,就不肯走,这时候就需要亲人跟他说话,猜着心思和他说话,最后说得他把心放下来,才能安心地远行。

老李,你还有啥放不下心的?你这一辈子不管干啥,你没有背离过良心,从你参加革命,你就是为别人着想,为群众利益工作的。月亮河的变化谁都明白,主要是你的努力和贡献,我敢说群众心中自有一本账,咱月亮河老老少少眼睛雪亮,谁也不会忘了你哪。

老李,你不要老觉得自己犯了那么多错误受了那么多冤枉。人生在世谁不犯错误?你想想全国那么多干部,从大到小,谁没有犯过错误?别说是你老李,说到天也是一个县级干部,咱国家主席刘少奇官比你大吧,不也照样被人整下台,冤死在狱中吗?这样一比,你那些冤枉算什么呢?想开点吧,别老死心眼子。

老李,我知道你好些事情想不明白,你这人又是个认死理的主儿,什么事情就是要想个明白,弄得你心里整天难受。我也没有少听你说来说去,我觉得你也别想了,还是我水月那句话,这世上的事情并不是都能让人想明白的。明白多少就是多少,什么都明白如同清水,那还叫人世吗?

老李,你怎么还不闭眼呢?难道你想让水月和你一起去死吗?我记着你的情,让你永远活在我心里,好不好?你记着我的爱,走到哪里就当我跟着你,就当我和你一起去了,行不行?

老李,不是这心事?啊,你是不是怕我埋怨你?我不埋怨你,自从咱两个相好后,我从来就没有埋怨过你。你要明白,你老李没有对不起水月的地方,我早就说过,我不嫌你老,我情愿和你好,我情愿让你睡,你不明白我有多么喜欢你,我多么爱你,你就是我心中的太阳花。老李,你听到了吗?老李,你合上眼吧,别吓水月了,好不好?

什么话水月都说了,李洪恩仍然望着她。水月看着这双眼。再也没有了主意,她又呆了。水月又开始呆呆地看着李洪恩,伸手再摸摸他,发觉他的身体又在凉下来,而那双眼睛还亮闪闪的和活着一样。看着看着,水月忽然心里一动,她想到他这样子是不是让我赶快给他穿上衣裳,不穿上衣裳,他这么赤身裸体的,没法出门去,没法去上路呢?

水月开始给他穿衣裳。先打来热水,用热毛巾把他的身子擦洗一遍,再打上香皂,把他的身子擦洗得干干净净。她想让他体体面面地走,就像活着去县里开会,去坐主席台。她明白这是她最后一次侍奉他,就格外细心。

人死了以后,只要身子没有凉透,胳膊和腿就还灵活,能够来回摆弄。水月抱着他,一件一件给李洪恩穿上衣裳,扣上扣子。又用梳子把他的头发梳整齐。最后才给他穿上皮鞋,在系鞋带时,她打了两个蝴蝶结,好像把他们两人的情义都系在这只蝴蝶结上。做好这一切后,再回头来看他,他的双眼不知道什么时候已经闭上了,两个嘴角还泛出几丝微笑,好像能死在这里,让水月送他上路非常满意。

他原来是因为没有穿上衣裳,害怕别人看见了笑话他,才合不上双眼。水月心里好难受。

这就是李洪恩,活着时候怕这怕那的可怜,死了以后还怕这怕那,这才是死也没有走出世俗和虚伪。

就在这时候,水月正心里难受着,忽然听到背后屋门和院门吱扭吱扭两声响,一串脚步声从屋里响到院里又传到院外去,融进了夜空之中。她才意识到他这时候真正走了,永远不会再回来找她了。她连忙追出门去,见屋门开着院门也开着,院门只开了一扇,刚刚能够挤过去一个人,和他平时走时一模一样。水月在院里愣住了。泛上来的恐怖冷飕飕的,使她感到心惊肉跳。

六

那时候已经是深夜,月光冷幽幽地洒在院子里。水月在院里站了一会儿,定定神,壮壮胆,才把院门重新关上。一想到李洪恩对她那么好,绝不会死了以后吓唬她,心里才又平稳下来。但是往回走时,脚步还是忍不住飞快,几乎是小跑着回到了屋里。一来到灯光下,面对李洪恩的尸体,她又不感到害怕了。

水月望着李洪恩的尸体,感慨好好的一个男人,刚才还在和她欢娱,现在一蹬腿说走就走了。水月明白从今往后李洪恩再不会站在院门外投石子叫她,再不会听她讲那太阳花和月亮花了。就觉得人怎么这么不结实,像一盏灯,说灭就灭了。

想到这些以后,水月开始伤心地哭泣,哭着跪下,又抱着李洪恩的尸体,把一颗颗泪珠洒在李洪恩脸上。她不敢放声大哭,她没有放声大哭的权利,只好用牙齿把哭声咬碎,丝丝缕缕地吐出来,抒发自己的悲哀和痛苦。

哭过之后,她才想到不能把他放在这里,要赶快把他送出去。在生前,他属于她,而死后,他不再属于她,却属于他的老伴。水月不能给他送葬,死后的他,再不能分给她一点点了。

天总要亮的。问题是天总要亮的啊。她该怎么向人们交代李洪恩的死?这可是省里市里县里的名人,这可是有家有口的男人,这可是月亮河村的党支部书记,走社会主义道路的带头人哪。

疼痛与抚摸

她开始动心思,想把他送出去。应该放在一个什么地方,让人们去发现他的死亡。决不能让人们知道他死在水月家,死在水月的肚子上。要那样,她就败坏了李洪恩的名声,也败坏了她自己的名声。死前,人们那么敬重他,死后,也要让他体体面面。

不能送他回李家,那就露了底。不能送他到村办公室去,那儿太远,容易碰见别人。再说水月打心里讨厌办公室。应该把他放在大槐树下,那树下有块大石板,石板很干净。再说那里有月光,月亮照着他,他能看见路。

她想得很好,可惜等到她搬运他时,才发现自己无力。她不知道人死后这么重,别说抱他起来走,连背都背不动。这是一个人,又不能像东西那样分开一点点运出去。当然她可以把他拖到院里,掀到架子车上,用车子把他推去。却觉得这样太委屈他,害怕碰伤碰破了他。无论如何她要让他好好地上路,一辈子劳累,死后别再让他可怜受罪了。

没有别的办法,只有求邻居帮忙。让别人来帮助她,把李洪恩抬出去,就像他有病一样,要看医生,我们把他抬着护送着他去那样。然后把他放在石板上,她守着他,别让他孤单,让邻居去叫人。

水月开始在邻居们中间挑选,挑选最合适的人家。最后选中了赵家夫妇,这家人忠厚,不说是非。她信得过这一家人。

她还是太天真了,她信得过人家,人家并不那么信得过她水月。一敲开门,水月刚刚吞吞吐吐向人家说明情况,人家就抓住话头,死死追问李书记的死因。

"水月,"男人说,"咱是邻居,要帮忙可以,你得把话说明白。"

"大妹子,"女人说,"这是人命关天的事,俺不怕出力,就怕落是非。"

"这有什么是非?"水月说,"李书记又不是我害死的。"

"这一层俺相信,想你也不会害死咱李书记。"男人说,"但是人是咋死的,俺心中得有数,你不能叫俺干糊涂事儿。"

"俗话说,远亲不如近邻。"女人说,"这个事俺干,不难为你。只是俺不问明白,万一这里有点啥,水月你不是就把俺害了吗?"

"我明白了,"水月说,"你们还是怀疑我。"

"不怀疑,"那男人说,"你要是害了李书记,也不会让俺帮忙了。"

"大妹子,"女人说,"说明白点,俺只是怕给俺煮进去。"

事情到这一步,水月就必须向人家说明白李书记的死因。再不说出,他们就真怀疑她是凶手了。这时候她才想到,人家是邻居,不弄明白死因,万一把人家搅和进来,事后就说不清楚。她原来并没有想这么深,而人家一上来就抓住这一点不放。这是可以理解的。事情这么紧急,天总要亮的。水月被逼无奈,只好全盘托出来,不隐瞒任何一个细节。

"那好吧,我说。"

"人死了,反正是活不过来了。"男人说,"你只说李书记怎么死的吧。"

"李书记死在俺家里。不,死在我床上。"

水月一开口忽然觉得这件事情没有什么隐瞒的,反正是来求人家帮忙,就应该给人家说明白。再说她也没有什么地方对不起李洪恩,和李洪恩相好她从来也没有后悔过,就是说给邻居,让他们知道了也没有什么关系,心里竟一下子坦荡起来。就一五一十有啥说啥,讲了个光明正大。

"说完了。"水月说。

"就这?"男人说。

265   疼痛与抚摸

"就这。"水月说。

"唉，李书记也可怜。"女人说。

"别说了。"男人说，"话说出来一阵风刮走了，我们心里明白，就当不知道这事儿，不给你说出去。"

"你放心。"女人也说，"俺两口子嘴紧，给你保密。"

她说了。

人家说给她保密，绝不说出去。

水月没有想到，这赵家人在帮她送走李洪恩以后，不但没有保密，反而主动跑到李家，向人家讲李洪恩的死因，讲他两个的男女关系，讲李洪恩如何死在水月的肚子上。这么去做有两层意思，一层还是为了脱离干系，而另一层意思，他们送走李洪恩以后实在太冲动，消化不了这特大新闻的刺激，迫切需要别人来共同分享这刺激。

好像也不能怪他们出尔反尔出卖水月，他们并没有想到这会惹出多大的祸事。乡下人文化生活枯燥，听新闻传闲话和看死人历来是他们欣赏的最好的节目。李洪恩又死得那么风流，那么传奇，他们不说出去，实在忍受不了。让他们赶上了百年不遇的奇事，他们怎么会放过这个好机会呢？这样，只和李家人说了还不过瘾，一说出口就再也闭不上嘴，就一发而不可收拾，又去对别人说，说了个痛快淋漓。

于是，你传我，我传你，一传十，十传百，人们飞快地传播着月亮河历史上空前的丑闻。传来传去，自然也传到了党支部，传遍了家家户户。这样，在哀悼李洪恩的哀乐声中，把水月的悲剧命运推向了高潮。实际上，这时候已经拉开了裸体游行的序幕。

第七章

一

　　一个偶然的机会,我在一个朋友的书架上发现了《创世记》。因为我自己没有这本书,就打开闲翻着看了几页。《创世记》一开始就告诉我们是上帝创造了人,并说是为了让人去统治鱼、禽和其他一切上帝的造物。但是并没有告诉我们,在人类中间,由哪些人来统治哪些人。于是我怀疑上帝在这里有意留下了伏笔,让人们相互猜测和怀疑,相互竞争和残杀,在人间种下了仇恨。好像上帝懂得只有让人们相互怀疑和仇恨,才不会把怀疑和仇恨指向上帝自己。

　　经赵家人告诉,李家人知道李洪恩死了,是水月陪着他度过了最后的时光。如果为李洪恩想,这本来是要感激水月的。但是李洪恩老伴马上就泪流满面对儿子李永生说,水月这妖精害死了你爹,你们要为我做主,为你爹报仇呀! 李永生也向妈妈宣誓,他一定要为爹爹报仇雪恨。这就使水月一下子成了李家的仇人。全家人上上下下仇恨满胸膛,立志要向水月讨还这笔血债。这使人想到,人们好像越来越善于发现和寻找仇恨,不再会发现和寻找爱了。从什么时候开始,人们发生这种变化的? 这种变化的根源在哪里? 好像喜欢思考这样问题的人越来越少了。

李家的人,口口声声要为李洪恩报仇雪恨,而李洪恩对水月没有仇也没有恨。他死在她怀里,在性高潮时停止了呼吸,只有情和爱没有仇和恨。这就使李家人对水月的仇恨游离了李洪恩本人而孤立出来,是他们自己在仇恨。细分析他们对李洪恩的死也不伤心也没有仇恨,他们仇恨的是李洪恩的死亡形式,对他死在水月家里仇恨,死在那个肚子上仇恨,说白了他们是仇恨那个肚子。由于这个肚子,使李洪恩的死浓妆艳抹,这种风流撕破了李家人的脸皮,伤害了李家人的体面,说白了他们的仇恨就在这里。这实际上与李洪恩已经没有什么关系了,他已经离开了这个世界。这说明李家人报仇雪恨并不是为了李洪恩,而是为了他们自己。这就是人性的弱点,永远跳不出自私的局限。这就和众多丧葬纠纷一样,活人为了自己,以死人为素材来创作是非和矛盾。

当然,李家人并没有一上来就头脑发热,去找水月报仇雪恨。他们做事情有计划有安排,很有理智很有层次,还分出了轻重缓急。为了埋人,他们先把仇恨化为了悲痛,举办葬礼。李家人为了显示自己的名望和虚伪,把葬礼铺排得很大,办得很隆重。几百个孝男孝女送葬,收了百十个花圈。吃了一头牛,两头猪。解放后几十年来,这在月亮河方圆十里八村还没有先例。反而使李洪恩的死亡,为李家人争来了脸面和风光。

由于李洪恩生前在社会上影响很大,曾经是走社会主义道路的带头人,当过公社书记和县委副书记,晚年又成了新时期的改革家,他的死就惊动了许多人。他一死,村党支部就成立了治丧委员会,到处发表。省里市里县里各级领导接到通知,都派了代表,带着花圈和纪念品,来参加李洪恩的追悼会。但是,这些人走到半路,听说李洪恩死在了一个女人的肚子上,放下东西拐了回去,马上就拐了回去。好像拐回去慢了,就会受到株连一样。

并不是李洪恩不能死,问题是李洪恩死在了一个女人的肚子上。他们和李家人一样,都觉得他不应该死在女人的肚子上。不同的是,李家人对这个肚子有仇恨,各级领导对这个肚子没什么仇恨。但是也说明,在人们的心目中,李洪恩应该如何去死像是有无形中的规定似的,他这么去死而不是那么去死,人家才来追悼他。这就是说,李洪恩不仅没有活的自由,也没有死的自由。如今他死错了,死在了女人的肚子上,人家就不能来看望和追悼他。也就是说,他们并不是要来看望和追悼李洪恩,而是来看望和追悼李洪恩死的形式和地方。由于这地方是一个女人的肚子,他们吓得连忙就往回拐。省里市里县里的干部干革命一不怕苦二不怕死,却害怕这个女人的肚子,不愿看和不敢看这个女人的肚子。

这就向我们揭开了另一个秘密,本来李洪恩死了,各级领导都觉得应该来看望看望,有所表示。这里的区别在于,并不是想来看望,而是应该来看望看望,这就把看望当成了一项工作。这么一认真区别,我们发现就把人与人之间的感情挤流了出来,人与人之间就只剩下空洞的形式。进一步说,实际上人们是来看望走社会主义道路的带头人和改革家,是来看望一个社会角色,并不是来看望李洪恩本人。这种看望说白了并不为表达感情,只是表达一种态度。说穿了就是看望人们自己的看望,看望人们自己。

就像一个人生病住院了,许多人去看望一样,有几个人真正关心病人的健康呢?并不为病人,只是为了我们自己做人的需要罢了。就像在大街上见到熟人,一般人都要笑一笑打个招呼,有几个人是心里笑?那不是心笑,只是脸笑,运动一下脸皮罢了。如果真要说这种形式里有感情存在,也只能叫形式感情。如果追根求源的话,应该说形式感情来源于城市文明,于是也可以叫城市感情。

和城里人比较,乡下人就不同。他们没有因为李洪恩死在女人的肚子上,而不去举办和参加葬礼。因为城里人与人之间是一种工作关系,而乡下人与人之间有着盘根错节的血缘关系和亲戚关系,谁也离不开谁一样。但也不是就直接追悼李洪恩死在女人的肚子上,就生得伟大死得光荣。由党支部开会研究,先构思出一个死亡的童话,李洪恩半夜去看望村里的困难户,心肌梗死,死在了半路上。通过这个童话,越过水月的肚子,给李洪恩大办葬礼。会议决定,办葬礼的一切开支由村委会报销。李洪恩死后,每月发五十块钱给他的老伴,补助她的生活之用。村里挂起了巨幅横额,上写李洪恩永垂不朽。树上挂满了白纸条,迎风呼啦啦飘扬着对李洪恩的哀思。鼓乐班子轮着吹奏给李洪恩送戏,如泣如诉,月亮河在这哀乐中抒发着对李洪恩的感情。乡下人的根因为永远扎在同一块土地上,喝一条河的水吃一块地的庄稼,河流和土地永远把他们紧紧联系在一起。这就是乡村感情与城市感情之间的区别。城市感情让人感到冷漠,乡村感情让人感到温暖。

我这么来区别城市感情和乡村感情,明显表现了我的倾向性,也许这种倾向性非常偏颇,并不客观和准确,我坦白说这全是因为我生活在城市的缘故。因为离开了乡村,我才不断地思念那乡村感情,其实真要我返回乡村去生活,我肯定无法忍受。这不是虚伪。我虽然不满和抵抗城市文明,真要让我离开城市,我又将无处逃遁。返不回过去时,又不满足现在进行时,这就是我的生存困境。从这里出发,在生存困境这个层面上,我觉得好像也能加深对李洪恩的理解。

一个人好像不论生活在什么样的环境,都永远逃不脱生存的困惑。

二

无论如何月亮河总算把李洪恩体体面面埋葬了。大地最终张开胸怀拥抱了他。有时候想想一个人和一棵庄稼一样,从土地里长出来,抽枝发芽,开花结果,最后又回到了土地,正好转了一个圈儿,一个人的一生和这一样。真正是谁从哪里来,还要回到哪里去。这难道就是生命的规律?

李家人找水月是第二天的事。没有人阻拦,村里人觉得这是李家人自己的事,与别人无关。人们跟着李家的人看热闹,那是因为好久好久,人们没有看到这么有趣这么热闹的场面了。

这就是乡下。乡下人总把别人家发生的事当戏看,全然不明白自己也生活在剧情里。

李永生去找水月时曾经满腔仇恨地大喊大叫,乡亲们,我们今天来向女妖精讨还血债。他是真诚的。在他这里,他就认为是水月迷住了他爹,缠住了他爹,最后害死了他爹。他身后跟着的是他的爱人秀花,还有他年迈的母亲,还有李氏家族的人们。他们都是真诚的。他们都觉得水月害死了他们的人,自然要向这女妖精讨还血债。这就是乡下人的道理。这道理使他们理直气壮,这理直气壮里还燃烧着一种感情,这种燃烧使他们疯狂。

跟在李家人后边拥进院子里的是乡亲们,有男有女,有老有少,还有一些孩子像鱼儿在人群里钻来钻去,又探头探脑。没有人细心留意过,乡下的孩子们正好把这里当课堂,学习和接受着传统的道德和腐朽。人们里三层外三层地围着,那场面活像乡下的说书场和戏场那般热闹,也像乡下人围在一起看耍猴儿和看马戏表演。

这时候是上午十点钟。虽然太阳已经升起来,阳光洒在院子里,但因为是初春,微微的春风里还有几丝寒意。远处的田野里有油菜花在开放,花香随着轻风一阵阵漫过来。不远处的公路上有奔驰的汽车和拖拉机,不断地溅过来几节车笛声。河边有人放牧,偶尔有头牛昂起头,叫几声,像在呼叫什么,又像什么也没有呼叫。

水月被李家人拖出来,先放在地下。不知为什么,她没有逃跑。她本来是可以逃跑的。我反复猜测,也没想出水月没有逃跑的道理。也许她想逃过初一,逃不过十五?乡下人都相信,是福不是祸,是祸逃不过。她没有向李家人求饶,也没有向别人呼叫,冷冷地看着李家的人,一声不吭。看起来她早就做好了准备,在迎接李家人的仇恨。

对水月,李家人把她拖出来扔在地下,先是让男人们一阵乱打。推过来,踢过去,男人们像玩一只皮球那样,好像要先熟悉一下腿脚。接着男人们退下来休息,站在外圈开始抽着烟观看,让妇女们冲了上去。好像干这种事,妇女们才是主角似的。一个手快的娘儿们抢上去,一把就撕开了水月的上衣,忽然跳出来两只雪白的奶子。另一个娘儿们伸手就抓住了这奶子,咬着牙捏,深仇大恨全都凝聚在她的手指上,像要捏扁捏破一个气球那样用力。水月再也忍不住疼痛,终于松开咬着嘴唇的牙齿,叫出了声。

几个妇女全上手,水月的上衣完全被撕碎,又把她按在地上,逮住她的四肢,不让她有力气站起来。这就使那奶子那胸脯,展示在了阳光下。围观的人们就往前挤,人们终于亲眼看到,他们的李书记生活过战斗过和停止呼吸的地方了。

李永生开始去撕水月的裤子。水月伸手去护,手又被别人逮着,只得不断地扭动身子,把两条腿紧紧地夹在一起,企图保卫她的羞耻。但是,她失败了。两条腿被人家强行分开,几只手用力抓住裤子一撕,就撕开扯了下来。秀花趁机又扒掉了水月的红裤头,往旁边一扔,完了,女性的全部隐秘就暴露在了光天化日之下。这时候围观的人群哄了一下,马上又静了下来。

院子里挤满了看热闹的人们,越来越多,里里外外,水泄不通。

还有人上了墙,站在墙头上的人们为了保持平衡,一个人扶着一个人的肩膀。还有的人上了树,坐在树杈上,一手抓着树枝,一手夹着烟卷,那烟卷还在徐徐缭绕着一缕缕青烟。几百个乡亲围观这一幕酷刑,一动不动,出奇地安静。

这就是乡下人。他们在兴奋地观看着李家的人怎么样报仇雪恨,没有觉得有什么不妥。传统的伦理道德支配着乡下人的观念,他们也觉得这女人勾引了人家男人,应该受到这种惩罚。人们看到,在春天的阳光下,李家的人如同活剥皮那样剥去了水月的一件件衣裳,这女人就像只被剥皮的活兔在地上挣扎着滚动。几双手在这白亮亮的身子上,又打又拧又捏又掐,这身子便发红发青发紫,有几处渗出了血,在阳光下闪闪发光。人们一动不动地看着,男人们好像还饱着眼福,感觉跟着李家人的手在游走,产生着意淫的快感。

就这么回事,李家的人在这个女人身上栽了,丢了大人,就要在这个女人身上报仇雪恨,找回他们失去的脸面。这在山里人看来,是很正常的事情。

从上午十点钟开始到十二点钟为止,仅仅在院子里,李家人对水月的折磨就持续了两个小时。李家的年轻男女们一窝蜂揪住水月动手动脚时,李洪恩的老伴一直冷冷地看着,不动声色。等到已经把水月打得乱叫乱喊时,她才走出来,发出命令一般喊道:"给我拉过来!"

围观的人们哄起来,知道这老女人要出手了。

李洪恩的老伴年纪大了,没有力气挤过去打,想让孩子们把水月拖过来,放到她跟前让她打。李永生孝顺,听到妈妈叫喊,连忙提住水月胳膊,几个人动手又掀住腿脚,把水月送到了这老女人面前。这老女人一低头,终于看清楚了她最仇恨的人。就是这一身嫩肉的女人夺去了她的丈夫,夺去了她那么多的夜晚。她恨得一咬牙,还没有动手,自己先哆嗦起来。打人也需要力气,她太虚弱了。

发现妈妈站不稳身子,李永生连忙伸手搀着她。这老女人索性让儿子扶着迈过去,骗骗腿儿倒骑在水月身上,一屁股坐在水月肚子上。这时候她的眼睛里闪出了亮光。这是因为她在这一瞬间有一种感觉，这身子占有过她丈夫，她如今坐在这身子上，通过占有这身子感到又占有了丈夫。重新找到了占有自己丈夫的感觉，使她已经老眼昏花的眼睛里放出了亮光。

但是，她不满足，她要亲手摆治这女人，才能够解恨。于是她低下头，张口去咬水月身上的肉。她把头低下去时就亮出了她那满头的白发，再也看不到她的脸，使这把头发孤立出来，就像一把岁月燃烧过的骨灰，就像一把即将熄灭的生命的残渣。

她低下头去，想咬下一块肉，可惜没有成功，只咬了一口血。她朝着人们得意地笑笑，阳光照过来，这口血笑在她那满是皱纹的脸上格外鲜艳，就如同一棵老树上只开了一朵鲜花。

她继续努力，伸出手去，用几根老指头去揪水月的阴毛。那样子像在地里拔草一样，拔几棵扔掉，又伸手去拔。她这么拔一下，水月就叫一声。这叫声使这老女人找到了快感，她喜欢听这种叫声，就越揪越狠，拔完了水月全部的阴毛。这时候她已经气喘吁吁，然而并没有停下来，又把手伸过去，像用尽最后的力气，揪住一片阴唇，咬住牙一用劲，把这片阴唇撕了下来。这时候她才站起身来，举起手，让人们来观看她手里的活物。面对人们，她开始发笑，快活地笑起来。

许多人记住了这老女人那天的笑声。她的笑声发怪发狠发阴，使人想到深更半夜的鬼哭，使人想到一只手捏死了一只活蹦乱跳的小鸡娃，一脚踩碎了一朵娇嫩的鲜花。而且，在她笑的那一个瞬间，水月才一声惨叫昏死了过去。我一直觉得，是这老女人的笑声把水月杀死了，整整昏死了半个小时。李家人用凉水泼，伸指头去掐人中穴，好不容易才把水月弄醒过

疼痛与抚摸

来,这才赶着她去裸体游行。

但是人们没有想到,这老女人一笑起来就没完没了,再也停不下来,笑得她肚子疼,笑得她喘不上气,笑得她乱叫喊叫求饶,一直笑了七天七夜。经人们记事,月亮河的人从来没有这么笑过,竟然笑了七天七夜,和历史一样漫长。一直等到李洪恩"一七"祭日那天,她去坟上烧纸,一跪下去,才止住了她的笑声。都说这是因为李洪恩抽了她一个嘴巴,才打落了她的笑声。但是,从此这老女人再不会笑,却经常在夜深人静时起来哭,一边哭一边用手打自己的脸。第二天你要问她为什么哭,她什么也不知道。从此,她丧失了理智。

三

据说那天的裸体游行是在月亮河小学门前结束的。学校的教师们站出来阻拦了游行的队伍,指责他们这是侵犯人权污辱妇女,和李家的人发生了冲突,争吵得很凶,只是没有打起来。李家的人伸了伸手,又放了下去,没敢打。他们忽然想起来这些知识分子已经打不得了,不像"文化大革命"那时候,可以随便打这些人。虽然有一些委屈,想了想,终于向教师们让了步。教师们这才把水月保护起来,找衣裳给水月穿上,把她送回了家。

也就在这天下午,学校的教师们宣布不再上课。他们觉得已经是八十年代了,社会上早已经开始法制教育,不应该再发生这样的事情。教师们指出,把妇女脱光了裸体游行,是月亮河发生的迫害妇女的惨案。如果不惩治李家的人,教师们决不开课。在这里,一向软弱的知识又一次向愚昧和邪恶挑战。

有趣的是,教师们在这里玩弄了字眼。他们只说不再上课,不说罢课。他们没有力量说罢课。这就看出来,人们在选择语言时,也很需要力量。他们害怕别人说他们向人民罢课,向社会主义罢课,把他们打成反革命,就不敢说罢课,鼓足勇气只敢说不再上课。月亮河小学教师们能做到这一步,已经十分不容易。毕竟停了一个学校的课,在社会上产生了影响。

教师们一停课,月亮河村党支部马上开会研究决定,由村干部把教师们集中起来办学习班,对教师们进行教育,帮助他们划清是非界限。干部们反复地讲,李家的人让水月游街是民事纠纷,这和教师们上不上课是两回事情。教师们主要是搞好教育工作,不要乱来,乱来是要犯错误的。别的事情要依靠村里党组织解决,一定要相信国家相信政府,不要自以为是。这些话软里带硬,言外之意就是教师们这么干就是不相信国家不相信政府。换句话说,也就是你们教师们不要总是相信自己,要相信别人。

村里办的小学,教师们的工资由村里来发,村干部最后威胁他们,如果你们不开课,我们就只好另选别人。这些教师思考再三,在饭碗与正义之间,首先选择了饭碗,只好打钟上课。于是,只停了一天半课,就被说服了。

教师们口服心不服,虽然打钟上课,仍然要为水月鸣不平。于是就联名告状,告到县公安局。他们觉得正义在上边,法律在公安局。毕竟是山里的小学教师,虽然口口声声法律来法律去,也只是一个法律意识,并不懂法律内容,甚至连公检法三个部门也区分不明白,就告到了公安局。

教师们心细,他们知道向上边告状的严重性,为了以防万一,防止有人打击报复他们,就在联名签字上做了文章。先用一只圆规在稿纸上画了一个圆圈,教师们就围着这个圆圈签名。这样,签成一个圆圈以后,就分不出先后,没有了带头的人。这样,这个圆圈就像一个没有辫子的脑袋那样圆,不容易被人揪住。无论如何这个圆是一种创造。这个创造惊动了县公安局,公安局长准备亲自处理这个案子。

不幸的是,这个公安局长是李永生的岳父,也自然是秀花的父亲。为什么公安局长是罪犯的父亲,而不是水月或者别人的父亲?这简直是一种捉弄。于是,公安局长的亲自处理,就变成了个大事化小、小事化了的过程。他一上来就用尽力量,要把这两个罪犯挤出法律的准绳之外。他是老公安,知道法律这玩意儿弹性很大,只要民不告,官就可以不究。什么是法律?在我们的传统社会里,法律一直是长不大的体弱多病的小孩儿,还不能够什么都靠它。这么一理解,许多事情就想开了。想开了就免生闲气,世上这事情,就这么回事儿。

于是,月亮河发生了伤害妇女的惨案,公安局长要处理,这个处理结果是,让受害者不告状又没有怨言,让害人者不受制裁又没有民愤。也就是把发生了的事情消灭掉,再弄成没有发生,说白了这就是公安局长的办案方针。

公安局长来到了月亮河,什么也不问,让别人看着,劈头盖脸先打了女儿女婿每个人两个耳光。村里人马上就传开了,纷纷说还是人家局长知道礼数,一上来先打自己的孩子。又不护短,又不包庇,就这么大个事儿,还能把人家弄到哪儿。这两个耳光打出去,还没有开始处理,就在山里人的伦理道德上已经占了上风。

公安局长太了解民情民俗,一上来就把法律往人情世故上嫁接,打了自己孩子给别人看,就得到不懂法律的山里人的理解和好评。然后就去找村干部,请村干部帮助做做思想工作。堂堂县公安局长一低头让礼,就把村干部抬举到半天云上发晕。村干部们马上分两路出发,一边去请水月父母,一边进城去请水月的姨夫李和平,让他们来当说客,劝水月不要告状。

公安局长一直忙到夜里,才关住屋门给女儿女婿讲明利害关系。他要逼着他们去给水月赔情道歉,并说只有水月不告状,你们才没事儿;水月要告状,我就抓你们,让你们去坐牢。法律无情,谁也保不住你们。这就讲清楚了问题的关键,关键在水月。只有水月点头,才能把公了变成私了。

四

公安局长精心计划巧妙安排,村干部们跑前跑后地忙,小学教师们又是停课又是联名上访,他们根本就不会想到,水月就没有准备告状,甚至就没有想到为这个事情要去县里告状。

那天李家人来找水月闹事时,赵家夫妇已经给水月送了口信儿,让水月躲躲。她本来是可以逃跑的,完全可以提前跑到别处去。她要逃走了,这件事情也许不会闹这么大。问题是她没有逃跑,因为她觉得自己没有罪。没有罪就不能逃跑,一逃跑就有了罪。也就是说,为了证明自己没罪,水月不逃跑。不但不逃跑,连院门也没有拴上,只把院门虚掩着,回到屋里抱着那只杯子喝茶。这完全是等待,是迎接李家人的姿态。这种等待里还有另一层含义,她不明白李家人要怎么样对待她,她那时候很想知道,到底李家人会如何对待她。就像一个要被枪决的人,看着瞄准自己的枪口,很想听一听这枪声是不是动听。

她当然没有想到,李家人会这么残酷地折磨她。特别是李永生,长着和他爹李洪恩一样的眼睛,没想到这双眼睛会这么看她,像狼一样凶狠。他们打她拧她掐她捏她,恨不能把她的骨头搓成纽扣。他们这么仇恨她,才使她想到了她自己有罪。水月想,看起来我真是有罪,要不他们怎么会这么仇恨我呢?

但是她不承认她害死了李洪恩,她对李洪恩那么好,给他做吃做喝给他睡,连死他都死在她怀里,心疼还心疼不过来呢,她怎么会害死他?她只是留住了他,送走了他,让李家的人伤了脸面丢了人。在这一点上,在伤害李家人的脸面上,她水月才有罪。也就是说,她没有伤害李洪恩,她只是伤害了他家人的感情。于是,水月把心一横,任他们折磨去。这就使他们在仇恨她时,她对他们并没有仇恨。

水月觉得人如果没有罪,是不应该受到惩罚的,而如果有了罪,就应该受到惩罚。这就使李家人对她的折磨变成了一种惩罚,好像借李家人的手,水月自己也在惩罚自己;在另一个层次上,水月被赶上大街,不仅仅是李家的人,也包括水月自己,她自己也把自己赶在了大街上。这就使李永生用柳条抽打她的肉体时,她自己的灵魂也举起了这根柳条,帮着抽打自己的肉体,甚至也抽打自己的灵魂。

这就是水月没有想到要告状的原因。她觉得她伤害了李家,她为这伤害受到了惩罚,一来一去,这笔账就勾销了。如果说在游街时还觉得自己有罪,那么从街上回来她就觉得自己再没了罪,自己的罪已经清算了。

非常奇怪的是,水月回到家里以后虽然皮肉疼痛难忍,心里反而觉得轻松和平静了。连她自己也觉得奇怪，感到这种感觉特别熟悉，后来就回忆起来，这和小时候妈妈打了她和她哭了以后那种平静和轻松一模一样，只是比那种感觉还要强烈。好像自己感冒了，一直在发烧，吃了药后，终于把热汗发了出来。

水月的这种秉性很像她妈妈水草，打碎牙齿往肚里咽，不叫苦不声张，特别能够忍耐和承受，自己把自己的痛苦消化。

这时候，月亮河的村干部走进了曲阳村，来请水月的父母。会说不如会听，尽管他们把话讲得很委婉，水月的父母马上就明白发生了什么事情。水月的父亲心疼女儿，就蹲在地上伤心地掉泪。水月的妈妈一下子呆了，那瞬间她忽然什么也听不到什么也看不到了，整个人傻了一样。她突然想起所有过去的生活，妈妈水秀，妹妹水莲，女儿水月，再加上她自己，一下子涌出来涨满了她的回忆。她不能理解，多少年过去了，为什么水月又在受她姥姥受过的罪？她觉得奇怪的是，她们水家的女人一代一代命苦不说，怎么都在重复着一种苦难生活？活像是一双鞋，一个一个接着往下穿。难道后人就为了重复前人的命运才来到人世间吗？这个世界为什么是这样？突然的刺激，启动了水草的思维，使她陷入了思考。

水草发呆的时候坐在炕边，脸上没有任何表情，甚至连眼睛也不转动，这副神态吓坏了月亮河的村干部。他们连忙叫她，叫了几声，才把水草叫醒过来似的，水草才对他们笑笑，站起来要去给他们做饭。他们哪敢吃饭，只拣要紧的话说，请水月的父母到月亮河去。他们明白这家男人不当家，是女人在主事，就围着水草说好听话。他们怎么也没有想到，一说到正事儿，水草竟淡淡地说，孩子大了，她自己的事情自己看着办，我们不管。那态度又平和又得体,引人产生诸多感慨,使月亮河村干部深深感到,这个女人真是不寻常。

不管咋说,另一拨人总算到县里请回来了李和平。去时坐客车,回来时坐在李和平的小汽车里,就有点兴奋,忍不住说说笑笑。只是无论他们一路讲什么,李和平都不吭声,淡着脸不笑。他们猜不透李和平的心思,到后来吓得也不敢再乱说话。进村后先把车停在厂子里,村干部们又把李和平送到水月家门口。他们本来还要把李和平送进去,李和平回头瞪了他们一眼,他们才知趣没敢跟着往院里进,拐回头去向公安局长交差。

那时候太阳已经落了,初春的风吹来吹去,在傍晚时还泛上来许多凉意。水月身上的伤还没好,就躺在床上歇息。李和平冷不丁推门进来,让水月感到意外:"是姨夫呀,刚回来?"

"刚回来。你还躺着吧,又不是外人。"

"没事儿,没事儿。姨夫你还没吃吧?"

"你吃了没有?"

水月心里一热,就涌上来潮水般的委屈。强压住心里难受,伸手抹掉泪花,这才说:"我去弄饭,一块儿吃。"

"姨夫去做饭,你歇着吧。"

"我不让你做。"

"这孩子,你姨夫做了几十年饭,啥都会干。"

"我不让你做。"

"那好,咱两个一块儿做,你烧火,我和面。"

李和平不问,水月也不多说,两个人心平气和地做饭和吃饭,好像什么也没有发生,好像什么话都说过了一样。一直等到吃过饭天黑下来,李和平坐下来抽烟,水月才说:"水月不争气。"

"事情过去就算了。"

"姨夫,老李留给我两本书,他说是你的。我取出来你带上。"

"啥书?"

水月打开箱子,取出一个红布包,解开红布取出来,递给了李和平。

李和平这才发现这两本书已经发黄甚至泛黑,破旧得不成样子了,一本是《共产党宣言》,一本是《毛泽东著作选读》。他一下怔住了,双手捧着这两本书好像捧着沉重的回忆和历史,久久地发呆。

好一会儿,李和平才说:"他送给你的,还是你留着吧。"

"我又不看,留着也没用。"

"其实叫姨夫说,这两本书,你常看看也好。"

"现在谁还看这书。"

"人家不看了,咱看咱的嘛。"

"看看有啥用?"

"做人呀。"

"做人?"

"对,有些人看这些书是为了当样子装门面,有些人是为了做学问,也有些人看这些书是为了做事业奔前途。世上的事儿就这,谁想干啥干啥。叫我说,常看看这些书,常想想怎么做人,就很实在。"

水月觉得姨夫这番话说得很诚恳很新鲜,很平常也很深刻,就把两本书重新留下。送姨夫走后她忽然想到,姨夫这番话肯定对李洪恩没有讲过。从没有听李洪恩说过这样的话。李洪恩要明白这一层,也许就不会活得那么苦。

我也很看重李和平这番话,这几句平平常常的话,一下就揭示出李和平这几十年来的精神历程。这说明他一生虽然深受屈辱和坎坷,终于在老来归于平静,在漫长的岁月里逐渐超越人生的困惑和烦恼,成为生活的智者。

看起来无论是什么样的人,当你一旦超越了具象的生活,化开苦恼,进入了平静,也就算得道成佛。真正是菩提本无树,无处不成佛。

五

李和平走后,李永生夫妇于第二天上午来到水月家,把带的重礼往桌上一放,就双双跪在了地上。两个人一口一个阿姨地叫,求水月饶了他们。水月叫他们起来坐下,他们说什么也不起来。好像他们觉得一起来,就要上当受骗。好像人一跪下去,就再也站不起来了一样。

"你们想想,"水月说,"你们怎么对待你爹,你们两个一个在乡里一个在县里,都是国家干部,谁也不管老头子生活。我是如何对待你爹的?我给他吃喝,又和他好,我水月怎么会害死你爹?"

"阿姨,是我们错了。"

"唉,你们不知道,他死了,我心里有多难过。又不能去送葬,又不能去守灵坐草,一个人在家里哭。你们说,我怎么会害死他?"

"阿姨,我们不懂事。"

"不行,你们两个说说,我害死了你爹没有?"

"没有害,没有害。"

"只要明白,我没有害他就行。"

"阿姨,你饶了我们吧。你要不放话,晚辈就要去坐牢。饶了我们吧。"

"饶你们? 饶你们啥? 我还能对你们怎么样,我和你爹好本来就对不住你们,让你们丢人败兴,你们对我有气,我知道。如今你们把我打也打了,骂也骂了,游也游了,出了气,就两清了。"

"不敢,我们有罪。"

"有啥罪? 我说你们没有罪,就没有罪。我要难为你们,怎么对得起你爹? 别跪那儿难受了,起来吧。"

事情就这么了结了。

公安局长处理了案子。

村干部们解决了民事纠纷。

李家人免去了灾难。

教师们也显示了力量。

群众也看够了热闹。

好像方方面面都没有意见。

有意思的是,事过之后,水月好像比别人还要满意。那几天她想了很多很多,把前前后后想了几遍,忽然觉得人来世上很奇怪,她原来什么也没有,经过这么一折腾,她觉得自己什么都有了。有了什么呢,又说不清楚,反正觉得什么都有了。于是,她在院里的树下挖了个坑,把那只茶杯埋了进去。想了想,把李洪恩前前后后给她的五百块钱拿出来,也埋了进去。

自然也埋进了许多的阳光。好像是给李洪恩另外修了一个小墓，把他的灵魂像种子一样种进地里，养着让它在将来发芽和开花。也像是把他们过去的生活和爱情窖了起来，等待后人来发现和开掘。

半月以后，郭满德出差回来了。水月主动把发生的事情心平气和地讲给他听，那样子好像是在讲别人家的事情。这态度明明白白，好像说郭满德你看着办，你想怎么样，就怎么样吧。

郭满德躺倒了。一声不吭在床上躺了三天，也想了三天。三天以后他起来了，就像什么事也没发生一样，又到工厂上班去。尽管水月知道郭满德一向软弱，发生这么大的事情，郭满德竟然什么话也没有说，还是让她感到有点意外。她不明白，郭满德很快就想通了。他觉得反正你李洪恩也死了，你睡了我老婆，也得了报应，我以后再也不用怕你。而水月呢，经过这么一折腾，心里的傲气和火气也泄了，时转运来我郭满德从今往后就要过好光景了。于是，他重新对生活充满了信心。这就是郭满德。他会想。

别说水月感到意外，写到这里连我自己也对郭满德的思维逻辑感到吃惊。他从不自觉到自觉，把软弱作为武器，一次次战胜生活又战胜自己，在我叙述的疏忽中，暗暗地在情节的角落里和在语言的夹缝间悄悄地成长，竟然把自己修炼成了一个哲学家。

一九九四年深秋

"中国当代作家长篇小说/中短篇小说典藏"

—————— 丛 书 ——————

（按出版时间先后排序）

图书在版编目（CIP）数据

疼痛与抚摸/张宇著. —郑州:河南文艺出版社,2014.6
（2023.6 重印）
（中国当代作家长篇小说典藏）
ISBN 978-7-5559-0036-8

Ⅰ.①疼…　Ⅱ.①张…　Ⅲ.①长篇小说-中国-当代　Ⅳ.
①I247.5

中国版本图书馆 CIP 数据核字（2014）第 050183 号

选题策划　陈　静
责任编辑　陈　静
责任校对　陈　炜
装帧设计　刘运来

出版发行　河南文艺出版社
本社地址　郑州市郑东新区祥盛街 27 号 C 座 5 楼
承印单位　河南瑞之光印刷股份有限公司
经销单位　新华书店
开　　本　700 毫米×1000 毫米　1/16
印　　张　18.5
字　　数　198 000
版　　次　2014 年 6 月第 1 版
印　　次　2023 年 6 月第 3 次印刷
定　　价　62.00 元

印厂地址　河南省武陟县产业集聚区东区（詹店镇）泰安路
邮政编码　454950　　电话　0391-2527860